COLLECTION SÉRIE NOIRE
créée par Marcel Duhamel

Nouveautés du mois

1910 — CORRIDA DANS LE MÉTRO
(DAVID SERAFIN)
Pavane pour une enfant défunte ?

1911 — CHÈQUE AU FLINGUEUR
(ADAM KENNEDY)
C'est la mort qui l'endosse

1912 — PETIT PAPA POURRI
(JOSEPH HANSEN)
A cœur et à cris

1913 — APRÈS VOUS, MON PRINCE!
(JOHN PEARSON)
et moi, je suis le roi des...

DAVID SERAFÍN

Corrida dans le métro

TRADUIT DE L'ANGLAIS
PAR NOËL CHASSÉRIAU

nrf

GALLIMARD

Titre original :

MADRID UNDERGROUND

ALFONSO XIII

Le grand gaillard aux larges épaules se pencha sur la cuvette en zinc et rinça à l'eau tiède les brillants instruments d'acier inoxydable. Après les avoi essuyés avec des serviettes en papier, il les polit soigneusement avec un linge propre et les rangea aux emplacements ménagés pour chacun dans la grande trousse de cuir.

Il dépouilla ses mains des gants de latex blanc d'un geste familier et se frotta les doigts avec une brosse à ongles. En accrochant sa blouse blanche à la patère fixée derrière la porte, il jeta un dernier regard circulaire pour s'assurer qu'il avait bien tout remis en place, puis monta l'escalier en ciment conduisant au vestibule.

Là, il s'arrêta et tendit l'oreille, mais n'entendit que le tic-tac régulier de l'horloge et le grondement lointain d'une rame de métro passant dans les profondeurs de la terre, sous la rue. Il ferma à double tour la porte de la cave et cacha la clef derrière le cadre sculpté de l'horloge.

En dépit de son poids, il gravit avec légèreté les marches recouvertes de tapis et fit une nouvelle halte sur le palier, retenant son souffle. Rassuré par l'absence de tout bruit inhabituel, il ouvrit la petite porte située à l'extrémité du corridor sombre et alluma la lumière. C'était un cabinet de toilette. Il y entra, retira rapidement ses légers vêtements de travail et endossa une chemise bleu marine soigneusement repassée ; sur le côté gauche, une large poche plaquée portait un insigne rouge, jaune et noir représentant un joug et des flèches. Enfilant un pantalon noir à fond large, il boucla rapidement le ceinturon noir à l'avant-dernier trou.

D'un tiroir, il sortit une fourragère tressée rouge et noir, à glands, qu'il fixa entre son épaule droite et le troisième bouton de sa chemise. Après en avoir brossé le col, il endossa une vareuse militaire blanche, dont il redressa les décorations en s'examinant dans le grand miroir mural. Sa poitrine se gonfla d'orgueil en découvrant dans son reflet plus qu'une vague ressemblance avec son idole nationaliste, José Antonio Primo de Rivera.

Poussant la porte de la chambre attenante, il alluma les projecteurs et s'arrêta pour mettre le phonographe en marche. Après quoi il s'avança vers le fond de la pièce, écarta les rideaux de velours rouge et se figea au garde-à-vous devant le drapeau national rouge et or qui portait en son centre l'écusson écartelé à deux châteaux et deux lions rampants sur fond de sable. De chaque côté du drapeau, les projecteurs illuminaient un grand portrait dans un cadre doré.

Tandis que les accents quelque peu éraillés de l'hymne de la Phalange — *Cara al sol,* « Face au soleil » — emplissaient la pièce, la haute silhouette en uniforme tendit le bras droit dans le salut fasciste, puis s'inclina et baisa le drapeau. Accomplissant un impeccable quart de tour à gauche, l'homme adressa le même salut au tableau de gauche, et sa voix se mêla à la musique exaltante pour crier :

— *José Antonio Primo de Rivera, presente !*

Puis, claquant une fois de plus les talons, il se tourna vers le portrait de droite et, refoulant des larmes brûlantes, fit un troisième salut :

— *Viva Franco ! Arriba España !*

MONCLOA

On était le dernier dimanche de mai 1977, quinze jours avant les premières élections générales que le pays connaîtrait depuis quarante ans, et le temps était frais et pluvieux pour la saison. Un flot continu de milliers de voitures, d'autocars et de motos s'écoulait de Madrid par Moncloa dans un tintamarre d'avertisseurs. Tous les véhicules arboraient la faucille et le marteau et brandissaient le drapeau rouge et or de la Seconde République : des centaines de milliers de partisans de la gauche se rendaient au meeting du Parti communiste à Torrelodones, annoncé à grand bruit dans la presse depuis plusieurs jours. La publicité avait promis un million de sardines frites, un demi-million de côtelettes d'agneau grillées, des discours des leaders révolutionnaires tels que la Pasionaria et Santiago Carrillo, et de la musique populaire interprétée par Juliette Gréco et d'autres artistes invités pour animer la réunion. La compagnie nationale des chemins de fer, la R.E.N.F.E., affrêtait des trains spéciaux au départ de Norte Station, et, aux endroits où la voie longeait la route, les passagers des trains et ceux des voitures se hélaient joyeusement et se saluaient en levant le poing.

Non que tous, ni même la plupart, fussent communistes loin de là. Seulement c'était la première fois que la gauche se manifestait publiquement depuis que le général Franco avait pénétré dans Madrid en 1939, et, même maintenant, le nouveau gouvernement avait pris la précaution de n'autoriser la réunion qu'à bonne distance de la capitale. Tous ceux qui avaient la plus légère tendance libérale, jeunes et vieux, s'étaient débrouillés pour s'y rendre, par tous les moyens possibles, comme s'il s'agissait d'un événement que personne ne pouvait se permettre de manquer. Les plus âgés sentaient leurs veines se dilater dans cette ambiance de Front populaire, cette euphorie généralisée, même s'ils craignaient qu'elle ne fût très éphémère. Ce jour-là, en tout cas, ils étaient décidés à faire un pied de nez à quarante années de franquisme, même s'il n'y avait en vue aucun représentant de la force publique à qui l'adresser.

Comme à l'accoutumée, le ciel prouva qu'il était du côté des bataillons conservateurs du *Búnker.* Les retardataires arrivant à midi sur le plateau balayé par le vent furent tout étonnés de croiser beaucoup de gens qui retournaient à Madrid.

— C'est annulé ! crièrent quelques-uns de ceux-ci

dans le tohu-bohu de la circulation. A cause de la pluie ! Le terrain est inondé !

Néanmoins, on put quand même entendre la voix du secrétaire du parti, déformée par les haut-parleurs, annoncer que la Pasionaria ne viendrait pas comme prévu, car on craignait que son hélicoptère ne puisse pas se poser sans danger. L'un des chanteurs qui avaient offert gratuitement leur concours commença alors à régaler la foule ruisselante d'une chanson politique d'avant-garde, et de souriants *militantes* entreprirent de servir les côtelettes et les sardines sur des tables improvisées. On se serait cru revenu en 1936.

CUATRO CAMINOS

La *taquillera* de la station de métro Cuatro Caminos prêta peu d'attention au colosse barbu dont le chapeau et le col d'imperméable relevé dissimulaient presque entièrement les traits. Elle trouva un peu bizarre qu'il lui demande un aller simple et un aller et retour : à 8 h 40 du matin, presque tous les voyageurs prenaient un aller et retour à huit pesetas, tarif réduit valable seulement jusqu'à 9 heures. La personne qu'il semblait soutenir — elle ne put déterminer s'il s'agissait d'un homme ou d'une femme — était également tout emmitouflée. Evidemment, il faisait assez frais pour la fin mai et il pleuvait, songea-t-elle, mais ces deux-là devaient être vraiment frileux.

Lorsque le curieux couple franchit le tourniquet

métallique, elle eut l'impression fugitive que la personne était soulevée — presque traînée, remarqua-t-elle — ses pieds ballants tordus à un angle anormal. Peut-être s'agissait-il d'un mendiant infirme que l'on conduisait à son poste dans l'une des stations de métro du centre, pour le déposer dans un couloir souterrain avec un écriteau pathétique épinglé à ses hardes et une sébile entre ses jambes mortes.

Les murs carrelés de la station étaient entièrement recouverts d'affiches électorales. Chaque nuit, des équipes de jeunes s'activaient fébrilement dans tout Madrid avec des seaux de colle et de grands pinceaux : elle avait entendu dire que certains des partis politiques nouvellement formés payaient les colleurs jusqu'à mille pesetas par nuit, ou huit pesetas par affiche, pour proclamer l'avantage de s'affilier au P.S.P., au P.S.D.E., au P.C.E., au F.D.C., à l'U.C.D., à l'A.P... elle était incapable de se rappeler toutes les initiales, et encore moins ce qu'elles signifiaient. Seigneur, quel changement en six mois, réfléchit-elle. Il lui semblait avoir passé toute sa vie à vendre des tickets pour un salaire de misère dans ce passage éventé, avec son humidité puante suintant du plafond même au plus fort de l'été. Du temps de Franco, les murs carrelés de blanc avaient toujours été nus, en dehors de la crasse accumulée par les fumées des échappements de voiture qui descendaient par l'escalier. Et puis, en décembre dernier, avec le référendum sur la réforme de la Constitution, l'affichage avait commencé : « Votez oui ! », « Votez non ! », « Abstention au référendum capitaliste ! », « Franco aurait voté non ! »

Lorsque les équipes spéciales de nettoyage avaient enfin réussi à débarrasser les murs du plus gros de la publicité du référendum, le gouvernement avait annoncé que les élections auraient lieu le 15 juin, et les colleurs d'affiches étaient revenus, encore plus actifs qu'auparavant. La *taquillera* — la préposée à la vente des billets — aimait bien les six affiches communistes, illustrées d'une photographie en sépia de la Pasionaria, placardées en face de son guichet ; elles lui rappelaient son enfance, quand on l'emmenait à la Puerta del Sol voir Dolores Ibarruri apparaître au balcon de la Gobernación, pendant la dernière année de la guerre civile, et lancer ses fameux slogans : « *No pasarán !* Ils ne passeront pas ! *Más vale morir de pie que vivir de rodillas !* Mieux vaut mourir debout que vivre à genoux ! » Eh bien, ils étaient passés, et elle avait dit vrai au sujet des genoux. La *taquillera* pinça les lèvres avec amertume en se souvenant comment, moins de trois ans auparavant, les employés du métro s'étaient mis en grève à Noël pour demander une augmentation de salaire, et comment Franco les avait « militarisés » en l'espace de quatre jours. Le mari invalide de la *taquillera* avait commencé par trouver ça drôle, que sa femme soit mobilisée dans l'armée.

Elle aimait également l'affiche du P.S.D.E., le Parti socialiste des travailleurs, collée à côté de celle des communistes : on y voyait un jeune émigrant espagnol à l'aspect viril descendant d'un train avec une valise — retour de France ou d'Allemagne, supposait-elle —, accompagné du slogan : « Halte à l'émigration ! Votez socialiste ! » Elle se disait que c'était ce qu'elle ferait ; la Pasionaria était maintenant dépassée, et ce jeune leader socialiste, Felipe González, avait un physique plaisant, dans le genre représentant de la classe ouvrière.

Plus bas, sur le quai de la ligne 2 en direction du sud, les colleurs d'affiches de la nuit précédente avaient marqué un point : les vastes panneaux d'affichage officiels étaient consacrés à l'Alianza Popular conservatrice de Manuel Fraga, mais les colleurs d'affiches officieux avaient utilisé à leur profit l'espace disponible des énormes affiches jaunes, qui proclamaient maintenant : « Non à la corruption et à la malhonnêteté... *Votez pour le Parti socialiste des travailleurs !* »

Les voyageurs attendant que la rame qui venait d'arriver sur le quai opposé s'enfonce dans le tunnel et réapparaisse sur la voie descendante étaient trop absorbés par la lecture de la propagande murale pour remarquer le solide gaillard barbu qui soutenait une personne infirme adossée au mur carrelé. Lorsque le métro arriva, il y eut un peu de bousculade aux portes, mais le costaud réussit à avoir deux places dans l'avant-dernière voiture et installa la personne qui l'accompagnait en face de lui. L'infirme s'appuya contre la vitre, la tête penchée en avant. Son visage, dissimulé par un chapeau de feutre gris et le col relevé de son pardessus, n'était pas visible.

Le sifflet retentit, les portes automatiques se refermèrent, et la vieille rame rouge et crème quitta la station Cuatro Caminos.

SAN BERNARDO

Peu après, à la station San Bernardo, un certain nombre de voyageurs descendirent pour prendre la correspondance avec la ligne 4. Il en monta davantage, et les voitures furent plus bondées que jamais. L'odeur d'imperméable mouillé s'accrut, mêlée aux relents de ceux qui avaient mangé du pain frotté d'ail comme petit déjeuner et à l'arôme de tabac noir dégagé par les fumeurs qui avaient éteint leur cigarette en montant : « Défense de fumer ou de tenir une cigarette allumée — Cinq pesetas d'amende », proclamaient dans chaque wagon les grands écriteaux datant d'avant la guerre : « Toute vente d'objet est interdite dans les voitures. »

Suspendus en grappes aux courroies fixées au plafond, les usagers s'efforçaient de lire des journaux pliés en huit ou s'examinaient discrètement du coin de l'œil. Une bande d'écolières caquetait et gloussait au milieu du wagon sans accorder un regard à l'homme barbu et à la silhouette penchée qui lui faisait face.

NOVICIADO

A Noviciado, la station suivante de la ligne 2 en direction du sud, d'autres voyageurs s'entassèrent dans les voitures jusqu'à former une masse compacte. L'une des écolières se retourna et regarda d'un œil soupçonneux l'homme d'un certain âge placé derrière elle, en se demandant si c'était seulement sa serviette qui lui frôlait le derrière. Ses camarades la poussèrent du coude d'un air entendu, et elles pouffèrent toutes une fois de plus.

SANTO DOMINGO

Lorsque la rame s'approcha de Santo Domingo, quelques voyageurs s'efforcèrent d'atteindre les portes en demandant d'un ton rogue à ceux qui leur barraient le passage : « *Va a salir?* Vous descendez ? » Lorsque les portes s'ouvrirent, il y eut une petite bousculade, suivie de savantes manœuvres stratégiques en vue de l'arrivée à la station suivante, où se produirait le principal affrontement entre les troupes descendantes et les troupes montantes.

ÓPERA

A la station Ópera, correspondance importante située sous le Teatro Real, en face du Palais royal, la confusion fut telle que personne ne vit le grand type barbu quitter sa place et gagner la porte. L'énorme dame qui s'affala aussitôt sur le siège vacant ne fit pas attention à l'étrange personnage dont les jambes se balançaient au bord de la banquette de bois sans atteindre le sol et dont le visage était appuyé contre la vitre.

SOL

La rame se vida presque entièrement à la station Sol, centre névralgique de tout le réseau du métropolitain, et la grosse dame répartit ses sacs à provisions plus confortablement autour d'elle. De nouveaux passagers montèrent dans le métro, qui se dirigeait maintenant vers l'est et Ventas, l'autre terminus de la ligne.

Ce n'était plus le même type de voyageurs : le nouveau contingent comprenait un certain nombre d'encaisseurs en uniforme, qui descendraient à Sévilla ou à Banco, et quelques gratte-papier militaires, en route pour le ministère de la Guerre ou pour le Ministerio de la Marina à Cibeles, au-dessus de la station Banco. Les autres usagers du wagon furent refoulés contre la grosse dame et la silhouette déjetée de l'infirme.

RETIRO

Peu après Banco, la rame commença à gravir la rampe qui serpentait sous la Calle de Alcalá et poursuivit plus lentement son chemin vers Retiro. Là, sur l'autre quai, attendant le métro venant de Ventas en direction de Sol, un petit homme bedonnant de cinquante et quelques années, dont la petite moustache rappelait celle du défunt général Franco, faisait impatiemment les cent pas. Le commissaire de police Luis Bernal était contrarié de ne pas s'être réveillé, d'autant plus qu'il avait rendez-vous à 10 heures avec le juge d'instruction pour lui exposer une affaire d'assassinat.

Eugenia, la femme de Bernal, était allée passer quelques jours dans sa ferme natale, dans la province de Salamanque, et Diego, son plus jeune fils, le seul de leurs enfants qui vivait encore avec eux, dormait comme une souche après avoir passé toute la nuit dehors. Bernal avait essayé sans succès de le réveiller à temps pour son premier cours à l'université, mais Diego s'était contenté de grogner et de se retourner de l'autre côté. N'ayant pas eu le temps de prendre son petit déjeuner habituel au bar de Félix Pérez, au coin de sa rue, Bernal se sentait déprimé.

MANUEL BECERRA

La rame rouge et crème poursuivit son petit bonhomme de chemin sans incident jusqu'aux stations General Mola et Goya. Mais lorsqu'elle prit de la vitesse dans la ligne droite qui précédait Manuel Becerra, la grosse dame encombrée de cabas fut alarmée de voir le corps de l'infirme commencer à basculer.

Avant qu'elle ait pu tendre la main pour le retenir, il s'écroula la tête la première sur le plancher de la voiture, et son chapeau tomba, révélant ce qui était manifestement une perruque brune. La tête faisait un angle tout à fait anormal et, lorsque la grosse dame lâcha ses sacs pour aider le voyageur à se relever, du sang jaillit en bouillonnant de la bouche de l'infirme, et une flaque d'un rouge sombre commença à se former. La grosse dame poussa un cri strident, et des voyageurs vinrent à son aide.

Lorsqu'elle souleva la tête de la personne prostrée, un nouveau flot de sang lui inonda les mains, ce qui provoqua un second hurlement ; mais ce furent l'étrange contact et la légèreté anormale de la tête et des bras qui déclenchèrent sa crise de nerfs.

— Oh, Seigneur Jésus ! Regardez ce sang ! Oh, j'en ai plein les mains ! Et... et... (elle s'arrêta avec un hoquet, suivit d'un glapissement qui fit retourner tous les autres passagers de la voiture)... ce n'est pas... vrai ! Pas vrai !

Elle retomba lourdement sur son siège, sanglotant

et essayant vainement d'essuyer avec un mouchoir le sang qui lui couvrait les mains, tandis qu'un jeune ouvrier en salopette s'approchait, soulevait sans difficulté l'infirme et ouvrait l'imperméable. Les autres passagers l'entourèrent, tendant le cou pour voir ce qui provoquait les cris et les pleurs de la grosse dame, et l'ouvrier éclata de rire.

— Ce n'est qu'une blague, annonça-t-il. Un mannequin de tailleur vêtu d'un imperméable et d'un chapeau.

— Mais le sang, gémit la grosse dame. Comment expliquez-vous le sang ?

— La tête est en cire, et quelqu'un a placé un récipient de quelque chose à l'intérieur de la bouche, de façon que quand ce truc tomberait du siège, le liquide rouge se répande. C'est une farce, voilà tout.

— Une farce abominable, riposta la grosse dame avec indignation. J'ai failli avoir une crise cardiaque.

Les voyageurs se penchèrent pour examiner le mannequin au moment ou le métro arrivait à la station Manuel Becerra.

— Il faut prévenir le chef de train et le chef de station, suggéra quelqu'un.

Le chef de station sortit de son bureau vitré et, apercevant ce qui lui parut être du sang sur le plancher de la voiture, repartit en courant téléphoner au poste central d'aiguillage de la ligne 2. Le trafic fut provisoirement interrompu, et les voyageurs furent priés, par les haut-parleurs du quai, de descendre et d'attendre la rame suivante. Le chef de train et le conducteur retournèrent à la voiture et demandèrent à la grosse dame et au jeune ouvrier de venir attendre dans le bureau l'arrivée de l'inspecteur des services de sécurité du métro.

Les portes de la rame, où ne restait plus que le mannequin ensanglanté, furent fermées et, après un nouvel entretien avec le poste central d'aiguillage, cette rame fut acheminée, à vide, jusqu'au dépôt de wagons de la station suivante, Ventas, terminus de la ligne 2.

Deux inspecteurs du poste central de Sol sautèrent dans la première rame passant sur la ligne 2 pour se rendre au dépôt de wagons de Ventas, mais furent retardés pendant quelques instants par la suspension du trafic sur la ligne. Ils descendirent à Manuel Becerra pour interroger le chef de station, qui préparait une tasse de café instantané arrosé de cognac pour la grosse dame. Celle-ci, toujours entourée de ses sacs à provisions, leur parut se remettre du choc et commencer à prendre plaisir à monopoliser l'attention.

— Oh, jamais de ma vie je n'ai eu aussi peur ! C'était vraiment horrible ! Tout ce sang sur mes mains ! J'en frémis rien que d'y penser ! Regardez, regardez, mon manteau en est plein. Est-ce que la compagnie me payera le nettoyage ?

— Certainement, madame, la compagnie s'occupera de tout. Mais pouvez-vous nous raconter exactement ce qui s'est passé ? demanda le plus âgé des deux inspecteurs.

— Vous savez, cette fille m'a semblé bizarre depuis le début, dit-elle en savourant son compte rendu en grande partie imaginaire. Elle me regardait d'une curieuse façon, si vous voyez ce que je veux dire. Je me suis dit : « Drôle de mendiante, appuyée comme ça contre la vitre. » Et pourquoi n'est-elle pas descendue à Sol, comme la plupart des autres mendiants ?

— Mais avez-vous remarqué s'il y avait quelqu'un avec cette personne, ou plutôt avec ce mannequin ? demanda l'inspecteur.

— Non, non. Elle est seulement restée sans bouger, à me regarder fixement, jusqu'au moment où elle est dégringolée de son siège, évidemment.

— Qu'est-ce qui vous a fait penser qu'il s'agissait d'une femme ? poursuivit l'inspecteur.

— Je ne sais pas, reconnut-elle d'une voix hésitante, se rendant compte qu'elle n'avait pas vraiment regardé son vis-à-vis jusqu'à ce qu'il bascule et que le chapeau tombe, révélant la perruque de cheveux châtains. Elle... elle paraissait trop petite pour un homme.

— Mais ça aurait pu être un jeune garçon ?

— Oui, je suppose. Je n'ai pas fait très attention, à dire vrai. Je peux rentrer chez moi, maintenant ?

— Certainement, mais nous aimerions enregistrer d'abord votre déposition.

— D'accord, mais j'ai beaucoup à faire. Est-ce que j'aurai une compensation pour l'émotion que ça m'a causé ?

— Le directeur de la compagnie étudiera la question, señora, soyez-en sûre.

— Il pourrait me donner une carte trimestrielle de libre circulation, suggéra-t-elle.

— Nous lui ferons certainement part de vos vœux, dit l'inspecteur.

VENTAS

Au terminus, la voiture contenant le mannequin avait été séparée du reste de la rame par une manœuvre compliquée, et on avait complété le train avec un wagon en surnombre.

Les deux inspecteurs du métro arrivèrent aux *cocheras* et furent conduits à la voiture, maintenant isolée sur une voie de garage, toutes portes ouvertes. Ils examinèrent le mannequin et reniflèrent le sang, ou le liquide rouge.

— Ça sent le plastique, dit le cadet. C'est bien imité, hein ?

— Avec les peintures modernes, on peut faire n'importe quoi, répondit l'aîné. Ce n'est pas un mannequin comme ceux qu'on voit dans les vitrines des magasins, à mon avis. Il est très léger et en polystyrène, ou un truc dans ce genre-là.

— Mais le visage et les mains sont plus lourds, fit observer le cadet. Ils sont recouverts de vraie cire, et on les a peints pour leur donner un aspect plus naturel. Pas d'étiquettes dans les vêtements ?

— Celle de ce vieil imperméable a été découpée. Le chapeau est un feutre d'homme démodé, du type qu'on portait dans les années cinquante. Les autres vêtements ne sont que des guenilles.

— Vous avez déjà vu une chose de ce genre ?

— Seulement pendant le carnaval, quand des gens essaient de prendre le métro avec ces têtes géantes en papier mâché, spécialement aux stations La Latina et

Lavapiés, mais c'est la première fois que je vois un mannequin taille naturelle aussi réaliste. Juste une blague idiote pour faire crier les femmes, c'est tout, dit l'aîné.

— On prévient la police ? C'est du ressort du Comisaría de Ventas, qui se trouve juste au-dessus de nous, dans la Calle del Cardenal Belluga, si je ne me trompe ?

— Je ne crois pas que ce soit utile. De toute façon, le Comisaría a été déplacé. On va se contenter de faire un rapport, le chef de la sécurité décidera. On laisse le mannequin en dépot ici et on fait nettoyer cette voiture.

IGLESIA

Arminda Santiago, une névrosée d'une cinquantaine d'années, se rendait à sa consultation hebdomadaire chez son psychiatre. Perchée à l'extrême bord d'un siège dans la troisième voiture d'un métro de la ligne 1 se dirigeant vers le sud, elle étreignit nerveusement son sac à main lorsque le mendiant malodorant et loqueteux assis en face d'elle se pencha soudain en avant, au moment ou la rame accélérait en quittant la station Ríos Rosas. Quand un brusque coup de frein, dans la descente vers Iglesia, précipita le mendiant sur elle, elle se mit à crier, et ses cris se transformèrent en hurlements hystériques lorsqu'il commença à cracher du sang sur sa figure et sur sa robe.

Les autres voyageurs vinrent à son aide et repoussèrent le mendiant vautré sur elle. Le soldat qui se redressa le premier s'exclama :

— Mais c'est une poupée ! Ce n'est pas un être humain, c'est une poupée !

Les autres regardèrent par-dessus son épaule, et une femme éclata de rire. Lorsque le métro ralentit et s'arrêta à la station Iglesia, les cris d'Arminda et ses languissantes tentatives pour essuyer le sang avec son mouchoir se firent plus frénétiques.

— Appelez la police ! hurla-t-elle. C'est un crime ! Un crime !

Les badauds essayèrent en vain de la calmer. Finalement, le chef de station la conduisit dans son bureau et téléphona au service de sécurité. La rame fut mise hors service et, lorsque le trafic eut été temporairement interrompu sur la ligne 1, dirigée vers le dépôt de Cuatro Caminos pour y attendre d'être examinée.

CUATRO CAMINOS

Les deux mêmes inspecteurs contemplèrent avec stupeur le second mannequin de la semaine.

— Il est très similaire au premier, déclara le cadet. Si ce n'est que, cette fois, on lui a donné une allure plus masculine. Pour l'amour du ciel, qui peut bien faire ça ?

— Des carabins qui s'amusent à nos dépens, je parie, répondit l'aîné.

— Faut-il prévenir la police ?

— On va conseiller au chef de le faire. Sinon, la bonne femme hystérique de la station Iglesia va piquer une crise et alerter les journaux. La compagnie préférera sûrement éviter la publicité, même si cette affaire est complètement loufoque. Quel que soit le coupable, il s'arrange pour que le sang ait l'air drôlement vrai, hein ?

PACÍFICIO

Dans le building tout neuf et tout pimpant qui abritait le siège de la Compagnie du Métropolitain de Madrid, Calle de Cavanilles, le chef du service de sécurité lut d'un bout à l'autre les deux rapports concernant les poupées trouvées dans les rames et fut bien embarrassé. La compagnie traversait la plus mauvaise période de son existence. Depuis sa fondation en 1919, avec l'appui du roi Alphonse XIII, elle n'avait jamais subi de pertes jusqu'en 1976, et bien qu'au cours des dernières années, les gouvernements successifs ne l'aient pas autorisée à relever les tarifs à un niveau raisonnable. En conséquence, la compagnie avait réduit ses investissements pour le renouvellement du matériel roulant, interrompu les travaux sur trois sections de ligne en cours de construction, et se trouvait confrontée à un énorme déficit, qui provoquerait certainement les jérémiades des actionnaires. Bien que ce ne fut absolument pas de son ressort, le chef de la sécurité trouvait absurde que le prix d'un aller simple, quelle que soit la distance, fut bloqué à six pesetas, et celui de l'aller et retour à huit, alors que les autobus étaient beaucoup plus coûteux.

Il se demanda si ces poupées étaient seulement une plaisanterie stupide. Le sang artificiel était une nouveauté. Peut-être une tentative pour déclencher une panique parmi les voyageurs ? Une idée lui traversa brusquement l'esprit : et si c'était du vrai sang, et du sang humain, par-dessus le marché ? Il pourrait en faire prélever un échantillon sur chacune des poupées et le faire analyser, à tout hasard. Il prit mentalement note de s'en occuper le lendemain et quitta son bureau pour aller déjeuner.

ANTOŃ MARTÍN

María Rosa Pérez se pelotonna sur la banquette du fond, dans la vieille rame de métro, et secoua son chapeau de pluie, trempé par la grosse averse qu'elle avait essuyée en sortant du cinéma Roxy. Elle avait pris plaisir à voir le *Viridiana* de Buñuel, si longtemps interdit en Espagne, mais elle se sentait coupable de rentrer chez elle si tard pour préparer le souper de son mari. A minuit moins le quart, Alberto devait encore être occupé à nettoyer la salle du café, mais elle mettrait un certain temps à aller de la station Vallecas à leur appartement de l'Avenida de Monte Igueldo. Elle se rendait compte que son mari n'avait jamais compris son goût pour les films d'art et d'essai, mais les vieilles habitudes ont la vie dure. Si elle s'était mariée dans la classe ouvrière, sa mère n'en avait pas moins été une célèbre vedette des films folkloriques assez insipides que l'on tournait dans les années 30, et elle avait été élevée parmi tout un bric-à-brac pseudo-culturel.

María Rosa s'emmitoufla dans son manteau à col de fourrure et lut les graffiti qui couvraient les parois du wagon. « *Queremos una piscina en la Calle del Pingarrón,* nous voulons une piscine dans la rue Pingarrón », réclamait le premier griffonnage. Eh bien, c'était une aspiration honorable, pour le faubourg très pauvre et très négligé d'Entrevías songea María Rosa.

« *La vida es una barca. Firma : Calderón de la Mierda,* La vie est une barque. Signé : Calderón de la Merde », proclamait le second gribouillage. A la fois grossier et littéraire, observa María Rosa, avec la modification du titre de la comédie de Calderón de la Barca, *La vida es sueño,* La vie est un rêve. Apparemment, le surréalisme gagnait les couches les plus misérables et les plus délaissées de la société.

Jusqu'ici, Señora Pérez n'avait guère prêté attention à la jeune fille mal vêtue assise en face d'elle. Celle-ci semblait dormir, la tête appuyée contre la vitre. Lorsque María Rosa était montée à la station Bilbao, après une longue attente due au nombre réduit de rames en service à cette heure tardive, elle avait examiné rapidement la jeune fille, alors la seule autre occupante de la voiture. Elle semblait très pâle, et sa main gauche pendait, inerte, sous le siège. Peut-être une droguée ? En tout cas, elle ne se souciait pas de son apparence, avec son fichu rouge crasseux noué sur ses cheveux hirsutes.

Lorsque la rame tangua dans le tunnel entre les stations Tirso de Molina et Antón Martín, où la ligne s'incurve brusquement vers l'est, la fille mal vêtue tomba comme une masse. María Rosa se leva pour l'aider, tandis qu'à l'autre bout de la voiture, trois jeunes gens, montés à Sol, regardaient avec curiosité ce qui se passait.

— Vous ne vous sentez pas bien? commença-t-elle par demander à la jeune fille.

Et puis elle remarqua le sang qui s'écoulait de sa bouche. María Rosa eut un haut-le-cœur, mais elle retint le cri qui lui montait aux lèvres et eut la présence d'esprit de chercher le pouls de la jeune fille. Le poignet était flasque, moite et froid, et Señora Pérez comprit qu'elle avait affaire à un cadavre.

Lorsque la rame arriva à la station Antón Martín, ella cria aux trois jeunes gens d'aller chercher le chef de train dans la voiture de tête et le chef de station. Quand ceux-ci virent le corps, ils téléphonèrent au poste central de Sol, et le trafic de la ligne 1 fut interrompu.

RETIRO

Le commissaire Bernal venait tout juste de s'endormir lorsque le téléphone sonna, quelques minutes avant 1 h 30 du matin. Sa femme Eugenia était toujours à Ciudad Rodrigo, à s'occuper de ses terres quasiment stériles et de ses fermiers faméliques, et elle reviendrait certainement, à la fin de la semaine, chargée des jambons, des fromages, des saucisses, des olives et autres produits qu'elle leur aurait soutirés en guise de loyer. Diego, leur plus jeune fils, n'était pas encore rentré. Il devait être à la discothèque Boccaccio, songea Bernal. Du moins, il l'espérait. Il préférait pour son fils ce genre de fredaines à une fumerie de chanvre, si ce n'est pire, dans l'appartement de l'un des professeurs les plus farfelus de la Faculté.

L'agent de service se confondit en excuses.

— Je suis désolé de vous déranger, monsieur le commissaire, mais l'équipe de garde a été appelée à San Blas pour un crime passionnel. Et la vôtre est la suivante sur la liste.

— Très bien. Où est-ce ?

— A la station de métro Antón Martín, monsieur le commissaire. Une jeune fille morte dans un wagon. L'affaire aurait des côtés bizarres, d'après l'inspecteur du quartier.

— Ce ne serait pas Arévalo, par hasard ? (Bernal se souvenait de l'inspecteur assez guindé et réactionnaire avec lequel il avait déjà collaboré.)

— Si, monsieur le commissaire, c'est lui. Il m'a dit d'appeler immédiatement le Directorat General de la Sécurité.

— Alors, il se passe sûrement quelque chose d'anormal, dit Bernal avec une pointe d'ironie. Voulez-vous téléphoner de ma part à Navarro et à Miranda et leur dire de me rejoindre à Antón Martín ?

— C'est qu'il a fallu conduire la rame jusqu'au terminus, à Portazgo, pour ne pas bloquer les derniers trains de la ligne 1, monsieur le commissaire. Le métro est maintenant fermé pour la nuit, mais l'inspecteur Arévalo et le chef du service de sécurité du métro vous attendent à la station Portazgo.

— Vous pouvez m'envoyer une voiture ?

— Elle est déjà partie, monsieur le commissaire. Je m'étais dit... (L'agent de garde hésita.) J'étais certain que vous iriez si cela vous était possible.

— Trop aimable, dit Bernal d'un ton ambigu. Je vais m'habiller.

PORTAZGO

Habitant la banlieue de Vallecas, l'inspecteur Miranda était arrivé avant Bernal, et il était déjà en train de recevoir la déposition de María Rosa Pérez, visiblement pressée de rentrer chez elle.

Bernal interrogea rapidement la femme, puis la fit reconduire à domicile par son chauffeur.

— Il vaut mieux appeler le Dr Peláez, dit-il à Arévalo. C'est un cas très singulier. Le corps de la fille est froid, comme vous l'avez constaté, mais il n'y a pas de rigidité cadavérique. Pourtant, du sang a jailli de sa bouche. Je suppose que c'est du vrai sang ? Il me paraît bien clair.

— Je n'en suis pas certain, monsieur le commissaire, dit l'inspecteur Arévalo. Il est indiscutablement froid au toucher et dégage une vague odeur de vernis à ongles.

— Si c'est du vrai sang, pourquoi n'a-t-il pas figé, ni même séché ? demanda Bernal. Il va falloir que Peláez et Varga fassent quelques analyses. Cette fille avait-elle un sac à main ?

— Non, pour autant que nous le sachions, et Señora Pérez n'en a pas vu non plus.

Bernal lut la déposition du témoin. Les trois jeunes gens, que l'on avait obligés à aller jusqu'au terminus, n'avaient rien dit de plus et en savaient encore moins que la femme.

— Señora Pérez est une personne respectable, épouse d'un propriétaire de café et fille d'une actrice de cinéma des années 30, intervint l'inspecteur du quartier. Un excellent témoin, à mon avis.

— Et la morte occupait déjà sa place lorsque cette dame est montée à Bilbao ? (Bernal remarqua qu'une étiquette métallique à l'ancienne mode était fixée sur le côté du siège, signalant que celui-ci était réservé aux « mutilés et invalides ».)

— Oui, et elle était appuyée contre la vitre. Naturellement, Señora Pérez a d'abord pensé qu'elle dormait.

Le wagon faisait partie des plus vieilles séries R, presque certainement d'avant-guerre, songea Bernal, et les fenêtres des deux extrémités portaient l'affiche habituelle, certifiant que la voiture avait été « désinsectisée » durant le mois précédent.

— Le chef de la sécurité du métro n'est pas encore là ? demanda-t-il à Arévalo.

— Ils ont eu du mal à le joindre. Il semble qu'il dînait en ville avec sa femme.

Peláez, le médecin-légiste, arriva tout essoufflé, les yeux pétillants d'intérêt derrière les verres épais de ses lunettes, et entreprit l'examen du corps.

— Hum, morte depuis plusieurs heures et cependant pas encore raide. Curieux, ce sang. Ah, un sachet de plastique dans la bouche. (Il l'extirpa avec des brucelles.) Voilà comment on s'y est pris. Lorsqu'elle tombe de son siège, le sac s'ouvre et le sang se répand. Pourquoi, hein ? Pourquoi ? Pour faire peur ? Mais c'est déjà suffisamment effrayant pour la plupart des gens qu'un *fiambre* leur dégringole dessus. (L'existence de Peláez était jalonnée de *fiambres*, « viandes froides » ou « macchabs ».)

— Mais de quoi est-elle morte ? demanda Bernal.

— Ça, il est trop tôt pour le dire. Pas de marque visible, dit Peláez en retournant le corps et en écartant les vêtements sales et ternes. Probablement pas étranglée. Etouffée ? Possible. Il va falloir l'ouvrir pour le savoir. Vous m'accompagnez, Bernal ?

— Non, non merci, répondit précipitamment Bernal.

— Vous aurez mon rapport dans la matinée. Je suppose que vous voulez les empreintes digitales ?

— Oui, le plus tôt possible, Peláez, puisqu'il semble n'y avoir aucun autre moyen de l'identifier.

SOL

Le lendemain, Bernal et l'inspecteur Francisco Navarro, son plus ancien collaborateur, se creusèrent la tête sur le rapport de Peláez. Le sang qui avait coulé de la bouche était finalement du vrai sang, mais mélangé à un diluant de même type que ceux qu'on utilise dans le vernis à ongles, les peintures vyniliques et les produits à effacer l'encre. Probablement pour qu'il reste liquide. Cela expliquait sa couleur claire. La jeune fille, âgée de dix-huit à vingt-deux ans, avait des cheveux châtains décolorés en blond, des yeux marron, des sourcils dessinés au crayon au-dessus de l'emplacement des sourcils naturels rasés, un nez retroussé, une grande bouche et des dents saines. Elle était svelte, pas vierge, convenablement nourrie, soignée de sa personne, appartenait probablement à la petite bourgeoisie et devait être dactylo, à en juger par les petites callosités sur la partie externe de ses pouces.

Son annulaire gauche portait une trace pâle laissée par une bague assez large, apparemment pas une alliance, étant donné la forme de cette trace. Les vieux vêtements dans lesquels on l'avait trouvée ne lui appartenaient certainement pas ; ils ne portaient ni étiquette ni marque de fabrique, mais Varga, du service technique, allait les examiner à la lumière noire pour tenter d'y déceler d'invisibles marques de blanchissage.

Cause de la mort incertaine, peut-être l'asphyxie, mais le contenu de l'estomac, les poumons, le foie, les reins et le cerveau, ainsi que des échantillons de sang, seraient examinés par l'Institut de toxicologie pour rechercher des traces éventuelles de drogues ou de poison.

— Encore rien sur quoi travailler, dit nerveusement Bernal. Si ses empreintes ne figurent pas dans les archives criminelles, ça peut prendre des semaines pour que l'Anthropométrie retrouve son pouce et son index droits dans le fichier national complet du D.N.I. Qu'est-ce que tu suggères, Paco ? demanda-t-il à Navarro.

L'inspecteur Francisco Navarro — Paco pour ses amis — était un type méticuleux auquel n'échappait aucun détail, et on pouvait lui faire confiance pour éplucher les rapports et les dossiers ; c'était également un enquêteur de premier ordre, bien qu'il détestât travailler lui-même sur le terrain.

— On pourrait commencer par interroger toutes les *taquilleras* qui étaient de service dans le métro la nuit dernière. Ils ont pu remarquer une personne transportant un cadavre. La fille a dû être tuée ailleurs quelques heures plus tôt, puis déposée dans le wagon. On pourrait commencer par les stations de la ligne 1, *jefe*. Ça m'étonnerait que l'assassin ait pris une correspondance.

— C'est juste, Paco. Et on peut se limiter aux stations situées au nord de Bilbao, puisque la rame se dirigeait vers le sud et que Señora Pérez a vu le corps assis à sa place quand elle est montée à cette station.

Navarro alla consulter le vaste plan du réseau souterrain dans sa boîte de verre, sur le mur.

— Ça ne fait que huit stations, chef, d'Iglesia à Plaza de Castilla.

— Mais les guichetiers qui étaient de service la nuit dernière doivent maintenant être chez eux. On va demander leurs adresses au service de sécurité du métro et y expédier Lista, Miranda et Elena Fernández.

Carlos Miranda appartenait à la brigade criminelle

depuis sept ans et était phénoménalement doué pour les filatures de suspects. Lista était plus jeune, grand, costaud, d'une placidité bovine, et son aspect physique rendait inattendus ses lumineux éclairs d'intuition ; Elena Fernández n'avait été rattachée à l'équipe de Bernal que deux mois plus tôt, mais elle avait déjà montré qu'elle était consciencieuse et capable d'initiatives intelligentes dans les situations délicates.

— Tu pourrais charger Elena d'interroger le personnel féminin, s'il y avait encore des femmes de service à cette heure tardive, ajouta Bernal. Espérons que Varga et les techniciens du labo dégoteront quelque chose dans les vêtements de cette fille.

PACÍFICO

Le chef du service de sécurité du métro répondit au coup de téléphone de Bernal et déclara qu'il allait relever les noms et adresses de tous les guichetiers de l'équipe de nuit en service aux stations comprises entre Iglesia et Plaza de Castilla. Il suggéra que l'on contrôle également Bilbao, cette station étant l'une des plus fréquentées de cette partie de la ligne.

Pendant que sa secrétaire consultait le service du personnel, le chef de la sécurité relut les rapports sur les deux poupées taille naturelle découvertes la semaine précédente. Pouvait-il exister un lien avec la fille assassinée ? Ça n'avait pas dû être commode de transporter les deux poupées dans le métro sans se faire remarquer, et encore moins le cadavre de la jeune fille. Il se dit qu'il valait mieux faire faire des photocopies des rapports et les envoyer au commissaire Bernal.

SOL

Le lendemain matin, Navarro ouvrait le courrier dans le bureau crasseux de l'équipe, dans le building de la Gobernación, lorsque Bernal arriva.

— Varga a dégoté quelque chose, chef. Il a demandé à Prieto, de l'Anthropométrie, d'essayer cette nouvelle méthode d'autographie électronique qui a été employée pour la première fois en Ecosse par la police de Glasgow. Il semble qu'ils se servent de limaille de plomb et de photographie aux rayons x, et qu'ils puissent relever des empreintes sur les supports les plus difficiles, tels que la peau humaine, les timbres-poste collés sur des enveloppes, et les tissus. Varga n'a trouvé aucune marque de blanchissage invisible sur les vêtements que portait la fille, mais Prieto a relevé une empreinte digitale partielle sur le fichu qui lui couvrait la tête.

— Elle est identifiable ?

— Il dit qu'elle est trop incomplète pour être classée convenablement. Il ne peut pas déterminer avec certitude si elle comportait des arcs ou des boucles, mais il en a assez pour essayer la poroscopie, puisque la disposition des pores, entre et sur les stries, est aussi unique et personnelle que l'empreinte tout entière.

— Nous avons déjà utilisé cette méthode ?

— Prieto dit qu'il a fait des essais à titre expérimental et qu'il est prêt à tenter le coup si vous mettez la main sur le possesseur de l'empreinte.

— Tu veux dire qu'on ne peut pas la comparer au fichier ? demanda Bernal.

— Oh non. Il ne peut même pas dire de quel doigt ni de quelle main elle provient, et le classement des archives criminelles est d'abord basé sur la main droite, du pouce à l'auriculaire, et ensuite sur la main gauche, pour les subdivisions. Prieto dit que la poroscopie ne sera utile que si vous arrêtez un suspect, pour avoir la preuve formelle de sa culpabilité en comparant les pores de toutes ses empreintes avec ceux de l'empreinte partielle.

— Et bien, cela ne nous avance guère, commenta Bernal. Et pour les chaussures, l'écharpe et le reste ? Varga ne peut pas retrouver leurs fabricants et les magasins qui les ont vendus ?

— C'est sans espoir, d'après lui. Ils sont du type le plus courant et ont l'air de venir du marché aux puces du Rastro.

— Ainsi, l'assassin a conservé les vêtements appartenant à sa victime. Pourquoi ? demanda Bernal. Pour éviter tout risque d'identification par nos soins ? Ou parce qu'il est atteint d'une forme quelconque de fétichisme ?

Navarro passa au rapport de l'Institut de Toxicologie.

— Voilà quelque chose, *jefe*. Regardez ça. Ils ont trouvé du chloroforme dans les poumons et des traces de cocaïne dans les veines. Est-ce qu'elle prisait de la neige ? Peláez n'a signalé aucune trace de piqûre sur ses bras ni sur ses cuisses.

— Elle a peut-être succombé à une overdose d'éther, suggéra Bernal. Et c'était probablement une renifleuse de coco par-dessus le marché. Vois ça avec les *Estupefacientes,* Paco. Elle figure peut-être dans leurs fichiers... il y a 170 000 intoxiqués aux drogues dures enregistrés dans la seule ville de Madrid, pour une population de moins de quatre millions d'âmes. Ils pourraient comparer les empreintes de cette fille avec celles de leurs archives. Ce serait sûrement plus rapide que de chercher son index et son pouce droit dans le fichier national d'identification, une aiguille dans une botte de foin.

L'inspectrice Elena Fernández fit son entrée, vêtue d'une robe moulante bleu ciel d'une sobre élégance.

— *Buenos días, jefe.* Vous avez du travail pour moi ?

Bernal admirait le don qu'elle avait de toujours paraître fraîche et dispose, même après une longue journée d'enquête ou après une soirée tardive avec son petit ami de la Costa Fleming.

— Nous voudrions que vous alliez interroger à leur domicile, ce matin, quelques vendeuses de tickets du métropolitain. Lisez d'abord ces rapports sur une fille dont on a découvert le corps hier soir dans une rame de métro, à la station Antón Martín.

Navarro ouvrait maintenant une grande enveloppe apportée par un messager de la direction du Métro.

— Le chef de la sécurité nous envoie les noms et adresses des guichetiers de service la nuit dernière entre les stations Bilbao et Plaza de Castilla. Il nous envoie aussi les copies de deux rapports concernant des poupées grandeur nature découvertes dans les trains au cours de la semaine dernière. Il se demande s'il existe un lien. Il dit que la compagnie espère que vous pourrez éviter qu'on parle du décès de la fille dans les journaux.

— On fera ce qu'on pourra, mais ils doivent bien se douter que l'affaire finira par s'ébruiter. Les témoins parleront.

Bernal lut les deux rapports avec une avide curiosité. Il remarqua que les deux inspecteurs du métro chargés de s'occuper des mannequins parlaient de « peinture rouge » ou de « teinture rouge » coulant de la bouche des poupées. Il fallait vérifier ça tout de suite.

— Paco, appelle le service de sécurité du métro et demande leur d'envoyer ces deux mannequins, s'ils les ont encore, au labo de Varga, en les tripotant le moins possible. Il vaut mieux que vous lisiez ces rapports, Elena et toi, et Miranda en fera autant quand il arrivera. Interrogez trois guichetiers chacun et demandez-leur s'ils ont remarqué quoi que ce soit de suspect durant la semaine écoulée ; par exemple, une personne qui soutenait un malade ou un infirme. Je reste ici jusqu'à l'arrivée de Lista et d'Ángel. (Bernal s'était résigné aux horaires fantaisistes d'Ángel Gallardo, le plus jeune et le plus séduisant de ses assistants, mais il était un peu surpris par le retard de l'inspecteur Lista.) Autre chose, Paco. Veux-tu demander à la Compagnie du Métro de nous envoyer une carte à grande échelle du réseau souterrain ? Nous n'avons qu'un petit plan de poche.

Lorsqu'ils furent partis, Bernal étudia les trois

rapports et le plan du métro. Le premier mannequin avait été découvert juste avant la station Manuel Becerra, sur la ligne 2, en direction de Ventas. Le second avait été trouvé sur la ligne 1, entre les stations Ríos Rosas et Iglesia, et la rame se dirigeait vers le sud, direction Portazgo. Le cadavre de la fille s'était manifesté juste avant la station Antón Martín, également sur la ligne 1, et le métro allait aussi vers le sud et Portazgo, mais le témoin, Señora Pérez, était monté beaucoup plus tôt, à la station Bilbao. Il existait une corrélation manifeste entre les deux derniers incidents. Les employés de guichet travaillant entre le terminus, Plaza de Castilla, et Bilbao pourraient peut-être éclairer l'une ou l'autre affaire, ou les deux. Le premier fait pouvait-il être rattaché aux autres ? Un nouvel examen du plan rendit la chose évidente à Bernal. Il n'y avait que deux correspondances entre les lignes 1 et 2, les stations Cuatro Caminos et Sol, la première étant également le terminus nord de la ligne 2. La station Sol pouvait être éliminée en tant que point d'accès dans le cas de la fille morte, puisque Señora Pérez avait remarqué sa compagne de voyage plus tôt. Donc, le point commun était forcément Cuatro Caminos, en admettant qu'une seule personne soit responsable des deux mannequins et de la morte, et que cette personne n'ait pas changé de train à une correspondance. Bernal estima cette hypothèse très peu plausible, surtout dans le cas de la morte, qui pesait plus de quarante kilos. Et, pour les mannequins, le responsable aurait-il couru le risque de se faire repérer en changeant de ligne ?

Bernal nota ensuite sur une feuille de papier les

dates et les heures des trois événements : trois jours entre les mises en place de chacun des mannequins, toutes les deux avaient été effectuées vers 9 heures du matin. Deux jours entre le second mannequin et la fille assassinée, cette dernière ayant été déposée très tard dans la soirée, ou plutôt très tôt le matin. Mais elle avait dû être tuée trois ou quatre heures auparavant, disons entre 8 heures et 9 heures du soir. Il faudrait consulter le service des Personnes Disparues, parce que si cette fille habitait chez ses parents ou avec une amie, son absence pourrait être déclarée dans la matinée. Là où il y aurait un problème, ce serait si elle vivait seule. Dans ce cas-là, sa disparition risquait de ne pas être signalée avant plusieurs jours, jusqu'à ce que son employeur fasse des recherches.

Miranda arriva, et Bernal lui demanda de lire tous les rapports, de relever les noms des trois derniers guichetiers de la liste du Métro et d'aller les interroger.

ALVARADO

Elena Fernández gravit lentement l'escalier de la station Alvarado, en regardant autour d'elle et en notant la disposition des voies d'accès aux quais de la ligne 1 et l'emplacement des tourniquets devant le guichet des billets. Dans la rue, elle relut le nom et l'adresse : Victoria Álvarez, Calle del General Perón. Elle remonta Bravo Murillo et tourna dans

General Perón, cherchant le numéro de l'immeuble. Elle eut la chance de trouver Victoria dans son rez-de-chaussée obscur, occupée à donner un bain à son mari à demi paralysé.

La bouche de Victoria avait un pli amer, et un regard apeuré apparut dans ses yeux lorsque Elena lui montra sa carte de police toute neuve.

Si elle avait vu quelque chose de bizarre à la station Cuatro Caminos où elle avait travaillé pendant presque toute la semaine précédente ? Elle répondit qu'elle voyait des gens et des choses bizarres tous les jours.

— Tous ces mendiants et ces camelots qui envahissent le métro, maintenant, et qui essayent de franchir mon portillon sans prendre de ticket. Il faut que j'aie drôlement l'œil, moi je vous le dis.

Elena émit un murmure compréhensif.

— Vous est-il arrivé de voir une personne en porter ou en soutenir une autre ?

— Eh bien, ces bohémiennes transportent tous les jours trois ou quatre gosses qui font semblant d'être infirmes, pour aller les déposer à Ópera ou à Sol et laisser ces pauvres petits mendier toute la journée dans l'obscurité. Inhumain, que c'est. Et puis il y a les marchands de billets de loterie aveugles ; quelqu'un les aide parfois à descendre l'escalier.

— Mais vous n'auriez pas remarqué une personne dont les pieds traînaient, par hasard ? demanda Elena en se rappelant les mannequins.

— Maintenant que vous m'en parlez, je me rappelle effectivement avoir vu ça un matin.

Elena s'empressa d'ouvrir son calepin.

— Ça s'est passé y a une huitaine de jours, un

matin où il pleuvait à verse. Je faisais partie de la première équipe. Un balaise avec une barbe, le chapeau rabattu sur les yeux, soutenant une personne infirme… je ne peux pas vous dire s'il s'agissait d'un homme ou d'une femme, c'était tout emmitouflé, vous comprenez ? J'ai seulement remarqué le barbu parce qu'il a pris un aller simple et un aller et retour. Ça m'a paru drôle. L'autre ne devait donc pas revenir ?

Elena essaya de lui faire dire quel jour exactement ça s'était passé, mais elle savait que c'était le mardi de la semaine précédente qu'il avait beaucoup plu, parce qu'elle-même s'était fait rincer en attendant le microbus sur la Castellana pour se rendre à son travail. De toute façon, elle pourrait vérifier auprès de la station météorologique du Retiro.

— Quand avez-vous commencé à travailler à la station Cuatro Caminos, *señora ?*

— Oh, juste après la guerre. Quand mon mari a été blessé à son travail. C'est un coin salement humide. L'hiver, j'attrape des rhumes épouvantables.

— Et vous ne vous rappelez aucun autre incident… hier soir, par exemple ?

— Non, je ne vois pas.

— Eh bien, je vous remercie de votre aide, señora. Nous aurons probablement besoin d'une déposition signée par la suite. J'espère que votre mari sera bientôt rétabli.

Victoria se dit que la D.G.S. devait avoir beaucoup changé. Autrefois, on l'aurait interrogée en l'engueulant comme si elle était une criminelle, songea-t-elle avec amertume.

SOL

A midi, Bernal lisait avec étonnement les derniers rapports du laboratoire de médecine légale. Le sang de la morte appartenait au groupe O positif, mais celui qui avait jailli du sachet de plastique enfoncé dans sa bouche était du B négatif. Alors, à qui appartenait-il ? Bernal appela Lista, qui se trouvait dans le bureau voisin.

— On va aller jeter un coup d'œil sur ces deux mannequins, s'ils les ont envoyés. Il va falloir des examens détaillés du sang qu'ils contenaient. Mais appelle-moi d'abord Peláez au téléphone.

Peu après, Lista lui fit signe, par la vitre séparant les deux bureaux, que Peláez était en ligne.

— Peláez ? Bernal. Je ne sais pas si vous avez lu le rapport sur les échantillons de sang prélevés sur la morte du métro. Pas encore ? Eh bien, ils appartiennent à deux groupes différents. Où l'assassin a-t-il pu se procurer l'autre sang ? En admettant que ce ne soit pas un tueur à répétition. A la faculté de Médecine ou dans un hôpital ? Oui, on va vérifier. Vous êtes au courant des deux mannequins découverts la semaine dernière dans le métro ? Non ? Eh bien, ils avaient aussi dans la bouche des sachets de plastique contenant ce qui paraissait être du sang. Je vais faire examiner tout ça par le labo. Je vous rappellerai si j'ai encore besoin de votre aide. *Hasta luego.*

En reposant le combiné, Bernal fit signe à Lista de revenir.

— Tu vas aller te renseigner à la faculté de Médecine et dans les hôpitaux sur les possibilités de vols dans les banques de sang. Pour l'instant, nous sommes surtout intéressés par le groupe B négatif, qui est un groupe très rare. Passe aussi à l'école d'Anatomie, au cas où des étudiants auraient tiré ce sang de cadavres. Il n'y a guère de chances, mais il faut vérifier.

Un joli garçon à l'œil vif entra, les mains dans les poches.

— Ángel ! s'exclama Bernal. Où étais-tu fourré, toute la matinée ?

— J'ai passé la nuit dans la nouvelle discothèque de Velázquez, chef. Pour le compte de la brigade des Mœurs, évidemment. Il y a du nouveau ?

— Tu vas commencer par lire tous ces rapports, dit Bernal d'un ton ferme, et puis tu m'accompagneras au laboratoire de Varga pour examiner ces deux mannequins. Je te verrai ce soir, Lista, quand tu auras fini la tournée des banques de sang. *Que tengas suerte,* j'espère que tu trouveras quelque chose.

Dans le capharnaüm de son laboratoire, Varga déballa les deux mannequins des feuilles de plastique qui les enveloppaient.

— Je leur ai remis leurs vêtements pour que vous puissiez vous rendre compte de l'effet général, monsieur le commissaire. Nous avons prélevé des échantillons du sang contenu dans les sachets de plastique qui se trouvaient dans les bouches et nous les avons envoyés à l'analyse. Si c'est du sang humain, j'ai suggéré des tests détaillés sur les facteurs Rh, Mn et Hr, ainsi que sur la présence d'anticorps ou de signes de maladie. Ça nous aidera à établir l' « empreinte hématologique » de la personne, ou des personnes, d'où provient le sang : âge approximatif, race, état de santé, etc. Et on pourra la comparer avec précision à tout autre échantillon qui nous sera soumis. Les vêtements sont de vieilles nippes, comme vous le voyez, probablement achetées chez un fripier ou au Rastro un dimanche matin. Les charpentes des corps sont en fil de fer, recouvert de polystyrène, mais les mains et le visage sont faits de cire naturelle, peinte pour lui donner un aspect réaliste. Les yeux sont en verre, et la chevelure, dans les deux cas, est une perruque bon marché comme on en vend dans tous les grands magasins.

Bernal examina soigneusement les deux mannequins et souleva l'un d'eux.

— Ça ne pèse pas lourd, hein, Varga ? Un avantage pour les transporter, mais une difficulté pour les installer sur un siège dans le métro. Les gens auraient pu remarquer leur légèreté. Et pour la cire et le reste ? Peut-on vérifier les sources d'approvisionnement ?

Varga réfléchit à la question.

— Le polystyrène est facile à obtenir, on le vend en plaques pour divers usages. Le fil de fer est d'assez gros diamètre, comme celui qu'utilisent les modeleurs et les sculpteurs. La cire, c'est autre chose. Ce n'est pas la même que celle avec laquelle on fait les cierges des églises, par exemple. C'est une cire plus molle, plus maléable, que l'on emploie pour les moulages. Un endroit où on en utilise sûrement, c'est le nouveau musée de figures de cire de la Plaza de Colón.

— J'enverrai Ángel y faire un tour et interroger le directeur. Vous pourrez lui donner un échantillon à emporter, Varga ?

— Oui, bien sûr, si vous m'autorisez à en prélever un morceau sur un de ces mannequins.

— Evidemment que je vous y autorise. Remettez-lui une partie peinte, que des gens du musée puissent examiner aussi la peinture.

MONCLOA

Lista se souvenait de la disposition de la cité universitaire du temps où il était étudiant, mais elle lui parut encore plus vaste. Il ne restait plus aucune trace du rôle qu'elle avait joué pendant toute la guerre civile, lorsque les défenseurs républicains de Madrid, retranchés dans la faculté de Philosophie et de Lettres, tiraient sur la faculté de Médecine occupée par les insurgés franquistes. Tous les bâtiments d'avant-guerre avaient souffert des combats, et on les avait remplacés par des édifices élégants et fonctionnels, réunis par de jolies allées. Lista commença par se rendre au bureau du doyen de la faculté de Médecine, où on le dirigea sur tous les services où il pouvait se trouver du sang en dépôt. En voyant la liste qu'on lui remettait, il comprit qu'il en avait pour la journée, sans parler des hôpitaux de la ville qui avaient leurs propres banques de sang.

COLÓN

Ángel arpenta d'un pas nonchalant le Paseo de Recoletos et, comme la plupart des *madrileños,* n'eut pas un regard pour les fleurs d'un rose-mauve passé des arbres de Judée, qui cédaient tout juste la place aux feuilles nervurées en forme de cœur, ni pour les impeccables alignements de tulipes rouges de Hollande, plantés à grands frais par l'Ayuntamiento entre les parterres couverts de soucis orangés. Il s'intéressait principalement aux gens, et ses yeux noirs scrutèrent les glaces du Café Gijón, où la première fournée de gens de théâtre prenait le petit déjeuner au bar.

Lorsqu'il atteignit le Centro Colón, il regarda quand même les trois énormes et mystérieux blocs de ciment, en partie recouverts de feuilles de plastique, que l'on était en train d'ériger de l'autre côté de la Plaza de Colón, dont le nom allait bientôt se transformer en « jardins de la Découverte ». Il avait entendu dire que les immenses sculptures étaient censées représenter les trois caravelles avec lesquelles Christophe Colomb avait accompli le « Premier Voyage ». La statue XIXe siècle du Découvreur avait été déplacée dans le coin sud-est de la place, tournée comme il convenait vers l'ouest et la Calle de Génova, la rue baptisée du nom de la ville natale présumée de Colomb : Gènes.

Il regarda avec curiosité le kiosque placé devant le Centro Colón, où étaient exposées des photographies de l'intérieur du musée de cire. Il n'y était jamais entré, bien qu'il fût un habitué du Río Frío, le grand café moderne situé au-dessus du musée, et de la discothèque Boccaccio, qui se trouvait derrière.

Il pénétra dans le musée comme un visiteur ordinaire, paya cent pesetas de droit d'entrée et vingt-cinq pesetas pour le programme, et se trouva aussitôt nez à nez avec deux effigies en cire du roi et de la reine. Don Juan Carlos paraissait plus petit et plutôt plus jeune qu'il ne l'était en réalité, songea Ángel, alors que Doña Sofía semblait plus âgée et assez pâle. Pourquoi la cire peinte n'arrivait-elle jamais à rendre tout à fait l'aspect de la peau humaine, à moins de rester dans la pénombre ? Et il eut la même impression plus loin, dans la salle des vedettes du spectacle, dont certaines étaient des mannequins animés, qui bougeaient et chantaient. Il traversa la galerie des courses de taureaux, où il trouva que c'était le taureau qui paraissait le plus naturel, surtout quand il se ruait périodiquement hors d'une *puerta de toriles*, uniquement pour se voir ramené ignominieusement en arrière par le mécanisme dissimulé sous le plancher. Ángel fut professionnellement attiré par la section consacrée au crime et décida d'y jeter un coup d'œil avant de se mettre en quête du directeur. Après avoir rapidement contemplé les dioramas de crimes célèbres — il estima que l'attaque de l'express d'Andalousie en 1924 était le plus réussi —, il traversa les salles des hommes politiques, des artistes et des écrivains jusqu'au bureau du directeur.

Dès qu'il lui eut présenté sa carte d'identité de la D.G.S., le directeur se montra serviable. Peut-être aimerait-il visiter les ateliers ? Ángel accepta avec empressement et fut présenté à l'un des techniciens. Après avoir écouté un exposé des procédés modernes de fabrication des figures de cire, Ángel montra au technicien l'échantillon de cire peinte que Varga avait prélevé sur l'un des mannequins.

— Effectivement, monsieur l'inspecteur, cela ressemble à la cire que nous utilisons, mais celle-ci est également employée par les artistes pour prendre des moulages et, je crois, par les embaumeurs dans les cas délicats. La peinture n'est pas très bien exécutée, dit-il d'un air dédaigneux. Ici, nous ne pourrions pas nous contenter de ça. Les couleurs ne sont pas du même type que les nôtres. On dirait plutôt des peintures à l'huile ordinaire, à mon avis.

— Vous pourriez me donner le nom de vos fournisseurs de cire et de matières plastiques ? demanda Ángel.

— Bien sûr, monsieur l'inspecteur, mais je pense que vous découvrirez qu'ils ont un grand nombre de clients et des revendeurs dans toutes les villes importantes. Les plastiques sont évidemment beaucoup plus employés par les mécaniciens-dentistes, les fabricants de mannequins de vitrine et les diverses catégories de modeleurs. Les matériaux se sont modifiés du tout au tout au cours des quinze dernières années.

De retour dans le bureau du directeur, Ángel

demanda s'il pourrait avoir la liste du personnel technique.

— J'aimerais savoir si l'un de vos employés vous a quitté récemment, ou si vous avez une raison quelconque de penser qu'on vous a dérobé de la cire ou tout autre produit ?

— Non, aucune, monsieur l'inspecteur, et notre personnel est très stable et de toute confiance. Je vais faire une enquête discrète, évidemment, et si je découvre quoi que ce soit de suspect, je vous le ferai savoir.

RETIRO

A 8 h 30, ce soir-là, Bernal gravit d'un pas étonnamment vif l'escalier de la station Retiro. Juste avant qu'il ne quitte le bureau, Lista avait téléphoné pour signaler qu'il n'avait rien découvert d'intéressant à l'école de Médecine ni dans les hôpitaux, sauf que le sang qu'ils utilisaient était habituellement dilué avec du plasma pour l'empêcher de coaguler, puis réfrigéré. Rien n'indiquait qu'on en eut dérobé. Miranda et Navarro n'avaient rien appris des guichetiers sur la façon dont le corps ou les mannequins avaient été introduits dans les rames du métropolitain, mais Elena avait dégoté une *taquillera* qui avait probablement vu un balaise barbu, le visage à demi dissimulé par un chapeau, descendre le premier mannequin à Cuatro Caminos. Cela confirmait l'hypothèse de Bernal, qui voyait dans cette station le point d'accès dans les trois cas. Ángel n'était pas encore de retour, et ni le service des empreintes de la brigade des Stupéfiants ni le fichier central de l'Identité nationale n'avaient encore été capables d'identifier la jeune morte. Les Personnes Disparues avaient été consultées en vain.

Et pourtant, Bernal n'était pas découragé. Les affaires qui sortaient des sentiers battus l'avaient toujours fasciné, et si les mannequins se révélaient reliés à l'assassinat, celle-là avait, en plus, un côté grand-guignolesque. Il avait l'habitude de se forger une image mentale des assassins qu'il poursuivait, l'édifiant lentement avec les indices que ces gens-là laissent invariablement derrière eux. Dans cette affaire, Bernal avait déjà le sentiment très vif d'être confronté à une personnalité fortement perturbée, certainement un homme, psychopathe dans son comportement aberrant, mais pouvant fort bien paraître tout à fait normal à son entourage.

Dehors, dans la Calle de Alcalá, la soirée était sombre et froide, avec une menace de pluie tout à fait inhabituelle à la fin du mois de mai. Bernal décida de prendre l'apéritif et entra dans le bar de Félix Pérez, ou il commanda un gin tonic. Il jeta un coup d'œil à l'exemplaire du *Diario 16* qu'il venait d'acheter dans la rue au souriant *quiosquero*. Le journal presque tout entier était consacré à la formation des alliances entre les douze partis politiques qui se présentaient aux élections générales du 15 juin, et toute la première page était occupée par l'allocution télévisée prononcée la veille au soir par le président Suárez, au cours de laquelle celui-ci avait annoncé qu'il descendrait dans l'arène électorale à la tête d'un nouveau parti, l'U.D.C., Unión del Centro Democrático. Cette déclaration avait attiré sur sa tête les foudres hystériques de l'extrême-droite et des critiques plus nuancées de la gauche. Bernal feuilleta le journal en sirotant son gin et en mâchonnant une olive que le patron lui avait présentée sur une longue cuillère en bois, et son attention ne fut attirée que par l'article de la page centrale sur le « gang des égoutiers », des Français qui avaient réussi le casse du siècle à Nice. Il se lassa vite de lire le compte rendu à sensation et laissa le journal sur le comptoir en partant. Il ne fallait toujours pas qu'un de ses collègues puisse le voir lisant un quotidien aussi à gauche, et, de toute façon, dans le quartier de Salamanca, le seul fait de porter ce journal sous le bras vous exposait à vous faire molester par les brigades d'extrême-droite des Soldats du Christ-Roi.

En arrivant au coin de la Calle de Alcalá et de sa rue, Bernal fut très surpris d'apercevoir sa femme, vêtue de noir à la mode paysanne, titubant sous le poids d'une bonbonne de verre habillée d'osier et de deux énormes sacs de provisions, et accompagnée de deux gamins qui ne pouvaient pas avoir plus de onze ou douze ans. Ceux-ci étaient également lourdement chargés, l'un d'un gros jambon de pays qu'il portait sur son dos, l'autre d'un tonnelet que, pour l'instant, il avait posé sur le bord du trottoir.

— Eugenia ? s'écria Bernal. Pourquoi ne pas m'avoir dit que tu rentrais aujourd'hui ? Je serais venu te chercher à la gare de Chamarín.

— Oh, Luis, Dieu merci te voilà, haleta-t-elle. Prends ce tonneau d'olives, veux-tu ? Ces deux gamins m'ont offert de m'aider à porter mes colis depuis la station souterraine de la R.E.N.F.E., à Recoletos.

— Pourquoi n'as-tu pas pris un taxi à Chamartín, Geñita ?

— A quoi bon jeter l'argent par les fenêtres alors que la ligne locale me met presque à ma porte ? Deux militaires m'ont aidée à changer de train.

Les deux gamins, essoufflés et le visage en feu à la suite de leurs efforts, parurent soulagés lorsque Eugenia annonça :

— Voici la maison. Posez ça dans l'entrée, là, vous êtes de braves garçons. (Se tournant vers son mari, elle ajouta en aparté :)

— Luis, donne-leur deux *duros* à chacun, veux-tu ?

— Dix pesetas chacun, Eugenia ? explosa Bernal. Pour avoir fait tout ce chemin avec ces énormes colis ? Ça mérite plus. (Sortant son portefeuille, il en tira un billet de cent pesetas sous les yeux affligés d'Eugenia.) Tenez, les enfants, partagez-vous ça, hein ?

Ils s'éclipsèrent avec un soulagement manifeste. Luis se rappela que sa femme avait toujours possédé l'étrange pouvoir de persuader des gens totalement inconnus de lui rendre les services les plus invraisemblables ; cela devait tenir à l'indomptable autorité de son regard et à l'apparente fragilité de sa personne, réfléchit-il. Il n'y avait qu'elle pour s'embarquer toute seule dans un voyage de onze heures, au cours duquel elle avait dû changer deux fois de train, chargée d'autant de bagages qu'un dromadaire saharien.

— Eh bien, Luis, finit-elle par déclarer d'un air

satisfait pendant qu'il l'aidait à remplir l'ascenseur, j'ai rapporté tous les produits que j'ai pu me procurer. Un *jamón serrano* entier, un tonnelet d'olives, une bonbonne de ce vin rouge que tu aimes, un fromage *manchego* et deux chapelets de saucisses *chorizo*. Songe à tout l'argent que nous économisons sur la nourriture ! Tu as été occupé, pendant mon absence ? Est-ce que tu as conduit régulièrement Diego à la messe ?

— Diego a eu beaucoup à faire avec ses études, Geñita. (Luis estima préférable de ne pas mentionner les escapades nocturnes de son fils, dont il avait fait semblant de ne pas s'apercevoir.) Et je suis sur une affaire très inhabituelle.

Tandis qu'ils montaient dans l'antique ascenseur hydraulique, dont la cabine d'acajou verni était dotée d'un miroir en pied biseauté et de portes pliantes à poignées de cuivre, Bernal contempla le hautain profil en bec d'aigle et les sombres yeux pleins de feu d'Eugenia, et il se demanda une fois de plus comment il avait pu être attiré par elle bien des années auparavant, dans son village natal.

A l'époque, il n'était qu'un jeune cadet inexpérimenté de la garde civile, et il n'aurait jamais osé analyser ses sentiments pour elle, mais il était certain qu'il n'y avait pas eu d'amour au sens conventionnel du terme. Elle ressemblait à une jeune pouliche indomptée attendant qu'on la dresse, et il comprenait maintenant qu'il avait avant tout souhaité la dominer, lui inculquer sa conception de la vie, celle d'un citadin. Elle était campagnarde jusqu'au bout des ongles. Son père, un petit propriétaire foncier, avait considéré Bernal comme un inférieur sur le plan social, en dépit de ses débuts prometteurs dans la garde civile. Et c'était vrai. Il était le troisième fils d'un gendarme des brigades d'intervention de la République, qui devait finir par se faire tuer au cours d'une émeute en 1936. Luis n'avait jamais demandé à Eugenia ce qui l'avait séduite en lui ; ça ne pouvait pas être son physique, puisqu'il était petit et avait déjà, à vingt et quelques années, tendance à bedonner ; ses tentatives prématurées pour se laisser pousser la moustache devaient être ridicules. Peut-être était-ce le prestige de l'homme raffiné de la grande ville... la capitale où elle n'était jamais allée.

Quelle désillusion il avait éprouvée pendant sa nuit de noces ! Le feu qui brûlait dans les yeux d'Eugenia, qu'il avait pris pour de la sensualité, se révéla consacré à Dieu. Il comprit à quel point il s'était fourvoyé en s'imaginant que l'assiduité avec laquelle elle observait ses devoirs religieux était naturelle chez une adolescente de son milieu, surtout à la campagne. La vérité, c'était que la religion était sa seule passion, et elle l'était restée. Elle s'acquittait de ses obligations conjugales et domestiques, mais elle le faisait sans entrain, l'esprit fixé sur des sujets plus élevés. Elle lui avait donné deux fils, mais n'avait jamais semblé trouver le moindre agrément aux rapports conjugaux, qui avaient été rares et expéditifs, ni, soupçonnait-il, aux liens maternels avec ses enfants. Et, surtout, elle ne s'était jamais adaptée à la vie à Madrid et s'efforçait d'y recréer les habitudes et les usages de la maison de sa mère, à la campagne. C'était une mystique moderne, pour laquelle les contacts quotidiens avec les autres êtres humains restaient superficiels.

Lorsqu'ils atteignirent leur vieil appartement, au dernier étage de l'immeuble, elle souffla du bout des lèvres sur la poussière que son mari et son fils avaient laissé s'accumuler, et regarda d'un air résigné la pile d'assiettes sales dans la cuisine.

— Je nettoierai tout ça et je préparerai le dîner dans un instant, Luis, mais je vais d'abord dire une petite prière.

Elle s'enferma aussitôt dans un cagibi attenant à la salle à manger, où Luis l'entendit brancher la prise des bougies électriques et des lampes de couleur décorant une statue demi-grandeur nature de Notre-Dame des Douleurs, qu'elle avait l'habitude de prier à intervalles réguliers.

ATOCHA

Le mardi 31 mai, Bernal reçut un appel téléphonique urgent de la D.G.S à 8 h 10 du matin. L'inspecteur Martín, du district du Retiro, le priait de se rendre immédiatement à la station de métro Atocha. Bernal appela son bureau et laissa un message demandant à Navarro de le rejoindre là-bas. Il dit à Eugenia qu'il n'avait pas le temps de prendre son déjeuner, qui se composait de toute façon, comme à l'accoutumée, de pain rassis frit à l'huile d'olive et d'un ersatz de café fait de chicorée et de glands. Il eut la chance de trouver un taxi qui venait de décharger un client devant l'église San Manuel et San Benito.

Tandis que le taxi se traînait dans l'embouteillage

matinal autour de la Plaza de la Independencia et le long de la Calle de Alfonso XII, Bernal considéra une fois de plus les faits établis jusque-là dans l'affaire du métro. Il était maintenant évident que la même personne était responsable des deux mannequins déposés dans les rames, car Varga, le technicien, lui avait téléphoné la veille au soir pour lui annoncer que le sang contenu dans de petits sachets de plastique et introduit dans les bouches des deux mannequins et de la fille assassinée appartenait dans les trois cas au groupe B négatif, et que les trois échantillons présentaient exactement les mêmes facteurs Mn et Hr. Donc, tout ce sang — il y en avait près d'un litre et demi — provenait d'une seule et même personne, et il n'avait pas pu être tiré des veines de la fille, puisque celle-ci avait été tuée après le dépôt des mannequins et que, de toute façon, elle avait un autre groupe sanguin : O positif.

A qui appartenait ce sang ? Voilà ce qui l'intriguait. Il y avait peu de chances qu'il provienne d'une banque de sang, d'abord parce qu'il n'était pas dilué avec du plasma, et ensuite parce qu'un même donneur ne fournissait en aucun cas plus d'un litre de sang à la fois. Pourtant, l' « empreinte hématologique » prouvait qu'il provenait en totalité de la même personne, un jeune adulte en bonne santé, possédant des anticorps contre les maladies habituelles de l'enfance et de l'adolescence. Bernal avait de plus en plus l'intuition d'avoir affaire à un fou plusieurs fois criminel. Quel but poursuivait-il, dans l'optique de sa propre psychopathie, en déposant le corps et les mannequins dans le métro ? Probablement provoquer une panique dans le public, mais était-ce l'unique raison ? Cet homme pouvait-il éprouver une sorte d'attirance perverse pour des cadavres qui crachaient du sang dans le métro ?

Bernal demanda au chauffeur de taxi de couper par la Callejón del Doctor Velasco, le long du ministère de l'Agriculture, et de le déposer au coin de la place, en face de la gare d'Atocha. A pied, il passa devant la vieille marchande de cacahouètes et de bonbons enveloppés de papiers de couleurs vives, qui commençait seulement à disposer ses marchandises sur un petit éventaire, et devant le marchand de billets de loterie aveugle, en train de suspendre ses guirlandes de billets à la devanture de son kiosque. En arrivant à la bouche du métro, Bernal aperçut deux agents en uniforme gris, qui empêchaient des voyageurs indignés de pénétrer dans la station. Bernal leur montra sa carte de police et descendit rapidement l'escalier jusqu'au hall, où l'accorte *taquillera*, pâle comme un linge, se tenait devant son guichet.

— Il y a une femme morte en bas, dit-elle, sur le quai de la voie descendante.

— Je suis le commissaire Bernal. De quel quai parlez-vous ?

— Tout droit après le portillon, direction Portazgo.

Bernal jeta un coup d'œil aux murs constellés d'affiches politiques, de gauche pour la plupart dans ce quartier ouvrier, et son regard s'arrêta un instant sur une grande inscription à la peinture rouge, proclamant : « *Los obreros estamos hasta los cojones de que nos suban los precios,* les travailleurs en ont plein les couilles de la hausse des prix. »

L'inspecteur Martín l'attendait au pied de l'escalier d'accès au quai.

— Il y a eu une sacrée panique dans le métro, monsieur le commissaire. Et les passagers nous ont fait un beau gâchis. Le cadavre d'une jeune fille a été découvert dans une rame se dirigeant vers le sud, avant son arrivée à cette station, et les femmes qui se trouvaient dans le wagon se sont mises à hurler en voyant du sang lui couler de la bouche. Quand le métro s'est arrêté, elles se sont ruées sur les portes. Un ouvrier, qui avait ramassé le corps, l'a porté sur le quai, et c'est seulement ensuite qu'il est allé chercher le chef de station. Bien entendu, entre-temps, les portes s'étaient refermées et le métro était reparti. Le chef de station a téléphoné à la station suivante, Menéndez Pelayo, et a fait retenir la rame là-bas. Elle a été mise hors service et se trouve maintenant au terminus de Portazgo. J'ai fait venir quelques-uns de mes agents en uniforme pour refouler les voyageurs au bout du quai, du côté de la sortie qui mène à la gare. Nous avons fermé cette entrée-ci, comme vous l'avez vu.

— Il s'est produit un cas d'homicide très similaire il y a trois jours, Martín, à la station Tirso de Molina. C'est l'inspecteur Arévalo qui nous a appelé. Vous avez prévenu le Dr Peláez ?

— Il arrive, ainsi que le substitut. Il nous faudra l'autorisation de ce dernier pour enlever le corps.

— C'est bien dommage qu'il ait été déplacé. L'ouvrier qui l'a descendu du train est encore là ?

— Oui, je l'ai retenu pour interrogatoire dans le bureau du chef de station.

Peláez arriva à ce moment-là, ses yeux curieux tout

brillants et ridiculement grossis par les verres épais de ses lunettes.

— Encore une, Luis ! Et à ma porte, de surcroît. On aura à peine besoin d'une ambulance. Les brancardiers qui vont la sortir pourraient la transporter jusqu'à mon laboratoire par la Calle de Drumen. (Il s'accroupit à côté de la morte et se livra à un examen préliminaire.) Hum, encore bien tiède. Marques d'aiguille sur le bras gauche. On lui a fait une piqûre de quelque chose. (Il souleva délicatement les paupières.) Dilatation des pupilles commençant seulement à se relâcher *post mortem*... barbituriques, amphétamine ou cocaïne, probablement. Il faudra que j'envoie des échantillons de sang, de tissus et d'organes au toxicologue. (Il prit un thermomètre et releva la température du corps sous l'aisselle gauche.) Pas très satisfaisant, Luis, mais c'est un peu trop public, ici, pour le lui introduire dans le rectum. Ça nous donnera quand même une indication. Hum, elle n'est morte que depuis une heure environ. Pas de trace visible de violence. Je verrai ça de plus près par la suite. (Il tira une paire de brucelles de sa trousse et les introduisit entre les lèvres sanglantes et les dents.) Ah ! J'en étais sûr ! Un sachet de plastique, comme l'autre. Ce sang n'est pas sorti de ses veines, Luis. Drôle de truc, hein ?

Le substitut de garde arriva et, après avoir discuté de l'affaire avec Bernal, Martín et Peláez, autorisa le transfert du corps à l'Instituto Anatómico Forense, dans la toute proche Calle de Santa Isabel. Martín tira Bernal par la manche et lui montra deux hommes qui se dirigeaient vers eux, sur le quai.

— Des journalistes, monsieur le commissaire. Comment ont-ils pu être prévenus aussi vite ?

Bernal salua l'un des reporters, qu'il connaissait de vue.

— Comment avez-vous été alertés ?

— Par un coup de téléphone anonyme, il y a une heure. monsieur le commissaire. Un homme à voix bourrue, d'après la standardiste. Qu'est-ce qu'il se passe ?

— On a trouvé le cadavre d'une jeune fille dans un train, répondit Bernal.

— Beaucoup de sang, hein ? Mon photographe peut prendre quelques clichés ?

Bernal pesa le pour et le contre.

— D'accord, mais faites vite. Le corps va bientôt être transporté à la morgue.

Du moment que les journaux avaient été prévenus anonymement, peut-être par l'assassin, il se disait que cela ne servirait à rien, dans le nouveau climat politique, d'essayer de les empêcher de publier la nouvelle. Mais il décida de ne pas parler du meurtre précédent ni des mannequins, pour qu'ils ne montent pas l'affaire en crime à sensation. C'était peut-être ce que souhaitait le meurtrier.

— Elle devait être jolie, cette fille, dit le journaliste. Une vingtaine d'années, hein ? Ses cheveux ont l'air décolorés. (Il contempla avec pitié la petite silhouette dans sa robe rouge fripée.) Je me demande ce qu'elle a pu faire pour mériter ça ? De quoi est-elle morte ? Un coup de couteau ? demanda-t-il en montrant le sang qui souillait les vêtements et une partie du quai.

— Nous ne le savons pas encore exactement,

répondit Bernal en se détournant du triste spectacle. Le Dr Peláez va procéder incessamment à l'autopsie.

Les éclairs blancs du flash du photographe de presse illuminèrent la scène d'une lueur étrange, et les passagers maintenus par trois agents à l'autre extrémité du quai la contemplèrent avec une fascination muette.

L'inspecteur Navarro arriva à son tour, accompagné du photographe de la police. Ce dernier lança un regard chargé de rancune professionnelle aux journalistes qui l'avaient gagné de vitesse et prit les clichés officiels destinés au juge d'instruction. Et puis la triste procession des brancardiers, du médecin légiste, du substitut et des journalistes s'ébranla en direction de la sortie, entre les usagers silencieux. Les employés de la station jetèrent du sable sur les taches de sang, et le service reprit sur la ligne 1.

— Il faut que je vous parle, à Navarro et à vous, chuchota Bernal à l'oreille de Martín. Sortons et allons boire un café. Je n'ai pas encore déjeuné.

Dans l'air frais du matin, ils longèrent le Paseo de la Infanta Isabel et pénétrèrent dans le bar de l'hôtel Sur, où ils s'installèrent confortablement à une table de coin et examinèrent l'impressionnant étalage de pâtisseries fraîches proposées pour le petit déjeuner : *churros* et *porras* chauds, *palmeras, españolas, lazos, brioches, torteles, suizos* et bien d'autres.

— J'ai l'intuition que nous avons affaire à un tueur fou, commença gravement Bernal, mais je ne veux pas affoler le public.

Il fit à Martín un bref exposé sur les mannequins, la première fille assassinée et le sachet de plastique rempli de sang trouvé chaque fois dans leur bouche.

— Il ne m'a pas paru sage d'essayer d'empêcher la presse de relater l'affaire de ce matin, mais nous devons garder le silence sur les incidents précédents. J'en parlerai au directeur de la Compagnie du Métro dans le courant de la journée. Je suis certain qu'il ne voudra pas qu'on inquiète les usagers. Notre tâche la plus urgente est d'identifier les victimes.

— Est-ce qu'on ne devrait pas aller à Portazgo examiner le wagon dans lequel on a découvert la dernière ? demanda Navarro.

— J'espérais que tu t'en chargerais avec Martín, Paco. Vois si elle avait un sac à main ou quoi que ce soit qui permette de l'identifier. Varga jettera un coup d'œil sur les vêtements plus tard, quand Peláez nous les fera parvenir.

SOL

A 1 heure de l'après-midi, le même jour, Peláez téléphona à Bernal.

— Je l'ai ouverte, Luis, et j'ai la preuve qu'elle est bien morte étouffée, probablement alors qu'elle était droguée avec un alcaloïde. Pas trace de violences sexuelles. Elle n'était pas vierge, et sa matrice présente quelques anomalies... des cicatrices. Très soignée. Haute bourgeoisie, à mon avis, à en juger par l'état des mains et la discrétion du maquillage. Tuée de bonne heure ce matin, disons entre 5 heures et 7 heures.

— Eh bien, ça ne laisse pas beaucoup de marge à

l'assassin pour transporter le corps dans le métro, si c'est ce qu'il a fait. La drogue a été administrée par piqûre ? demanda Bernal.

— Très probablement. Vous vous souvenez qu'il y a des marques d'aiguille dans le bras gauche. J'ai envoyé les organes à la Toxicologie. Ils détermineront le dosage approximatif par l'examen du sang, du foie et du tissu cérébral. Elle n'avait rien mangé depuis plus de six heures. Rien dans l'estomac. Je suppose que vous voulez que je vous envoie ses empreintes digitales en même temps que mon rapport préliminaire ?

— Merci, Peláez. J'espère que nous n'en aurons pas d'autres.

— Oh, je pense que si, à moins que vous arrêtiez tout de suite l'assassin.

Après avoir raccroché, Bernal consulta le vaste plan du métro qui ornait maintenant l'un des murs de son bureau. La station Cuatra Caminos était le point clef, il en était certain. Jusqu'ici, seules les lignes 1 et 2 avaient été utilisées, et si, dans le dernier cas, ils ignoraient complètement depuis combien de temps la fille assassinée se trouvait dans le wagon, la rame s'était certainement arrêtée à Cuatro Caminos en cours de route. Il fit venir Navarro.

— On va établir une surveillance à la station Cuatro Caminos. Dis à Ángel d'organiser ça avec Elena. Qu'ils se relayent là-bas avec quelques policiers en civil armés, de préférence déguisés en employés du métro. Après tout, ça n'a rien d'extraordinaire de voir des employés de la compagnie bavarder avec un vendeur de tickets à son guichet, et Elena et Ángel savent ce qu'il faut chercher.

— Je m'en occupe, *jefe*.

— Il m'est venu une autre idée, dit Bernal. Si c'était un employé congédié qui cherche à se venger de la compagnie ?

— Une façon de s'y prendre plutôt excessive, chef. Pourquoi pas un des actionnaires ? Ils n'ont pas touché de dividendes cette année.

— Ça me paraît encore moins plausible. Mais, à tout hasard, va donc faire un tour au siège de la compagnie et vois le chef du personnel. Qu'il nous donne la liste des employés congédiés depuis peu pour un motif quelconque. Quand je téléphonerai au directeur de la compagnie, je lui demanderai s'ils ont jamais reçu des menaces d'un actionnaire ou de qui que ce soit d'autre.

RETIRO

Après s'être entretenu au téléphone avec le directeur du Métro, qui ne lui avait rien appris, Bernal alla déjeuner chez lui. Lorsqu'il entra dans l'appartement, Eugenia lui lança d'un ton accusateur, par la porte de la terrasse :

— Tu n'as pas arrosé les plantes vertes pendant mon absence, Luis. Regarde dans quel état est cette pauvre plante, qui était l'orgueil de ma collection. (Elle nettoyait les feuilles languissantes d'un *ficus elastica* avec une vieille éponge.)

— Il a plu pendant deux jours, Geñita, dit-il d'un

ton conciliant. Je ne pensais pas qu'elles avaient besoin d'être arrosées.

— Mais je l'avais mise sous l'avancée du toit, Luis, pour la protéger du vent. Je crois que tu l'as laissée mourir. Et cet agave panaché, qu'est-ce que tu lui as fait ?

— Rien, Geñita. Je n'ai même pas mis les pieds sur la terrasse.

— Eh bien, tu vois le résultat de ta négligence ? demanda-t-elle avec un accent presque triomphant. Tous mes efforts pour égayer ce taudis sont anéantis.

— Pourquoi ne pas emménager dans un de ces nouveaux appartements, de l'autre côté du parc, Geñita ? (Cela faisait plus de cinq ans que ce sujet les opposait en permanence.)

— Tu voudrais me faire vivre dans une de ces cabanes à lapins où je ne connais personne, à des kilomètres de l'église la plus proche ? Tout ça à cause d'une plante ?

Elle s'engouffra dans la cuisine après cet argument sans réplique, laissant Luis aussi déconcerté que d'habitude par la logique féminine.

Après un déjeuner de haricots d'Espagne jaunâtres et filandreux, cuits à l'huile d'olive rance, Luis déclina l'offre d'un morceau de fromage *manchego* racorni et annonça qu'il devait retourner au travail.

Mais, une fois dans la rue, il prit un taxi et dit au chauffeur de le conduire à la Calle de Barceló.

CUATRO CAMINOS

L'inspectrice Elena Fernández était tout excitée. Elle n'appartenait à l'équipe du commissaire Bernal que depuis deux mois, elle était la première et la seule détective féminine de la D.G.S., et voilà qu'on la chargeait d'organiser la surveillance de la station Cuatro Caminos pour repérer l'assassin du métro. En fait, elle l'organisait en collaboration avec Ángel Gallardo. Ses sentiments envers celui-ci étaient mitigés : lorsqu'elle était entrée dans l'équipe, on le lui avait présenté comme le playboy de la bande, et elle savait qu'il travaillait incognito dans les boîtes de nuit de la capitale. Et ils n'étaient pas du même milieu : elle était la fille d'un riche entrepreneur et avait fréquenté l'université et l'Ecole de police, alors qu'il sortait d'une famille d'ouvriers et était entré tout jeune dans la police.

Mais ce n'était pas ça qui créait une tension entre eux ; elle se rendait compte que ce qui la gênait, c'était la sensualité fanfaronne d'Ángel, qui se manifestait à tout propos. C'était le séducteur type, le Don Juan inlassable, incapable de la traiter d'abord en collègue, et seulement ensuite comme une femme. Elle constituait une provocation ambulante pour son *machismo,* bien qu'elle eut essayé de lui faire comprendre clairement, dès le début, que leurs relations ne sortiraient jamais du cadre professionnel. Après tout, elle n'était plus une oie blanche, elle avait eu plusieurs amants et savait depuis longtemps comment répondre à ce genre de propositions galantes. Mais elle avait beau se tenir sur ses gardes, il parvenait à tromper sa vigilance en profitant de leurs contacts professionnels. Néanmoins, il était la plupart du temps amusant à fréquenter, gai, plein d'entrain, et, sans en avoir l'air, il lui apprenait un tas de choses sur le métier de policier.

Ángel et elle retrouvèrent les quatre policiers en civil préposés à la surveillance, et ils s'arrangèrent pour être vêtus d'uniformes de la Compagnie du Métro. Elle fut dotée d'une blouse grise, et Ángel d'un uniforme bleu marine de chef de station. Ils établirent également un roulement entre 6 h 30 du matin, heure d'ouverture de la station, et 1 h 30 du matin, heure de la fermeture.

Ángel leur fit un petit speech avant qu'ils ne se séparent :

— Nous possédons très peu d'éléments, mais nous recherchons une personne soutenant ou portant un infirme. On voit mal comment l'assassin, transportant un cadavre pesant plus de quarante kilos, s'est débrouillé pour descendre un escalier, passer devant le guichet des billets, franchir le portillon et arriver jusqu'au quai sans se faire remarquer. Et pourtant, il faut croire que ça a paru normal et naturel à tous ceux qui se trouvaient là.

— Qu'est-ce qu'on fait si on repère quelqu'un de suspect, monsieur l'inspecteur ? demanda le plus âgé des policiers.

— Vous le signalez à l'inspectrice Fernández ou à moi-même — l'un de nous deux sera dans la guérite des tickets avec la *taquillera* —, et deux d'entre vous suivent le suspect dans le métro. S'il quitte son compagnon apparemment infirme, vous l'arrêtez et vous lui demandez son *carnet.* Vérifiez son identité et celle de son compagnon, ainsi que l'état de santé de ce dernier ou de cette dernière, bien entendu. Ne partez pas en laissant un cadavre dans le wagon ! Ensuite, vous conduisez le suspect à la Gobernación pour interrogatoire.

— On n'a aucune indication sur son aspect physique ? demanda un autre policier.

— Très peu. Un type costaud, peut-être barbu, peut-être pas. Probable qu'il se déguise.

A Cuatro Caminos, Elena salua la *taquillera,* qu'elle connaissait pour l'avoir déjà interrogée, et lui expliqua l'opération de surveillance pendant qu'Ángel descendait parler au chef de station. Victoria Álvarez accueillit Elena de son mieux et lui débarrassa un petit tabouret dans le coin de son cagibi, d'où elle aurait une bonne vue sur les gens pénétrant dans la station.

L'un des policiers se posta en face du guichet, dans l'encoignure d'une porte d'accès à la réserve du service d'entretien ; là, son compagnon installa tout le matériel nécessaire à la préparation du café. Plus expérimentés qu'Elena, ils s'installaient pour une longue attente.

TRIBUNAL

Dans la Calle de Barceló, le taxi s'arrêta devant la Cafetaría Pablos, et Bernal entra boire un *café cortado* et un verre de cognac Carlos III, son digestif habituel. Après quoi il se dirigea vers son appartement secret, dans la rue qui longe le Teatro Barceló.

Il avait acheté ce pied-à-terre trois ans auparavant, à l'insu de sa famille. Au début, il s'y rendait seul dans l'après-midi et pendant le week-end, pour se détendre en écoutant des disques d'opéra sur la chaîne hi-fi Hitachi qu'il s'était offerte ; ses goûts allaient des Italiens, Verdi, Donizetti et Bellini, à quelques compositeurs français, surtout Massenet.

Et puis, un beau jour, il était tombé amoureux — pour la première fois de sa vie, il s'en rendait compte — de Consuelo Lozano, qu'il avait connue dans la banque où elle travaillait. Elle avait vingt-neuf ans de moins que lui et était vierge quand il avait fait sa connaissance, et elle l'était restée encore un an. Bien qu'elle eût l'esprit vif, elle était extrêmement timide, avait peur des hommes et menait une existence de vieille fille auprès de sa mère invalide. Mais une affinité s'était immédiatement manifestée entre la secrétaire du banquier et le détective vieillissant, assez âgé pour être son père. Il l'avait sortie et lui avait offert de petits cadeaux, ce qui l'avait gênée. Mais elle avait une nature chaleureuse et aimante, et, la troisième fois qu'il l'avait emmenée à l'appartement secret, il lui avait fait l'amour, très doucement, et cette première expérience avait éveillé sa sensualité naturelle, lui avait donné confiance en elle. Au cours des deux dernières années, elle lui avait donné plus de satisfactions qu'Eugenia en quarante ans de mariage.

Il n'éprouvait aucun sentiment de culpabilité, en dehors de la culpabilité légale que le code pénal espagnol attribuait aux adultères et qui pouvait valoir jusqu'à six mois de prison à la femme. Ils ne parlaient jamais de l'avenir, tout comme Eugenia et lui n'en avaient jamais parlé. Les deux femmes de sa vie se comportaient comme si leurs situations respectives étaient éternelles.

Le divorce était interdit depuis la fin de la guerre civile, et il n'y avait aucun espoir d'obtenir une annulation du Vatican. Pour quel motif l'aurait-il demandée ? Il savait à quel point il serait difficile d'avouer son infidélité à Eugenia, ou d'aborder la question de la séparation. Il ne pensait pas que ça aurait maintenant une grande importance pour ses enfants : son fils aîné était marié et père d'un garçon, et Diego, le cadet, était adulte et faisait des études universitaires. Ce n'était pas non plus les inconvénients possibles pour sa carrière qui le retenaient. C'était simplement que ce serait la pire des trahisons aux yeux d'Eugenia ; son existence s'effondrerait en ruines incompréhensibles. Même s'il n'éprouvait rien d'autre pour elle, il subsistait une sorte de loyauté, vestige d'une longue habitude.

Il trouva Consuelo dans la cuisine de son appartement, en train de se confectionner un *bocadillo :* un petit pain fendu en deux qu'elle emplissait de salade et de fromage blanc.

— Luchi, qu'est-ce qui t'a retenu si tard ?

— J'ai eu une matinée chargée, mon chou.

Il l'embrassa et lui parla de la jeune fille morte découverte à Atocha et des similitudes avec le corps trouvé précédemment à Ventas.

— Et tu ne peux identifier aucune de ces deux filles assassinées ?

— Je viens seulement d'envoyer les empreintes de la seconde à la D.N.I., et ça risque de leur prendre des semaines pour la retrouver dans le fichier national.

— Mais pourquoi l'assassin court-il le risque terrible de descendre les corps dans le métro ?

— Pour provoquer une panique, je suppose, mon chou. C'est pour ça qu'il leur fourre dans la bouche un sachet de plastique plein de sang.

— Tu ne crois pas qu'il reste là pour observer les résultats de son œuvre, quand le corps est découvert, Luchi ? Pour en tirer une sorte de jouissance ?

— Cette idée ne m'était pas venue. (Bernal réfléchit aux récents événements.) Ça n'aurait pas été possible avec le premier corps, parce qu'il a été découvert tard dans la soirée, et qu'il n'y avait à ce moment-là dans le wagon qu'une femme et trois jeunes gens.

Ils bavardèrent encore un instant, car Bernal trouvait qu'elle l'aidait à clarifier ses pensées par ses questions précises et son esprit pratique d'employée de banque. Au bout d'un moment, posément et tout naturellement, ils commencèrent à se déshabiller et se dirigèrent vers la chambre à coucher.

SOL

Le lendemain, l'équipe de Bernal eut un coup de chance. Le service des Personnes Disparues avait téléphoné pour annoncer qu'une certaine Señora

Ledesma venait de signaler que sa fille avait disparu depuis onze jours. Le signalement pouvait s'appliquer à la jeune fille trouvée morte à la station Tirso de Molina. Bernal demanda qu'on lui amène la femme, et il fit venir Elena, provisoirement remplacée par Ángel pour la surveillance de la station Cuatro Caminos, qui, jusqu'ici, n'avait rien donné.

Señora Ledesma entra nerveusement, visiblement inquiète de se trouver dans un poste de police, et encore plus au quartier général de la Dirección General de Seguridad. En dépit d'un évident manque de moyens, elle était correctement vêtue d'un manteau marron râpé mais bien coupé, et elle s'assit avec raideur, en faisant tourner une mince alliance autour du quatrième doigt de sa main droite.

— Où votre fille travaille-t-elle, señora ? lui demanda aimablement Bernal.

— Dans une agence de dactylos, qui l'envoie chez des clients différents chaque semaine, ou chaque quinzaine.

— Elle habite chez vous ?

— Elle y habitait, mais, depuis six mois, elle a loué un studio dans le quartier d'El Carmen.

— Quand l'avez-vous vue pour la dernière fois, señora ?

— Maintenant, nous ne la voyons plus que le dimanche. Elle ne s'entend pas avec son père, vous comprenez. Il n'arrête pas de lui reprocher de se peindre les ongles, ou de se décolorer les cheveux ; et puis il n'aime pas les hommes avec lesquels elle sort. C'est pour ça qu'elle a déménagé. En général, je la retrouve le samedi après-midi, sans que son père le sache, et nous allons faire des courses ensemble. Mais ce week-end, elle n'est pas venue.

Elle tripotait fébrilement son mouchoir et regardait Bernal avec anxiété. Elena lui demanda :

— Quel est le nom entier de votre fille, señora ?

— Paloma Ledesma Pascual.

— Elle avait un ami attitré ?

— Non, pas vraiment. Il y a quelques années, oui, quand elle était plus jeune. Maintenant, elle a vingt-deux ans, et j'aimerais bien qu'elle se marie. Je n'arrête pas de lui dire qu'elle finira par se retrouver toute seule, mais elle continue à sortir avec des hommes plus âgés qu'elle, quelquefois des gens chez lesquels elle travaille, quand l'agence l'envoie.

— Je vois, dit Bernal. A-t-elle d'autres sujets d'intérêt, ou un violon d'Ingres ?

— Elle n'en avait pas jusqu'à ce que toute cette politique commence. Depuis, elle s'est inscrite au Parti socialiste populaire, et elle va le soir leur donner un coup de main en dactylographiant la propagande électorale. Ça, son père n'y voit pas d'inconvénient. Il a été socialiste toute sa vie.

Elle releva la tête d'un air de défi, comme si elle était maintenant libre de dire une chose qu'elle n'aurait pas pu avouer, en tout cas pas à cet endroit, pendant les trente-huit dernières années.

— Señora Ledesma, je suppose que vous vous êtes rendue à l'appartement de votre fille ?

— Oui, j'y suis allée. Elle m'a donné une clef, pour que je puisse faire le ménage pendant qu'elle travaille.

— Et vous n'avez trouvé aucune indication sur l'endroit où elle aurait pu aller ? insista Bernal.

— Non, il ne manque rien, en dehors des vêtements qu'elle devait porter, et il n'y a pas de message, ni rien de ce genre.

— Pourriez-vous nous décrire ses vêtements ?

— Oui, bien sûr, mais j'en ai déjà donné la liste au service des Personnes Disparues.

— Alors c'est parfait, dit Bernal avec bonne humeur. Je suis persuadé que votre fille est saine et sauve quelque part, peut-être chez des amis, mais puisque vous n'avez pas eu de nouvelles d'elle depuis onze jours et que le concierge de son immeuble ne l'a pas vue, je... (Bernal hésita)... j'aimerais que vous nous rendiez un service. Il y a une jeune fille inconnue que nous n'arrivons pas à identifier et qui pourrait correspondre à votre fille.

— Vous voulez dire qu'elle est morte, n'est-ce pas, cette jeune fille que vous voulez me montrer ? Je ne veux pas la voir, je ne peux pas.

Elle s'effondra, et Elena s'approcha d'elle.

— Ne vous inquiétez pas, dit Elena, ce ne sera pas nécessaire. Peut-être que votre mari... ?

— Non, non, je veux lui épargner ça, dit-elle avec véhémence. J'irai avec vous. Le plus tôt sera le mieux.

ATOCHA

Señora Ledesma garda le silence dans la voiture qui les conduisait tous les trois à la Calle de Santa

Isabel. Le Dr Peláez les accueillit et les amena dans une salle d'attente. Il prit Bernal à part :

— Nous l'avons nettoyée, Luis, et elle ne se présente pas trop mal. Vous pouvez faire entrer la femme maintenant.

La mère pâlit lorsqu'on tira le tiroir du réfrigérateur, poussa un cri étouffé et s'évanouit dans les bras de Bernal en reconnaissant sa fille.

SOL

Bernal ne perdit pas une seconde pour mettre toute son équipe en action. Ils obtinrent de l'agence de dactylos la liste des derniers employeurs de Paloma Ledesma et partirent les interroger. Navarro fut expédié au bureau politique du P.S.P., où Paloma avait travaillé bénévolement. Sa mère ne reconnut pas les vêtements trouvés sur le corps de la morte et certifia qu'ils ne lui appartenaient pas, à l'exception de l'écharpe rouge. Elle déclara également qu'une grosse bague, ornée d'une améthyste, manquait à la main gauche de sa fille.

Le petit studio que Paloma avait loué à El Carmen fut passé au peigne fin, et on rechercha des empreintes digitales sur toutes les surfaces sans résultat, en dehors de celles de la morte. Varga alla jusqu'à sonder les siphons du lavabo et de la baignoire, mais les cheveux qu'il en tira étaient tous du même type que ceux de Paloma. La seule découverte intéressante fut une petite dose de cocaïne dans une enveloppe blanche. Manifestement, la morte avait prisé de la neige. Bernal se demanda laquelle de ses relations masculines lui avait donné cette habitude.

Il leur fallut trois jours pour interroger tous ses anciens employeurs et les employés du P.S.P. qui l'avaient connue, et cette enquête ne les fit pas avancer d'un pas. On vérifia les casiers judiciaires de toutes les personnes interrogées, mais aucune n'avait quoi que ce soit de grave à se reprocher. La surveillance de la station de métro Cuatro Caminos continua à ne donner aucun résultat.

Entre-temps, Bernal reçut le rapport d'autopsie définitif sur la seconde jeune fille assassinée, toujours pas identifiée. Son groupe sanguin était AB positif, donc différent du sang B négatif qui avait jailli du sachet de plastique trouvé dans sa bouche. On lui avait fait — où elle s'était fait elle-même — une piqûre de cocaïne, et elle avait été asphyxiée, mais pas par strangulation manuelle, alors qu'elle était inconsciente. On présenta des photos d'elle aux Ledesma, ainsi qu'aux employeurs et aux amis de Paloma, mais personne ne déclara reconnaître l'inconnue. Pourtant, Bernal sentait que les deux jeunes filles avaient pu se rencontrer, peut-être en fréquentant le même bar ou la même boîte de nuit, si ce n'est que Paloma Ledesma ne sortait pratiquement jamais, au dire de ceux qui l'avaient connue ; c'était du moins ce qu'ils prétendaient.

Bernal parvint à dominer son premier sentiment de découragement ; après tout, quelqu'un devait savoir quelque chose, mais, pour l'instant, il était difficile de déterminer qui gardait délibérément le silence. Si seulement on arrivait à identifier la seconde jeune fille, il pourrait chercher un lien entre les victimes, et ce lien risquait de révéler la raison des crimes et l'assassin. Un plus un font beaucoup plus que deux.

Il baissa les yeux sur la foule qui se pressait dans la Calle de Carretas brillamment éclairée, en dessous de son bureau. Les magasins étaient fermés depuis 7 h 30, mais il y avait toujours autant de lécheurs de vitrines, d'amoureux attendant leur petite amie, de piliers de bistrot et de dragueurs des deux sexes. C'était l'heure des *tapas,* les amuse-gueule qu'on mange avant le dîner, en les faisant descendre avec des *cañas* de bière ou des *chatos* de vin blanc. A quelques mètres de là à l'endroit où la rue débouchait sur la Puerta del Sol, centre de la vie sociale de la ville, il vit passer un cortège de voitures dont les occupants agitaient le drapeau national par les portières en jouant de l'avertisseur sur un rythme syncopé. La Phalange ? Ou Fuerza Nueva ? En tout cas un groupe d'extrême droite, protestant contre la légalisation du Parti communiste. Il avait lu dans les rapports de police que quelques petits accrochages entre groupes rivaux s'étaient produits pendant trois nuits consécutives dans la Gran Vía et sur la Plaza de Callao. Le ministre avait demandé aux brigades *Antidisturbios* de monter la garde aux points névralgiques.

Bernal ferma le bureau à clef et sortit du bâtiment par la porte latérale. Il fut immédiatement englouti par le *paseo* vespéral, mais parvint à acheter un journal du soir. Les manchettes l'inquiétèrent : *Panique dans le métro ! Une jeune fille assassinée à la station Atocha !* La presse ne s'était pas désintéressée de l'affaire. Cette édition donnait un compte rendu très mal informé du deuxième meurtre, tiré en grande partie de récits exagérés, fournis par les témoins féminins dégotés par les journalistes. Mais ce qui attirait l'attention, ce n'était pas le texte, c'était la photographie grand format du corps ensanglanté sur le quai de la station Atocha. En descendant l'escalier du métro, Bernal eut l'intuition que quelque part, en ce moment même, l'assassin était en train de se délecter de cet article à sensation.

VELÁZQUEZ

Ce soir-là, au siège du P.S.O.E., le Parti socialiste des travailleurs, la préparation des nombreux meetings en plein air et réunions électorales prévus pour le sprint final des élections générales suscitait une activité fébrile. Les jeunes filles bénévoles venues coudre les initiales dorées du parti sur les bannières rouges papotaient avec animation. Le leader, Felipe González, passerait-il ce soir les encourager ?

— S'il m'adresse la parole, je m'évanouis ! confia Isabel Ordónez à sa voisine. Il est tellement viril, tellement fascinant...

— Et il a une bien jolie femme, ajouta malicieusement sa compagne. A propos, je me demande ce qui est arrivé à cette fille, Mari Luz ? C'est le cinquième soir qu'on ne la voit pas.

— Peut-être que son nouveau flirt l'emmène danser, répondit Isabel. Il m'a semblé un peu vieux pour elle, plus de quarante ans, à mon avis. Je l'ai aperçu la semaine dernière, il attendait Mari Luz à la sortie. Un drôle de type... grand, mais corpulent, avec un visage maigre. Il nous regardait descendre les marches du perron avec des yeux bizarres, intenses. Il était mieux quand il souriait.

LISTA

A 9 heures précises du matin, le vendredi 3 juin, dans la Calle del Conde de Peñalver, le gérant guindé de la librairie Peñalver dictait une lettre adressée à María Luz Cabrera Salazar.

— Jamais, déclara-t-il avec indignation à sa secrétaire d'âge mûr, affublée de grosses lunettes, jamais, en vingt ans de métier, je n'ai vu une employée s'absenter comme ça de son travail sans explication ! Presque une semaine ! Et une bonne employée, par-dessus le marché. (La secrétaire pinça les lèvres.) Oui, je sais qu'elle est un peu frivole et qu'elle plaisante avec la clientèle masculine, mais c'est bon pour les affaires. Et elle sait où sont les livres. Mais je suis obligé de la renvoyer, c'est inévitable. Et elle est d'une si bonne famille. Son père est général de division, et un ami du propriétaire.

— Peut-être devrions-nous téléphoner à sa famille pour voir si elle n'est pas malade ? suggéra timidement la secrétaire.

— Eh bien, vous savez qu'elle vit seule dans un appartement de Quevedo, et j'ai essayé sans succès de l'y joindre pendant toute la semaine.

— Mais au domicile de sa famille ? Il serait peut-être préférable d'appeler son père avant d'envoyer la lettre ? Enfin... si c'est un ami du propriétaire...

— Oui, vous avez peut-être raison. Voulez-vous chercher son numéro dans l'annuaire ?

Le père de Mari Luz, le général de division, fut consterné d'apprendre que sa fille ne s'était pas présentée à son travail. Il allait se mettre immédiatement en rapport avec elle, malgré leurs récentes divergences en matière politique.

QUEVEDO

Dans la voiture officielle qui le conduisait au studio de sa fille, le général Cabrera se demanda comment il avait pu engendrer un enfant communiste. Car c'est ça qu'elle était, il le lui avait répété à maintes reprises, quel que fût le nom de son parti. Tous les partis, affirmait-il, étaient dirigés par des marxistes et des francs-maçons, comme l'avait prévu le défunt Generalísimo, et ils conduiraient l'Espagne à sa perte.

Il pénétra d'un pas martial dans l'immeuble moderne de la Calle de Eloy Gonzalo, sans daigner voir le portier, et prit l'ascenseur jusqu'à l'appartement de sa fille. Après avoir frappé en vain à la porte pendant quelques minutes, il reprit l'ascenseur et descendit interroger l'employé de la réception. Ce jeune homme impressionnable se vit contraint d'avouer que Mari Luz n'était pas rentrée chez elle depuis près d'une semaine, et il se laissa extorquer un double de la clef du studio. Faisant appel à tout son courage, il insista quand même pour accompagner la vieille baderne dans sa visite domiciliaire.

Le général arpenta la pièce, soulevant et reposant inutilement des bibelots qui étaient tous en acier inoxydable ou en verre suédois massif. Il contempla le décor moderne et vaguement surréaliste avec un dégoût manifeste.

— Pourquoi refuse-t-elle d'habiter à la maison et de vivre avec sa famille comme une jeune fille convenable et une bonne Chrétienne, hein? (Il s'adressait au jeune réceptionniste, mais n'attendait manifestement pas de réponse.) Et bien, je n'ai pas le choix. Je vais prévenir le service des Personnes Disparues. (Il se dirigea d'un pas décidé vers le téléphone.) L'avez-vous vue partir avec quelqu'un? demanda-t-il à l'employé.

— Non... non, monsieur, bredouilla celui-ci. Elle est sortie vers 8 heures du soir, lundi dernier, et je ne l'ai pas revue depuis. Voulez-vous que j'interroge le portier de nuit, monsieur?

— Inutile. La police s'en chargera.

SOL

L'inspecteur responsable du service des Personnes Disparues appela Bernal avec une certaine fébrilité.

— Un général de division nommé Cabrera vient de nous appeler au sujet de sa fille, monsieur le commissaire. Personne ne l'a revue depuis la soirée du 30 mai. Le signalement qu'il fournit pourrait convenir à la jeune fille trouvée morte dans le métro le 31.

— Vous le lui avez dit ?

— Non, non, j'ai pensé qu'il valait mieux vous laisser ce soin. Etant donné son rang, monsieur, il serait peut-être préférable que vous passiez le voir à son bureau ?

— Et où se trouve ce bureau ? demanda Bernal.

— Au ministère de la Guerre, dans la Calle de Prim.

— Très bien. Navarro va téléphoner pour prendre rendez-vous, et nous irons le voir.

Navarro obtint une entrevue à midi, et Bernal proposa qu'ils s'y rendent dans la plus grosse voiture du service, une limousine Seat, pour impressionner les militaires.

BANCO

Le général Cabrera les reçut avec une courtoisie condescendante : pourtant Bernal savait que son propre grade de Comisario de Primera équivalait à celui de général de division.

— Je me demande si vous autres pourriez me donner un coup de main pour retrouver ma fille, María Luz. Je n'en ai pas encore parlé à la générale ; ça la mettrait dans tous ses états, vous vous en doutez. Luz est la plus jeune de nos cinq enfants, et la seule qui ne soit pas encore mariée et établie. Je lui ai trouvé un petit emploi agréable dans une librairie qui appartient à l'un de mes amis.

— Où se trouve ce magasin, mon général ? s'enquit poliment Bernal.

— Dans la Calle de Peñalver. Je crois que ça s'appelle Librería Peñalver. Quand ma fille nous a annoncé, il y a six mois, qu'elle voulait vivre seule, sa mère, naturellement, a été bouleversée. Depuis que mes autres enfants ont quitté la maison, nous avons déménagé. Notre nouvel appartement, dans Arturo Soria, est encore trop grand pour nous, mais la générale adore recevoir, vous comprenez, alors je lui passe ses petits caprices.

— Votre fille a-t-elle un *novio*, un petit ami, mon général ?

— Pas que je sache. Elle nous a amené les jeunes gens les plus impossibles pour nous les présenter, mais je leur ai vite réglé leur compte. Des coureurs de dot, à mon avis. Ils n'avaient jamais un sou en poche. Je me suis fait beaucoup de souci à son sujet ces derniers temps, avec toute cette stupidité de politique. (Le général hésita.) J'ai découvert qu'elle s'était inscrite au Parti socialiste des travailleurs. Vous imaginez ça, commissaire ? Bon sang de bois, la fille d'un général avec cette racaille ! Elle allait jusqu'à travailler bénévolement au siège du parti. Nous nous sommes disputés à ce sujet, et je l'ai accusée de faire ça pour nuire à la famille, comprenez-vous ? Je suis peut-être allé trop loin, hein ? Mais c'était quand même mon devoir de la prévenir que ces nouveaux partis sont infiltrés par les rouges, non ?

Il les foudroya du regard comme s'il éprouvait le besoin de se justifier. Bernal resta impassible.

— Depuis combien de temps travaille-t-elle bénévolement au siège du parti, mon général ?

— Oh, quelques semaines, je crois. Depuis que cette pantalonnade a commencé. Elle y va seulement les soirs de semaine, à ce que j'ai cru comprendre.

— Très bien, nous commencerons notre enquête par là. Il y a une chose que vous pourriez faire pour nous aider, mon général. (Bernal fit une pause, puis tira une enveloppe de sa poche intérieure.) Auriez-vous l'obligeance de jeter un coup d'œil sur cette photo ?

Le général Cabrera mit des lunettes demi-lune à monture d'or et examina la photographie du visage de la seconde jeune fille trouvée morte dans le métro.

— Eh bien, reconnut-il à contrecœur, ça pourrait être María Luz ; ou quelqu'un qui lui ressemble étrangement. Mais cette personne paraît très malade, commissaire.

— Mon général, je suis absolument désolé d'avoir à vous demander cela, mais nous aimerions que vous nous accompagniez pour procéder à une identification.

— Vous voulez dire que vous avez arrêté ma fille ? explosa le général. Bon Dieu, c'est inadmissible !

— Non, non, mon général, c'est beaucoup plus grave que cela. Nous devons vous demander d'examiner le corps d'une jeune fille à l'Instituto Anatómico Forense.

Le général sembla se recroqueviller dans son fauteuil.

— Et vous autres, vous pensez qu'il s'agit de ma fille ? réussit-il à articuler.

— Nous l'ignorons. Vous seul pourrez nous le dire.

ATOCHA

Calle de Santa Isabel, le général Cabrera perdit toute sa superbe et s'effondra en reconnaissant le corps de María Luz.

Bernal l'emmena au bureau de Peláez et lui fit un compte rendu des circonstances dans lesquelles la jeune fille avait été découverte, cinq jours plus tôt, à la station de métro Atocha.

— Vous comprenez bien, mon général, que nous avons peut-être affaire à un fou ? J'ai besoin de votre aide et de celle de votre épouse pour dresser la liste des amis et relations de votre fille, et il va falloir que nous examinions ses affaires personnelles.

— Oui, oui, bien sûr, Bernal, murmura le général d'un ton accablé. Tout ce que vous voudrez. Dans l'intérêt de la famille, ajouta-t-il, ne parlez pas de ça à la presse, hein ?

— Malheureusement, un des journaux du soir a déjà publié un article à sensation, et les reporters suivront l'affaire autant qu'ils le pourront. Mais, bien entendu, nous ne ferons aucune déclaration.

— Merci, commissaire. Vous êtes un chic type. Cette nouvelle va briser le cœur de la générale.

VELÁSQUEZ

Le soir même, Bernal se rendit personnellement au siège du Parti socialiste des travailleurs, accompagné de Navarro. L'un des organisateurs alla chercher les jeunes filles avec lesquelles María Luz Cabrera avait travaillé et mis une pièce à la disposition des policiers pour les interroger.

Les deux premières filles déclarèrcnt qu'elles ne la connaissaient pas bien et la trouvaient gentille, mais distante. La troisième, Isabel Ordóñez, l'avait visiblement mieux connue et avait un renseignement important à leur fournir.

— Il me semble que ça remonte à une semaine à peu près, monsieur le commissaire. Nous sommes parties toutes les deux vers 9 h 30 pour rentrer chez nous, et, dehors, un homme d'une quarantaine d'années l'attendait sur le perron.

— Pouvez-vous préciser la date, señorita ? demanda Bernal.

— Eh bien, c'était le dernier soir où Mari Luz est venue ici. Je suis à peu près certaine que ça s'est passé lundi dernier, il y a cinq jours. Mais l'organisateur s'en souviendra sûrement.

Bernal se dit que c'était la veille du jour où María Luz avait été trouvée morte dans le métro. Cette jeune fille était peut-être la dernière personne à l'avoir vue vivante, en dehors de l'assassin.

— Vous vous rappelez à quoi ressemblait cet homme ?

— Il portait un complet bleu marine avec une cravate à rayures. Comme je vous l'ai dit, il paraissait avoir une quarantaine d'années. Il avait des cheveux noirs très fournis, mais le visage entièrement rasé. Ce qui m'a le plus frappée, c'est que, bien qu'il ait été solidement bâti, presque gros, ses joues étaient creuses. Je n'ai pas aimé son regard perçant, ajouta-t-elle avec un petit haussement d'épaules.

— Avez-vous eu l'impression, à la façon dont María Luz l'accueillait, qu'ils avaient rendez-vous, ou bien que c'était une rencontre inopinée ? demanda Bernal.

— Oh, elle s'attendait certainement à le voir, c'était une *cita,* un rendez-vous.

— Elle l'a appelé par son nom ?

— Non, elle a seulement dit « *Hola* », et elle lui a serré la main.

— Vous avez remarqué de quel côté ils se dirigeaient ? Sont-ils montés dans une voiture ?

— Non, ils ont remonté la rue, et je suis partie dans la direction opposée pour prendre le métro à Velásquez.

— Avez-vous vu cet homme en dehors de ce soir-là ? Est-il jamais venu au siège du parti, par exemple ?

— Pas que je sache. Je ne l'ai jamais vu, ni avant ni depuis.

RETIRO

Le lendemain matin, Bernal fut réveillé à 7 h 30 par un courant d'air glacé qui s'infiltrait par la porte entrebâillée de la chambre à coucher. Eugenia vaquait déjà à ses occupations et avait ouvert la porte à châssis métallique donnant sur la terrasse. Il se leva en ronchonnant et enfila sa robe de chambre en lainage. En longeant le corridor, il jeta un coup d'œil endormi à travers le treillis métallique de la fenêtre et aperçut Eugenia qui, debout dans la brise matinale, rattachait le *ficus elastica* à un tuteur en marmonnant. La plante paraissait plus moribonde que jamais. Dans la cuisine, il s'efforça d'allumer le vieux chauffe-eau à gaz et, à la quatrième allumette, battit précipitamment en retraite lorsqu'une explosion assourdie expédia dans les airs le couvercle de l'appareil. Il retomba bruyamment dans l'évier, manquant de peu la cafetière qui glougloutait sur le réchaud.

Dans la salle de bains, Bernal se dit qu'il avait réussi à battre de vitesse l'agent d'assurances du dessous, car, jusqu'ici, aucun relent putride n'était remonté en gargouillant par les tuyaux de vidange. Seigneur, ce qu'il pouvait détester cet horrible appartement où rien ne marchait jamais !

Après avoir revêtu l'un de ses plus beaux complets et noué autour de son cou la cravate de soie que son plus jeune fils lui avait achetée pour son anniversaire, au Corte Inglés, le grand magasin, il annonça à

Eugenia qu'une voiture officielle allait venir le chercher pour le conduire chez le général. Eugenia fut intéressée par cette visite, parce qu'elle vénérait en bloc tous les généraux nommés par Franco. Elle fut choquée d'apprendre que la fille du général avait été assassinée.

— Et dans le métro ! Et à Atocha, en plus ! Quel horrible endroit pour y être trouvée morte ! Est-ce que cette jeune fille avait pris la mauvaise direction, Luis ?

Les entretiens théologiques d'Eugenia avec le prêtre de sa paroisse l'incitant à croire à une relation assez stricte de cause à effet dans les manifestations de la Providence, basée sur une interprétation littérale du dogme « le salaire du péché est la mort », elle ne pouvait admettre qu'une personne en état de grâce puisse se faire assassiner.

Supposant qu'elle n'avait pas cherché à faire un jeu de mots de mauvais goût dans sa dernière remarque, Luis répondit :

— Pas que je sache, Geñita, mais elle était depuis peu une militante du Parti socialiste des travailleurs.

— Eh bien voilà ! Ça explique tout ! Elle s'est trouvée mêlée aux rouges et aux anarchistes. La petite sotte, essayer d'humilier ses parents de cette façon-là ! Pas étonnant qu'elle se soit fait tuer. Les partis politiques ruineront l'Espagne, Luis, rappelle-toi ce que je te dis !

Bernal laissa presque tout le café artificiel et le pain rassis frit, prétendant que la voiture devait l'attendre. Dehors, dans la Calle de Alcalá, il prit un second et meilleur petit déjeuner au bar de Félix Pérez, en guettant l'arrivée de Navarro.

CIUDAD LINEAL

Tandis que leur chauffeur essayait de se dépêtrer du flot des automobilistes banlieusards pénétrant dans la cité par l'est, Bernal aborda l'affaire du métro avec Navarro, en lui tendant son paquet de Kaiser tout froissé.

— Vous croyez que ce sont des crimes politiques, *jefe ?* demanda Navarro. Les deux filles travaillaient au siège des deux principaux partis socialistes.

— Tu veux dire qu'on les aurait tuées à titre d'avertissement, ou pour porter un coup à la gauche ? Après quoi l'assassin se serait donné la peine de coltiner les cadavres dans le métro ? Peut-être pour que les journaux montent l'affaire en épingle : *Attentats politiques dans le métro !* Ça pourrait effrayer les autres jeunes filles qui donnent un coup de main aux partis de gauche. Mais les mannequins ? Ils n'avaient rien de politique, eux.

— Il espérait peut-être que ça allait déclencher toute une campagne de presse, mais ça ne s'est pas passé comme il l'escomptait.

— Dans ce cas, dit Bernal, je me serais attendu à ce qu'il renseigne les journaux au sujet des mannequins et du premier meurtre. Or, il ne l'a pas encore fait, apparemment. Il est vrai que les reporters qui se sont pointés à Atocha avaient été avertis, mais l'un des voyageurs qui se trouvaient dans la rame aurait eu le temps de leur donner un coup de téléphone anonyme.

— Et si c'était une histoire de drogue, chef ? La première fille, Paloma Ledesma, reniflait la coco, et María Luz Cabrera s'est fait injecter une drogue quelconque avant de mourir.

— Nous verrons ce que Varga trouvera dans l'appartement de María Luz, dit Bernal. Mais pourquoi les aurait-on tuées uniquement parce que c'étaient des droguées ?

— Pour les empêcher de parler, ou pour les punir ?

— Dans ce cas, pourquoi déposer les corps dans le métro ?

— L'assassin pensait peut-être qu'il serait plus difficile de remonter jusqu'à lui ? Et, jusqu'ici, il a raison.

Ils passèrent devant le monument aux morts, près de la station de métro Ciudad Lineal, et tournèrent à gauche dans Arturo Soria, ce qui les amena dans une banlieue beaucoup plus élégante. Baptisée du nom du chef urbaniste de Madrid dans les années 30, l'avenue était plantée de beaux arbres et de jolis arbustes le long du terre-plein central, et elle était bordée de grandes villas et de quelques petits immeubles résidentiels de luxe.

L'appartement du général disposait d'un ascenseur privé depuis le parking souterrain et d'un beau balcon dominant la piscine et le jardin de la résidence. La femme du général, déjà vêtue de noir des pieds à la tête, les accueillit gravement et les conduisit dans un immense salon, pesamment meublé dans le style espagnol traditionnel, qui jurait avec le modernisme de l'architecture. Une fois les présentations faites et les condoléances présentées, Bernal alla droit au but :

— Avez-vous une raison quelconque de supposer que votre fille aurait pu s'adonner aux stupéfiants, señora ?

Señora Cabrera blêmit.

— Non, pas la moindre raison, commissaire. Il me semble que je m'en serais aperçue lorsqu'elle vivait encore avec nous.

— Je vous demande ça parce qu'on lui a fait une piqûre de drogue peu avant sa mort. Avait-elle des relations masculines, ces temps-ci ?

— Elle avait de nombreux amis, et il lui arrivait de les inviter ici, bien que son père n'ait pas été entièrement d'accord : dans ces cas-là, il s'enfermait dans son bureau pendant toute la soirée. Certains avaient un genre plutôt bohème, vous savez. Mais aucun d'eux ne m'a jamais fait l'effet d'être drogué.

— Pourrions-nous voir sa chambre, señora ? Elle avait encore une partie de ses affaires ici ?

— Oh, oui, elle passait généralement les week-ends à la maison. (Sa maîtrise de soi donna des signes de fléchissement.) Si vous voulez me suivre, commissaire.

— Merci beaucoup. Pendant ce temps-là, vous pourriez peut-être nous dresser la liste de ses amis ?

La fouille de la chambre de Mari Luz ne donna rien. Ils ne trouvèrent même pas un carnet d'adresses ou une liste de numéros de téléphone.

— Elle devait garder tous ses papiers personnels dans son nouvel appartement, Paco.

— Ici, elle avait fait place nette, *jefe.*

SOL

En fin d'après-midi, le lundi 6 juin, Bernal était assis sur le coin de son bureau, discutant avec animation de l'affaire avec Navarro.

— Jusqu'ici, nous n'avons aucune véritable piste, Paco. Apparemment, il n'y a aucun point commun entre Paloma Ledesma et María Luz Cabrera, en dehors du fait qu'elles faisaient de la politique à gauche, et même sur ce plan-là, elles appartenaient à des partis différents. A moins qu'il ait existé entre elles un autre lien que nous n'avons pas encore découvert. Socialement parlant, elles étaient aussi différentes qu'on peut l'être. Il semble à peine concevable qu'elles aient pu fréquenter les mêmes restaurants, les mêmes cafés ou les mêmes discothèques.

— C'était peut-être l'usage des stups, chef, dit Paco d'une voix songeuse. L'une reniflait la cocaïne, semble-t-il, et l'autre en avait certainement dans les veines. Elles auraient pu se la procurer auprès du même revendeur ?

— On va enquêter dans cette voie pour l'instant, dit Bernal après un instant de réflexion. Demande au commissaire Tomás, des Estupefacientes, de s'occuper de ça. Mais nous savons déjà qu'aucune de ces deux filles n'était fichée. Il sera donc à peu près impossible de repérer le revendeur.

— Mais on pourrait demander à Tomás s'il y a eu d'autres morts de drogués. Peut-être des types qui n'avaient pas payé leur fournisseur.

— Excellente idée, Paco. Je commence à croire que l'angle politique ne donnera pas grand-chose. Ça n'a pas l'air d'être ça.

Le Dr Peláez posa son scalpel et prit le combiné du téléphone que lui tendait sa secrétaire.

— Bonjour, Luis. Je vous signale que je suis au beau milieu d'une autopsie.

— Désolé, Peláez, s'exclama jovialement Bernal. Je voulais seulement vous demander si vous aviez trouvé quelque chose indiquant que Paloma Ledesma et María Luz Cabrera s'adonnaient régulièrement aux stupéfiants.

— Non, rien de probant, bien que la première de mes Métro girls, comme je les appelle maintenant, ait présenté quelques contractions des veines nasales. Elle reniflait peut-être de la cocaïne de temps en temps. Je ne suppose pas qu'elle prisait du tabac, hein ? De nos jours, ça ne se fait plus guère, surtout à cet âge-là.

— Avaient-elles une anomalie physiologique en commun ?

— Rien qui mérite d'être mentionné. La seconde avait quelques cicatrices dans les trompes de Fallope. Il se pourrait qu'elle se soit fait avorter. Mais aucune marque sur le premier cadavre, en dehors de récents plombages dentaires. Rien qui les relie.

— Si la première de vos Métro girls s'était fait avorter, serait-il possible que vous ne puissiez pas le remarquer à l'autopsie ? demanda Bernal. Surtout si l'opération avait été pratiquée il y a plusieurs mois par un bon gynécologue ? De nos jours, beaucoup de femmes vont se faire faire ça à Londres, où c'est légal et bon marché. Le film *Abortar en Londres* a donné cette idée aux filles, et il a été projeté pendant plusieurs mois dans les cinémas de banlieue.

— Si ça a été fait proprement, il y a un certain temps, il se pourrait que je ne le remarque pas, Luis. Mais vous savez que les faiseuses d'anges continuent à opérer illégalement à Madrid, souvent avec une issue fatale, et ça me passe automatiquement par les mains ?

— Il n'y a peut-être pas grand-chose à tirer de là, Peláez, surtout que la première fille avait de très petits moyens. Mais il y a toujours le petit ami...

— Une chance sur mille, Luis. Mon opinion, au sujet des Métro girls, c'est que vous recherchez un homme jeune, tout au plus d'âge mûr, présentant des troubles psychopathiques graves. Priez le ciel qu'il n'appartienne pas au genre qui continue à tuer, avec une fréquence croissante, jusqu'à ce qu'il se fasse pincer. Evidemment, il y a l'autre genre, celui qui tue seulement quand il est soumis à un stimulus particulier qui agit assez rarement.

— Ce sont les affaires les plus difficiles, Peláez, quand il n'existe aucune relation apparente entre l'assassin et les victimes, ou entre les victimes elles-mêmes, choisies d'une façon tout à fait arbitraire. Espérons que votre intuition est fausse. Après tout, le mobile pourrait être un règlement de compte par une organisation de trafic de drogue ou d'avortement, ou une vengeance politique farfelue. Mais si c'est la haine des filles qui ont la cuisse légère, ou simplement des filles qui portent une écharpe rouge, ou du rouge à lèvres mauve, alors nous sommes mal partis. Parce que nous ne possédons absolument aucun indice, sauf la station Cuatro Caminos qui semble être le point d'accès au réseau du métro.

— Mais n'oubliez pas les poupées, Luis. A mon avis, elles désignent un psychopathe d'un type très rare et très particulier, surtout le détail du sac de sang placé dans la bouche.

— Et si le but était de nous faire croire qu'il s'agit de l'œuvre d'un psychopathe, alors que le véritable motif est de provoquer une panique à la veille des élections générales ?

— Je suppose que c'est possible, mais le coupable aurait dû chiader drôlement la psychologie criminelle. Il va falloir que je raccroche, Luis. A propos, n'oubliez pas de vous demander d'où vient le sang B négatif.

CUATRO CAMINOS

Elena se sentait fatiguée pour la première fois depuis qu'elle était entrée dans l'équipe de Bernal, deux mois auparavant, mais sa lassitude s'accompagnait d'une excitation due à une concentration prolongée. Jusqu'à maintenant, elle s'était acquittée de toutes les tâches qu'on lui avait confiées avec enthousiasme et, estimait-elle, avec une grande efficacité. Après tout, avoir été la première enquêtrice féminine de la D.G.S. et rester la seule qui ne soit pas confinée dans les affaires de drogue et d'avortement lui conférait un statut particulier, qu'elle était bien décidée à exploiter. Elle se doutait que ses collègues masculins continuaient à se faire du souci pour elle et s'efforçaient de lui dissimuler les aspects les plus sordides de leur métier. Eh bien, elle leur montrerait que son cœur était aussi bien accroché que le leur, sinon mieux, car elle était convaincue que les femmes résistaient beaucoup mieux que les hommes aux désagréments d'ordre physique, comme les mères, les infirmières et les bonnes sœurs le démontraient tous les jours dans les hôpitaux, les asiles et les foyers domestiques. A son avis, les hommes devenaient plus vulnérables en vieillissant, plus disposés à avoir la nausée à la première mauvaise odeur flairée, mais elle faisait une exception pour les pompiers, les ambulanciers et, bien entendu, le Dr Peláez, qu'elle soupçonnait secrètement de nécrophilie.

Après avoir passé huit jours à la station Cuatro Caminos, la plupart du temps enfermée dans la guérite des tickets avec Victoria Álvarez, dont les sujets de conversation s'étaient révélés assez limités, Elena commençait à avoir des doutes sur le bien fondé de leur mission. Ángel Gallardo et elle avaient vérifié tout ce qui paraissait vaguement louche, allant jusqu'à fouiller les mendiants, les infirmes et les petits bohémiens transportant des ballots de bijoux de pacotille ou de linges brodés destinés à être vendus dans le métro. Et le résultat était totalement négatif.

Juste au moment où elle se disait que sa tâche était sans espoir, Elena sentit, plutôt qu'elle ne vit, Victoria Álvarez se raidir à ses côtés, et elle examina attentivement les voyageurs qui faisaient la queue pour acheter des billets. Lorsqu'un grand type barbu, portant un imperméable beige et un feutre à large bord, s'approcha du guichet, les mains de Victoria se mirent à trembler. Elle tourna un visage blême vers l'inspectrice Fernández, qui émit un discret claquement de langue pour essayer de la calmer et l'inviter à se conduire normalement. Le malabar ne parut pas s'intéresser à elles lorsqu'il posa une pièce de cinq douros sur le comptoir et demanda un ticket, mais Victoria s'embrouilla en rendant la monnaie.

— C'est lui ! dit-elle à Elena lorsque l'homme fut passé. J'en suis sûre ! C'est celui qui soutenait une infirme le jeudi où il pleuvait.

Elena n'hésita pas à déclencher la procédure d'urgence. Elle appuya sur le bouton que les techniciens avaient posé dans la guérite des billets et se lança à la poursuite du suspect dans les escaliers. Il fallait qu'elle sache s'il prenait la ligne 1 ou la ligne 2, et, si c'était la ligne 1, vers lequel des deux quais il se dirigeait. La ligne 2 partant de la station Cuatro Caminos, l'homme ne pouvait l'emprunter que vers le sud. Elena vit son gibier descendre les marches bien vite pour un homme de son âge et de sa corpulence, et elle jeta nerveusement un coup d'œil derrière elle pour s'assurer que le premier des policiers en civil la suivait comme prévu.

Sur le premier palier, le suspect se dirigea vers la ligne 1 en direction du sud, sans consulter les panneaux indicateurs, ce qui prouvait qu'il connaissait bien la station, songea Elena. Il n'y avait plus grand monde sur le quai, ce qui obligea la jeune femme à réaliser la deuxième phase du plan avec circonspection. Sans un regard pour le suspect, qui s'était arrêté vers le milieu du quai pour attendre l'arrivée de la rame, elle tourna les yeux vers le premier des policiers, qui la suivait maintenant de près, puis vers le second, qui venait de déboucher sur le quai. En passant derrière le grand barbu, elle fit le signal convenu, consistant à porter la main à ses cheveux pour désigner le suspect aux autres, puis, le cœur battant, entra dans le bureau vitré du chef de station. C'était la première fois qu'elle faisait cela pour de vrai, et c'était tout différent des travaux pratiques effectués à l'Ecole de police. Elle espéra n'avoir pas éveillé les soupçons. Mais, après tout, elle portait l'uniforme du personnel féminin de la Compagnie du Métro, et elle était maquillée et coiffée discrètement ; il devait sembler tout à fait normal qu'elle aille parler au chef de station. N'empêche que lorsqu'elle s'était tournée vers le barbu et avait porté la main à ses cheveux, les yeux de celui-ci la fixaient avec une intensité bizarre, et ils avaient ensuite suivi ses mouvements avec une acuité particulière.

Elena s'assit au fond du bureau à façade de verre, les genoux un peu flageolants, et demanda au représentant de la compagnie si elle pouvait utiliser son téléphone. Lorsqu'elle obtint le bureau de Bernal, le métro entrait déjà en gare.

— Quel est le numéro de cette rame ? demanda-t-elle au chef de station.

— C'est la 33, mademoiselle.

Jusqu'ici, lorsqu'elle prenait le métro, elle n'avait jamais remarqué le petit carré de carton blanc, portant un numéro, fixé à la vitre de la cabine de pilotage des motrices, mais elle savait maintenant que les lumières qui clignotaient sur le plan lumineux du réseau, collé au mur auquel elle s'adossait, se référaient à ces numéros pour indiquer à tout moment la position de chaque rame.

Ce fut Paco Navarro qui lui répondit, et elle lui demanda de lui passer l'inspecteur Miranda, comme convenu avec Bernal. Carlos Miranda, le plus doué de l'équipe pour la filature des suspects, allait prendre le métro à la station Sol et relayer les deux policiers en civil.

— Rame n° 33 de la ligne 1, direction sud, Carlos, annonça-t-elle rapidement. Elle démarre tout juste de la station, et l'homme se trouve dans la quatrième voiture en partant de la tête. Je ne pense pas qu'il m'ait repérée, bien qu'il ne me quitte pas des yeux. La quarantaine, costaud, barbu, vêtu d'un imperméable beige et coiffé d'un feutre sombre rabattu sur les yeux.

ATOCHA

La permutation de l'escorte de police à Sol sembla s'effectuer parfaitement, sans que le gibier manifeste le moindre signe de nervosité. Miranda ressemblait à n'importe qui, avec son complet usagé et ses lunettes semblables à celles d'un demi-million de *madrileños.* Il monta dans la troisième voiture, d'où il apercevait le suspect par la vitre de la sortie de secours, au-dessus du crochet d'attelage entre les wagons.

Après le départ de Sol, Miranda se sentit un peu nerveux, parce que les passagers étaient moins nombreux sur la partie sud de la ligne, en direction de Portazgo. Beaucoup d'entre eux avaient l'apparence misérable, abattue, des chômeurs, et il fut surpris de constater combien il y avait de jeunes parmi eux. Visiblement, ils revenaient de leur tournée quotidienne des employeurs, où ils avaient quémandé sans succès de l'embauche. Dans la banlieue de Vallecas, où se trouvait la station Portazgo, comme dans les autres quartiers ouvriers, on commençait à ressentir les effets de la présence dans le pays de plus d'un million de sans-emploi, de l'inflation rapide et de la fin du boom industriel des années 60.

Miranda ouvrit l'œil aux stations Tirso de Molina et Antón Martín, mais le suspect à la puissante carrure ne fit pas mine de quitter son siège, contre la porte de la quatrième voiture. Lorsque la rame s'approcha d'Atocha, accélérant dans la descente, et que les freins se mirent à grincer lorsque le mécanicien commença à les serrer, l'homme se leva et attendit debout l'ouverture des portes. Miranda se félicita qu'il ait choisi cette station, parce qu'un certain nombre de voyageurs allaient quitter le métro pour emprunter le réseau du chemin de fer, en surface. Lorsque les portes s'ouvrirent, Miranda attendit la dernière seconde pour sortir de la troisième voiture, et il arriva sur le quai juste à temps pour voir le suspect se diriger vers l'arrière du train et la sortie principale, conduisant à la gare de la R.E.N.F.E. et à la place Atocha. Ce fut également un soulagement ; ça rendait sa tâche infiniment plus aisée que si l'homme avait utilisé la sortie du ministère de l'Agriculture, beaucoup moins fréquentée.

Dans le long couloir souterrain, Miranda resta en retrait, laissant trois ou quatre voyageurs s'interposer entre lui et son gibier, jusqu'à ce qu'il vit vers quel escalier il se dirigeait. Ah ! pas celui qui conduisait à la gare, en fin de compte, mais celui qui débouchait au coin de la Calle de Atocha et de la place Atocha, dont le nom officiel était Glorieta del Emperador Carlos V, mais personne ne l'employait jamais. Miranda pressa le pas et dépassa rapidement le balaise dans l'escalier. Lorsqu'il atteignit la rue, il s'arrêta au premier kiosque venu pour acheter un journal. La nuit tombait, et les grand réverbères au sodium commençaient à chauffer, répandant leur lumière ambrée sur la circulation dense qui s'écoulait sur la place et faisait cliqueter les traverses métalliques du passage surélevé. Celui-ci avait été la première des monstruosités de ce type édifiées à Madrid dans les annnées 60, et les Madrilènes l'avaient aussitôt baptisé « le Meccano », non seulement à cause de son aspect, mais parce qu'une enseigne lumineuse faisait de la publicité pour ce jouet sur le toit des immeubles qui dominaient la place.

Lorsque le malabar arriva d'un pas tranquille au sommet de l'escalier, Miranda jeta un coup d'œil sur les gros titres du journal en lui tournant à moitié le dos, mais en guettant la direction qu'il allait prendre. La soirée était fraîche, avec une menace de pluie, mais, sur la place, le *paseo* battait son plein, animé par les voyageurs chargés de bagages et de colis de toute nature, par les marchands de billets de loterie vociférant qu'ils détenaient le billet gagnant d'*el gordo,* et par les cireurs de chaussures portant avec lassitude leur tabouret et leur boîte à brosses, en criant « *Limpiar ! Limpiar !* » et en montrant du doigt les souliers poussiéreux des passants ou de ceux, plus rares, qui, n'étant pas pressés, s'asseyaient aux terrasses des cafés pour regarder passer la foule. Le suspect s'enfonça dans cette cohue, et Miranda se hâta de se rapprocher de lui. Sans se retourner, le barbu entra à l'*El Brillante.*

Pour Miranda, c'était la tuile. Il n'avait jamais mis les pieds dans cette *freiduría,* cette friterie très large et très profonde. Il y avait un comptoir de chaque côté de la salle sur toute la longueur, et, au milieu, un escalier conduisant au sous-sol. Le plancher, devant les comptoirs, était jonché de serviettes en papier usagées, de carapaces de crevettes, de noyaux d'olives et d'autres déchets dans lesquels on enfonçait presque jusqu'aux chevilles. L'établissement était bourré de consommateurs de *tapas,* de *cañas* de bière et de *chatos* de vin, et l'air était saturé de la fumée des *calamares fritos,* des *croquetas* de poulet ou de poisson, des crevettes *a la gabardina* — un « imper » de pâte à frire —, et on était assourdi par la litanie apparemment ininterrompue des serveurs hurlant leurs commandes des deux côtés de l'énorme gargote : « *Dos de calamares ! Uno de Patatas brava !* »

Miranda était à la fois fasciné et consterné. Le suspect s'arrêta à la première place disponible devant le comptoir et commanda une *caña* et une portion de calmar frit. Sa commande fut immédiatement et bruyamment transmise par le serveur jovial, qui n'arrêtait pas d'essuyer le comptoir et de rincer les verres sales dans l'évier de zinc. Miranda se posta à cinq consommateurs de là et fit semblant de consulter la liste des *tapas* affichée sur le mur. Après quoi il commanda un *corto*. On lui servit un petit verre empli moitié de mousse moitié de bière blonde, qui resta plein tandis que Miranda surveillait du coin de l'œil les faits et gestes du suspect.

El Brillante était bondé ; il y avait tout juste assez de place au milieu de la salle pour se faufiler jusqu'à l'escalier. Au bout d'un instant, le barbu abandonna son assiette de calmar et se dirigea lentement vers les marches surmontées d'un écriteau annonçant *Teléfonos y Servicios*. Ça posa un problème à Miranda, mais ce n'était pas la première fois qu'il avait à le résoudre. Si le suspect était parti téléphoner, il aurait été intéressant de s'avancer suffisamment pour voir quel numéro il composait ou pour entendre ce qu'il disait dans l'appareil, mais une filature aussi rapprochée aurait certainement éveillé ses soupçons. Si, en revanche, il allait aux toilettes, il n'y avait pas de raison de le suivre, à moins qu'il n'existât une autre sortie ; pour autant que Miranda pouvait s'en rendre compte, ce n'était pas le cas. Et il n'y avait certainement pas non plus de fenêtre au sous-sol. Il décida donc de rester où il était et de surveiller l'entrée de l'escalier, ce qui n'était pas facile avec la cohue des consommateurs.

Miranda vit des tas de gens descendre au sous-sol ou en remonter, mais pas le suspect. Il profita de ce répit pour enfiler l'imperméable qu'il portait sur le bras et pour retirer ses lunettes, qui étaient d'ailleurs en verre plat. Il savait que ces modifications très simples pouvaient être extrêmement importantes, surtout si le suspect avait des raisons de soupçonner qu'on le suivait. Au bout de dix minutes, il commença à se sentir mal à l'aise. Finalement, il paya sa bière et descendit rapidement l'escalier. Les deux cabines téléphoniques étaient occupées, mais ni l'une ni l'autre par le barbu. Miranda pénétra dans les toilettes des hommes, prêt à parier qu'il s'était fait rouler. Pas trace du suspect. Il ressortit rapidement et hésita une seconde devant la porte des toilettes des dames. La vieille préposée qui tricotait sur le seuil leva les yeux vers lui avec curiosité. Il lui montra sa *placa* de police, ornée du joug et des flèches, et lui demanda si elle avait vu un grand type entrer dans les toilettes des dames.

— Il aurait fallu qu'il me passe sur le corps ! ricana-t-elle.

— Mais vous l'avez vu arriver aux lavabos.

— Il y a un tel va-et-vient, ici, que je n'essaye pas de me rappeler les gens. Ce que je peux vous certifier, c'est qu'aucun homme n'est entré chez les *Señoras.*

— Et il n'y a pas d'autre sortie ?

— Aucune, certifia-t-elle en secouant la tête.

Miranda remonta l'escalier en courant, traversa la salle encombrée et sortit par la porte de derrière, qui donnait sur la Calle de Drumen. Dans la nuit tombante, il examina avec inquiétude les alentours, mais il savait que c'était trop tard.

CUATRO CAMINOS

Elena Fernández était sur des charbons ardents, impatiente d'apprendre ce qu'il était advenu du suspect barbu suivi par l'inspecteur Miranda. Les policiers en civil, en revenant, avaient simplement signalé que la relève s'était effectuée comme prévu. Victoria Álvarez, la vendeuse de tickets, n'arrêtait pas de répéter à Elena qu'elle était absolument certaine qu'il s'agissait de l'homme qu'elle avait vu descendre une infirme dans le métro et qu'elle se rappelait fort bien les jambes de l'infirme, qui traînaient à un angle anormal.

Lorsqu'Ángel Gallardo arriva pour remplacer Elena, elle lui fit un compte rendu de ce qui s'était passé.

— Je retourne à la Gobernación, conclut-elle, voir s'il y a des nouvelles.

— Je parie que ce sera une fausse piste, dit-il d'un ton sarcastique. Si vous prenez le métro, ne montez pas dans la dernière voiture. C'est l'heure de pointe, et tous les vieux vicieux — et même les jeunes — vous pinceraient les fesses en douce dans la cohue.

— Je les tiendrai à l'écart, rispota-t-elle sèchement. Il m'est déjà arrivé de voyager dans le métro, vous savez.

SOL

En retrouvant l'air frais du soir à la Puerta del Sol, Elena fut déconcertée par les gros caractères du placard publicitaire d'un journal : TERREUR DANS LE MÉTRO ! UN FOU EN LIBERTÉ ! Elle acheta un exemplaire du quotidien et se rua dans le bureau de Bernal, où l'inspecteur Juan Lista l'arrêta à la porte.

— Le patron est allé au labo voir Varga. Il ne devrait pas tarder à revenir.

— Carlos Miranda a téléphoné ?

— Oui, et le suspect l'a semé à Atocha. Je n'ai pas encore pu prévenir le *jefe*.

Lorsque Bernal arriva, Elena lui tendit le journal du soir, avec l'énorme manchette surmontant une photographie de la seconde victime, celle dont le corps avait été découvert à la station Atocha.

— Mais ils ont déjà publié tout ça, Elena ! s'exclama Bernal. Pourquoi reviennent-ils là-dessus ?

— Lisez ce passage, chef, dit-elle. « Des sources proches de la D.G.S. ont révélé qu'au moins un autre crime avait été commis dans le métro, mais que les autorités ne l'avaient pas divulgué. »

Bernal lut l'article avec une contrariété croissante.

— De qui tiennent-ils ça ? Je vais en parler immédiatement au directeur. (Il entra rapidement dans son bureau, composa le numéro et attendit d'obtenir la communication en pianotant nerveusement sur son bloc-notes.) Monsieur le directeur ? Bernal à l'appareil. Avez-vous vu le journal du soir ? Vous l'avez vu.

Vous serait-il possible d'appeler le rédacteur en chef et de lui demander où il s'est procuré le tuyau sur la première jeune fille assassinée ? Nous n'avons fait aucune déclaration à ce sujet. (Il écouta un instant la réponse du directeur.) Oui, je me suis tout de suite rendu compte que ça risquait de déclencher une panique généralisée, ce qui serait très fâcheux à moins de quinze jours des élections. Vous me tiendrez au courant immédiatement ? Je vous en suis très reconnaissant. Merci, monsieur le directeur.

Lista regarda Elena avec inquiétude.

— Vaut mieux que je le prévienne que Miranda a paumé le supect à Atocha.

Quelques instants après que Lista eût pénétré dans le bureau de Bernal le téléphone sonna et Elena décrocha.

— Oui, gardez la ligne, Dr Peláez. Je vous passe le commissaire. (Elle brancha la communication chez Bernal.)

— Peláez ? *Que tal ?* (Il écouta anxieusement, puis dit :) Et elle l'a bien regardé ? Je comprends. Bâti en force, joues creuses, front dégarni, cheveux bruns. Pas de chapeau. Je vois. Et entièrement rasé, dites-vous ? Elle en est sûre ? Hum. Oui. Eh bien, merci de m'avoir prévenu aussi vite. Je vous rappellerai. (Il raccrocha et se tourna vers Lista en faisant signe à Elena de venir les rejoindre.) Notre client est plus culoté que nous ne le pensions. Le type que Miranda a perdu à l'El Brillante a dû se transformer en vitesse, en retirant sa fausse barbe et sa fausse moustache et en glissant son chapeau dans sa poche, ou en le semant quelque part. En tout cas, il a suffisamment modifié son apparence pour abuser

Miranda. J'apprends qu'il s'est présenté à L'Instituto Anatómico Forense et a demandé à la réceptionniste de Peláez s'il pouvait voir le corps de la jeune fille trouvée morte dans le métro, parce qu'il avait vu sa photo dans le journal et qu'il se demandait si ce n'était pas une amie à lui. La réceptionniste savait évidemment que le corps avait été identifié, que c'était celui de la fille du général Cabrera. Mais elle a eu l'intelligence de ne pas le lui dire, et elle lui a demandé d'attendre pendant qu'elle allait prévenir Peláez. Quand ils sont revenus, l'homme avait filé. D'après sa description, il paraît être le même que celui que la camarade de Mari Luz Cabrera a aperçu attendant celle-ci devant le siège du parti, le dernier soir où on l'a vu vivante.

— Vous pensez qu'il se déguise quand il prend le métro à Cuatro Caminos pour planquer des poupées ou des corps dans les trains, *jefe ?* demanda Elena. Mais pourquoi s'est-il donné la peine de le faire aujourd'hui ?

— Parce qu'il se rendait à la morgue pour jeter un coup d'œil à sa dernière victime, suggéra Bernal. Mais il s'est rendu compte qu'il était filé, alors il ne s'est pas dégonflé, il a repris son aspect naturel. C'était comme s'il avait mis un nouveau déguisement, en ce qui concernait son suiveur. Un retournement de situation très astucieux.

— Et s'il y avait deux types dans le coup, *jefe ?* Interrogea Lista.

— Peu plausible. Les vrais psychopathes, comme celui-là, agissent presque toujours seuls, et la probabilité que deux d'entre eux s'associent pour assassiner des gens est absolument infime. Autant que je m'en souvienne, les annales citent seulement deux cas en Amérique, l'un dans les années 30, l'autre il y a quatre ans, et ce ménage du nord de l'Angleterre, en 60 et quelque.

— Mais pourquoi souhaiterait-il revoir le corps de cette fille, chef ? demanda Elena.

— Excellente question. Qu'est-ce que vous en pensez, tous les deux ?

— Parce que ça le fait bicher ? suggéra Lista.

— Ou pour faire disparaître un indice suspectible de l'incriminer ? avança Elena d'une voix hésitante.

— Le plaisir morbide, ça se pourrait, dit Bernal. Mais pour ce qui est des indices, il devait bien se douter que le corps serait nu et que l'autopsie aurait été pratiquée.

— On lui aurait certainement apporté les vêtements et les affaires personnelles de la morte s'il avait prétendu éprouver des doutes à la vue de son visage, insista Elena.

— C'est une possibilité, reconnut Bernal. Appelez Peláez et demandez-lui de nous envoyer les affaires trouvées sur le corps de Señorita Cabrera. Juan, tâche de trouver la liste de ses effets personnels dans le dossier. Elle doit se trouver avec le rapport d'autopsie.

RETIRO

Ce soir-là, Bernal gravit les marches de la station Retiro d'un pas moins vif que d'habitude, remarquant à peine les autres voyageurs qui se hâtaient vers leur domicile, après une longue journée de travail. L'orientation que prenait l'affaire des crimes du métro l'inquiétait et l'émoustillait tout à la fois. On aurait presque dit que l'assassin cherchait à se faire prendre, ou, tout au moins, à jouer au chat et à la souris avec la police.

Le but du psychopathe était manifestement de déclencher une panique, car Bernal venait d'apprendre, par un coup de téléphone du directeur de la D.G.S., qu'un seul journal avait été averti du premier meurtre, et par une communication téléphonique anonyme. Le rédacteur en chef avait vérifié l'information auprès de l'un de ses contacts habituels de la D.G.S., et celui-ci avait reconnu que cet assassinat avait effectivement eu lieu, sans se rappeler qu'il était encore interdit d'en parler à la presse. Bernal estimait que l'informateur anonyme était très probablement l'assassin lui-même, mais, si c'était bien le cas, pourquoi celui-ci n'avait-il pas mentionné aussi les deux poupées, en admettant que ce soit bien lui le responsable ? Ça devait également être lui qui avait alerté la presse au sujet de la jeune fille assassinée d'Atocha, María Luz Cabrera, encore que, dans ce cas-là, il fallait supposer que l'assassin avait voyagé dans la même rame que le corps, peut-être en changeant de voiture avant qu'on ne le découvre ; sinon, comment aurait-il pu savoir que le cadavre serait repéré à Atocha plutôt qu'une autre station de la ligne 1 ?

Une fois de plus, Bernal essaya de se former une image mentale du psychopathe à l'aide des quelques faits et indices dont il disposait jusqu'ici. Un homme bien bâti, d'une quarantaine d'années, aux joues creuses et au front dégarni, possédant quelques notions de maquillage de théâtre et de modelage de la cire, et assez sûr de lui pour donner rendez-vous à une jeune fille et l'attendre dans la rue. Après quoi, parce qu'il est atteint d'une quelconque aberration mentale, il la tue dans un endroit approprié — atelier, garage ou cave —, puis manifeste une fixation ; elle consiste à faire couler du sang de sa bouche et à placer le corps dans une rame de métro.

En sirotant son gin tonic dans le bar de Félix Pérez et en grignotant distraitement un canapé au crabe prélevé dans l'assiette posée sur le comptoir, Bernal se demanda quel ancien traumatisme cérébral pouvait conduire à un tel comportement. Quelle perturbation de la sexualité pouvait l'expliquer ? Rien n'indiquait que les jeunes filles assassinées avaient été violées, ou qu'elles aient subi des mauvais traitements, en dehors de la méthode utilisée pour les tuer, qui semblait avoir été particulièrement peu cruelle, par rapport à tous les autres procédés que Bernal avait eu l'occasion de rencontrer au cours de sa longue carrière. Une méthode tout à fait inhabituelle, en plus ; et qui était peut-être le meilleur indice dans cette enquête. Bernal était particulièrement conscient de l'urgence qu'il y avait à arrêter le coupable avant qu'une autre jeune fille innocente ne passe de vie à trépas.

Il n'était pas poussé par le désir de remporter un succès personnel, ni de soutenir sa réputation, comme auraient pu l'être des hommes plus jeunes ou plus ambitieux. Après tout, il avait cinquante-huit ans. Il pouvait demander sa mise à la retraite avec pension complète n'importe quand, et il n'avait aucune prétention au titre de *superpolicía,* que les journaux avaient pris l'habitude de décerner à l'un des commissaires les plus en vue. Du temps de Franco, on mentionnait rarement le nom des policiers de haut rang, ce qui couvrait ceux-ci d'un impénétrable manteau d'anonymat qui effrayait la populace. En outre, aucun d'eux n'avait jamais pu être accusé d'abus de pouvoir. Maintenant, visiblement, avec la démocratie naissante, ils allaient être appelés à jouer un rôle plus en vue, et certains de ses collègues avaient commencé à courtiser les agents des médias pour s'assurer un traitement de faveur. Ce n'était pas son genre, songeait Bernal. Il n'avait rien de sérieux à se reprocher au sujet de ses activités passées, bien qu'il n'eut pas toujours suivi exactement le règlement. Il avait plutôt obéi à une conception vague de la justice, qu'il n'avait jamais analysée avec précision et qui ne présentait qu'un lointain rapport avec les strictes prescriptions légales du *Código Penal.*

En buvant son gin, Bernal regardait avec plaisir le cadre suranné du vieux bar, le petit balcon de bois découpé couleur chocolat, trop exigu pour que personne puisse y monter, la modeste rangée de banderoles commémorant des victoires du club de football Real Madrid, et la minuscule arrière-salle avec ses deux tables à jeu couvertes de feutrine verte. Il espéra que ce décor ne changerait jamais, mais le vieux Madrid disparaissait vite, et ce bar était l'un des rares survivants du début du siècle qui subsistaient encore dans le quartier de Salamanca. Le propriétaire accrochait déjà les volets de bois sur la partie extérieure du comptoir, permettant de servir directement les consommateurs dans la rue, quand Bernal lui dit bonsoir et sortit dans la fraîcheur du crépuscule.

Lorsqu'il poussa la porte de son appartement, le vantail buta contre un objet qui ne se trouvait pas là lorsqu'il était sorti le matin.

— Geñita ? Où es-tu ? je ne peux pas entrer. Il y a quelque chose qui bloque la porte.

— Attends, Luis, ne pousse pas, tu abimerais le piano. (La voix lointaine de sa femme venait de la terrasse.)

— Nous n'avons pas de piano, cria-t-il.

Elle arriva tout essoufflée, serrant sur son cœur un buste de plâtre de Beethoven, qu'elle était apparemment en train de nettoyer avec une brosse. Il remarqua qu'elle avait le visage et les bras couverts de poussière.

— Qu'est-ce qui s'est passé ? demanda-t-il tandis qu'elle déplaçait des meubles pour qu'il puisse entrer. Et d'où vient tout cela ?

— De chez la dame du dessous qui est morte, tu sais bien, Doña Adoración. Elle et son défunt mari — que Dieu les aient en Sa sainte garde ! — étaient très musiciens, et leur nièce a trouvé les dernières volontés de sa tante dans une lettre, où elle disait qu'elle voulait que nous ayons son piano droit et divers objets.

— Mais aucun de nous deux ne joue du piano, Geñita.

— Je sais, mais le bois de rose est si joli. Regarde-le. (Elle caressa avec satisfaction le placage très fané.) Il a plus de cent ans, et il a de magnifiques appliques en bronze, que je te demanderai de réparer. Je me suis dit que nos petits enfants pourraient en jouer quand ils viennent nous voir.

— Jusqu'ici, nous n'avons qu'un seul petit-fils, Geñita, objecta-t-il calmement.

— Mais ils en auront sûrement d'autres, et Diego se mariera un jour ou l'autre. La seule difficulté, c'est qu'il est trop large pour prendre le virage du corridor. Tu crois que tu pourrais m'aider à le redresser à la verticale ?

— Tu te rends compte que ça contient une armature métallique et que ça pèse une tonne ? Comment as-tu fait pour l'amener jusqu'ici ?

— La concierge m'a envoyé son frère et son cousin qui étaient justement passés la voir, et ils ont réussi à lui faire monter l'escalier.

— Où comptes-tu le mettre ?

— Je pensais qu'il ferait bien dans la salle à manger, si nous mettons le buffet de l'autre côté.

— Eh bien, laisse-le où il est pour l'instant. Diego m'aidera à le déplacer demain matin. Il n'est pas encore rentré, je suppose ?

— Il est venu déjeuner et a fait une sieste de deux heures, après quoi il a dit qu'il fallait qu'il aille à la Calle de los Libreros acheter des livres pour ses cours de l'université. Il a vingt pour cent de remise, là-bas. (Cette perspective lui procurait une intense satisfaction.) Je lui ai donné un billet de cinq cents pesetas. C'était trop ?

SOL

Le lendemain matin, Bernal participa à une conférence avec le directeur de la D.G.S. et le chef de la Brigade criminelle. Comme d'habitude, il se sentait mal à l'aise dans l'élégant bureau dominant la Puerta del Sol, et ses regards étaient davantage attirés par la masse humaine qui se renouvelait continuellement sur le trottoir opposé que par les trumeaux à cadres dorés et la table de travail isabelline, vierge de tout témoignage d'une quelconque activité bureaucratique. Le directeur était un nouveau, transféré de Barcelone après la disgrâce politique de son prédécesseur. Le chef de la Brigade criminelle, en revanche, était bien connu de Bernal, qui avait travaillé quelques temps sous ses ordres au début des années 40.

— Ce qui inquiète le ministre, commissaire, commença le directeur en leur désignant des sièges élégants mais d'une fragilité assez inquiétante, c'est que les usagers vont être affolés par la publicité faite à ces crimes du métro.

— Je me permets de vous faire remarquer, monsieur le directeur, répliqua Bernal avec une certaine vivacité, qu'aucun meurtre n'a été effectivement commis dans le métro. Pour commencer, deux poupées ridicules, taille naturelle, on été déposées dans les trains ; ensuite, deux jeunes filles, qui avaient été tuées ailleurs, on été introduites dans le métro, probablement à la station Cuatro Caminos. Ce n'est pas comme si des femmes avaient effectivement été attaquées dans les trains.

— Je suis d'accord, Luis, dit le chef de la Brigade criminelle mais les journaux ne l'ont pas expliqué clairement, et il est certain qu'ils ont réussi à émouvoir l'opinion publique.

— Monsieur le commissaire principal, vous savez aussi bien que moi que je ne dispose pas du personnel nécessaire pour surveiller les stations et les rames, même en me limitant aux lignes 1 et 2, sur lesquelles notre homme semble avoir jeté son dévolu. Le ministre autoriserait-il une opération de grande envergure ?

— Je pense que oui, si nous le lui proposons. Combien d'hommes faudrait-il ? s'enquit le directeur.

— Eh bien, si on envisage de placer des agents en uniforme dans les trains et sur les quais des stations pour rendre confiance au public, il en faudrait au moins quatre cents, à raison d'un homme dans chaque rame en service et d'un sur chacun des quais des soixante-dix-huit stations. Si vous désirez qu'ils soient deux, il en faudra le double, évidemment. S'ils doivent se relayer en deux équipes, vous pouvez quadrupler le chiffre. Et à quoi serviront-ils, à part rassurer la population ? Ils n'aideront pas à capturer l'assassin, qui les repérera aussitôt. Ça l'obligera peut-être à restreindre momentanément ses activités ce qui serait évidemment un avantage, avec les élections générales dans moins de dix jours. Mais y a-t-il suffisamment d'hommes disponibles à Madrid pour couvrir une telle opération ?

— Le ministre nous autorisera à demander des

renforts en province, commissaire, dit le directeur. Mais il a fait remarquer que ça soulèverait bien des difficultés, avec toutes les réunions électorales et les éventuels troubles politiques.

— Et si nous transigions à deux agents en uniforme dans chacune des stations des lignes 1 et 2, en deux équipes, et d'un seul dans les autres ? Il en faudrait davantage aux stations de correspondance du centre, évidemment, ajouta Bernal. Ce serait peut-être suffisant pour rassurer le public. Je ne vois pas bien à quoi serviraient les hommes circulant dans les rames, car il y a peu de chances pour qu'ils se trouvent dans la bonne voiture au bon moment, et, dans l'ensemble, les stations sont très proches les unes des autres. (Le chef de la Brigade criminelle approuva d'un hochement de tête. (J'aimerais aussi qu'il n'y ait pas trop d'agents en uniforme à Cuatro Caminos, reprit Bernal, sinon notre propre surveillance ne servira à rien. Je crois que nous avons repéré le suspect hier, et il s'est apparemment rendu à l'institut médico-légal, parfaitement décontracté, en demandant à voir le corps de sa dernière victime connue. Malheureusement, il s'est éclipsé avant que le personnel de la morgue ait pu nous alerter.

— Vous pensez que nous avons affaire à un aliéné opérant seul, Bernal ? demanda le directeur.

— Nous avons évoqué les diverses motivations psychologiques possibles avec le Dr Peláez, et il estime qu'il s'agit d'un cas manifeste de psychopathie homicide, avec quelques bizarreries très curieuses, notamment le sachet de sang introduit dans la bouche des victimes après leur mort. Sans parler de l'obsession du métro. Il est extrêmement peu probable que le coupable ait un complice.

— Si vous le désirez, Luis, dit le chef de la Brigade criminelle, je peux m'occuper d'organiser les patrouilles d'agents en uniforme de la façon que vous avez suggérée. Ça vous laissera libre de vous consacrer à la recherche du suspect. Quel signalement de lui pouvons-nous donner aux hommes ?

— C'est une question très délicate. La plupart du temps, il s'est déguisé avec une barbe et une moustache, mais il semble que deux femmes l'aient aperçu, très brièvement, sans maquillage. La première est une fille qui travaille pour un parti politique et qui connaissait María Luz Cabrera, la fille du général ; la seconde est la réceptionniste de Peláez. Je vais les convoquer pour qu'elles aident à établir un portrait-robot. Mais il se peut que ce type se déguise d'une autre façon. Ce qu'il faut, c'est que vos hommes interrogent toute personne soutenant, ou même portant un infirme. Ça provoquera évidemment quelques interpellations sans fondement, mais ce sera payant si jamais l'un d'eux prend l'assassin sur le fait.

En retournant dans son bureau exigu et poussiéreux qui donnait sur une ruelle populeuse baptisée Calle de Carretas, Bernal décida de convoquer une conférence réunissant toute son équipe, y compris le Dr Peláez, le technicien Varga et Prieto de l'anthropométrie, pour 1 heure de l'après-midi.

GARCÍA NOBLEJAS

Le soleil était chaud, ce matin-là, malgré la bise qui balayait l'Avenida de los Hermanos García Noblejas, artère au nom à rallonges allant du monument aux morts, au bout de la Calle de Alcala, jusqu'au faubourg de San Blas. A son extrémité nord-ouest commençaient les riches propriétés de la haute société, entourées de parcs à l'anglaise, mais vers le sud-est, à partir de la station de métro Ciudad Lineal, la large avenue était bordée d'immeubles de rapport bâtis à la va-vite et destinés à la classe laborieuse. Toutefois, les quelques arbustes plantés, par-ci, par-là, dans les espaces de boue durcie séparant les pâtés de maisons prouvaient qu'il s'agissait de la couche la plus élevée de ce groupe social.

Le petit centre commercial, derrière l'avenue, était constitué d'une série de boutiques sans étage, disposées en L, et, en dehors de deux boulangeries, deux *churrerías* qui vômissaient des torrents de fumée noire à l'heure du petit déjeuner, quand on jetait les rouleaux de pâte à crêpes dans la friture bouillante, et d'un magasin de tissus, la plupart d'entre elles avaient été reconverties en bistrots. Telesforo, le marchand de billets de loterie bossu, faisait la tournée de ces cafés tous les jours à l'heure du déjeuner, où les ouvriers venaient boire en vitesse une *caña* de bière ; tout le monde le connaissait, et on lui offrait souvent un verre de sa boisson favorite, un *bíter* alcoolisé, mélange de vin et d'angostura tiré d'une petite bouteille à étiquette jaune.

Telesforo, bien qu'il n'eut aucune notion d'économie politique, avait commencé à se rendre compte que l'accroissement du chômage et l'inflation augmentaient son chiffre d'affaires et, par conséquent, le rendement de la commission de dix pour cent qu'il ajoutait à la valeur nominale des billets officiels. Plus les gens étaient fauchés, plus ils jouaient. La plupart de ces cafés étaient jonchés de tickets de pari mutuel, que le tenancier vendait cinq pesetas pièce et qui permettaient de participer à un tirage au sort dont les quelques lots s'échelonnaient entre cent vingt-cinq et mille pesetas. Les habitués appelaient ces tickets *cromos,* parce qu'ils portaient généralement au dos l'image brouillée et grossièrement coloriée d'une femme nue dans une pose suggestive.

Telesforo était stupéfait par la frénésie du jeu qui s'était emparée de la population des quartiers ouvriers depuis que la mort de Franco avait relâché les contraintes. La loterie nationale dont il vendait les billets était une tradition remontant au XVIIIe siècle (ce qu'il ignorait d'ailleurs). Mais il considérait les récentes incursions des *quinielas,* les pronostics de football, des paris mutuels de bistrot, des tombolas et maintenant des salles de bingo (une sorte de loto) comme nuisibles pour son commerce. Néanmoins, les sept cafés de ce petit marché lui avaient rapporté trois cent cinquante pesetas de commission et cinq consommations gratuites en l'espace d'une demi-heure.

Il traversa l'avenue pour prendre le métro à la

station García Noblejas, car il allait déjeuner chez sa sœur, qui habitait le Barrio de la Concepción. L'escalier d'accès de la station était couvert de tracts électoraux et, dans le hall des billets, deux femmes distribuaient des prospectus à l'effigie de Trotsky, imprimés par l'un des partis d'extrême-gauche qui n'étaient pas légalement autorisés à se présenter aux élections. Telesforo fit poinçonner son ticket de retour jaune par la *taquillera,* avec laquelle il échangea des salutations amicales, et descendit l'escalier aux lambris de marbre qui accédait au quai de la voie allant vers l'ouest, direction América. Toute cette ligne, la 7, était de construction récente, et il trouva honteux que les jolis carreaux de couleur des murs soient constellés de papillons électoraux et d'inscriptions politiques.

Après une longue attente, la rame luisante, peinte de deux tons de bleu, entra en gare presque sans bruit, à l'exception du léger chuintement de ses freins à air comprimé. Quand les portes s'ouvrirent, Telesforo s'installa confortablement sur l'un des sièges capitonnés de rouge, dans une voiture qui lui parut vide. Il se plongea dans le décompte de sa recette et de ses billets de loterie restants, et il s'écoula un certain temps avant qu'il ne remarque la grande fille bizarrement accoutrée, affalée sur une banquette au fond du wagon.

Le métro fit entendre un sifflement sonore et quitta la station García Noblejas en accélérant très rapidement. Absorbé par ses calculs, Telesforo ne leva pas les yeux lorsque la rame s'arrêta à Ascao, où personne ne monta. Ça n'avait rien d'extraordinaire, la plupart des gens travaillant jusqu'à 2 heures ou

2 h 30. A la station suivante, Pueblo Nuevo, où il y avait une correspondance avec la ligne 5, les quelques occupants des autres voitures descendirent pour prendre un train se dirigeant vers le centre.

CONCEPCIÓN

Telesforo le bossu rassembla ses billets de loterie au moment où la rame ralentissait pour entrer en gare de Concepción, et il fut surpris de constater que la fille avait disparu, bien qu'elle ne fut pas passée près de lui pour descendre. En se dirigeant vers la porte, il jeta un coup d'œil sur le siège qu'elle avait occupé et la découvrit étalée sur le plancher de la voiture. Les battements de son cœur s'accélérèrent lorsqu'il aperçut le ruisselet de sang pâle qui s'écoulait de la bouche de la fille, et il sentit son estomac lui remonter dans la gorge en voyant du sang beaucoup plus sombre couler de sous sa courte jupe de cuir noir sur ses bas de nylon.

SOL

A 1 heure, ce jour-là, tous les membres de l'équipe Bernal, auxquels s'étaient joints Varga et Prieto, étaient rassemblés dans le plus vaste des deux bureaux du service. Ils attendaient l'arrivée du

Dr Peláez pour passer en revue l'ensemble des renseignements que l'on possédait sur l'assassin du métro. Derrière Bernal, sur le mur, était suspendu un très grand plan du métropolitain ; les sept lignes apparaissaient en traits de couleurs différentes sur une carte quadrillée de la ville.

Au bout de quelques minutes, Peláez arriva hors d'haleine, en épongeant son crâne chauve luisant de sueur.

— Désolé d'être en retard, Bernal. Il a fallu que je recouse un cadavre et que je le rende présentable pour le montrer à sa famille. J'ai apporté les rapports que vous m'avez demandés.

— C'est très chic de votre part d'avoir pris le temps de venir, Peláez. Ces crimes du métro commencent à faire sensation, et le ministre s'inquiète d'une éventuelle panique. Il a autorisé les équipes d'agents en uniforme à monter la garde sur les quais, mais il y a peu de chances qu'elles nous aident à attraper l'assassin. Il paraît que le suspect vous a fait une visite hier.

— On le dirait, bien que je ne l'aie pas vu moi-même. Pourquoi est-il venu au labo, hein ? Pour savourer le spectacle du cadavre ?

— Quelqu'un a suggéré qu'il aurait pu laisser un indice compromettant dans les vêtements de la morte, et qu'il serait venu le récupérer. Vous pourriez peut-être nous faire votre rapport sur ces vêtements, Varga, maintenant que vous avez eu la possibilité de les examiner de près.

Le petit technicien brun et trapu ouvrit son classeur et en tira le premier dossier.

— Eh bien, chef, j'ai inspecté très soigneusement

tous les vêtements. Non seulement ceux des deux filles assassinées, mais également ceux trouvés sur les deux mannequins. Comme vous me l'avez demandé hier, j'ai soumis toutes les affaires de María Luz Cabrera à une nouvelle expertise. J'ai passé tout l'habillement à l'aspirateur, pièce par pièce, et j'ai ici les résultats d'analyse de la poussière et des débris. On retrouve quatre mêmes substances principales dans tous les articles. (Il y eu un silence tendu pendant que Varga s'éclaircissait la voix.) En dehors de l'habituelle poussière des maisons et des rues, la totalité des vêtements, à l'exception de l'écharpe rouge de la fille Ledesma, recèle le même type de moisissure saprophyte. La présence de ces champignons laisse supposer que les vêtements ont été entreposés dans un endroit humide, confiné.

— Est-il possible de déterminer pendant combien de temps ? demanda Bernal.

— Plusieurs semaines au moins, peut-être un mois, répondit Varga.

— Eh bien, dit Bernal, cela semble confirmer l'hypothèse que les vêtements ont été achetés chez un fripier, ou au marché aux puces du Rastro. Manifestement, ils viennent tous du même endroit, et aucun d'eux n'appartenait aux filles assassinées, en dehors de l'écharpe, que la mère de Paloma Ledesma a reconnue.

— Il faut tout de même être prudent, chef, poursuivit Varga, parce que cette moisissure se formerait dans la plupart des tissus déposés dans n'importe quel endroit humide, tel qu'une cave, à condition qu'il y règne la température convenable.

— Mais il lui faut quelques semaines pour apparaître, nous avez-vous dit, riposta Bernal, et nous savons qu'il ne s'est pas écoulé ce temps-là entre la disparition de chacune de ces jeunes filles et la découverte du corps.

— Non, chef, mais les vêtements auraient pu appartenir depuis longtemps à l'assassin et être rangés dans un endroit humide.

— C'est exact, reconnut Bernal, mais si nous n'avons pas de piste plus sérieuse, nous interrogerons tous les fripiers.

Miranda, Lista et Ángel Gallardo échangèrent des clins d'œil discrets, tandis qu'Elena faisait semblant de ne pas remarquer leurs mines déconfites.

— Ce n'est pas tout, *jefe,* dit Varga. Tous les vêtements de dessus contenaient de la poussière de ciment, ainsi que des traces d'un produit thermoplastique, probablement du polystyrène sous forme vitreuse. Les fragments présentent l'aspect de la sciure, ce qui pourrait indiquer qu'il s'agit de résidus des plaques de plastique découpées ou sciées pour fabriquer les mannequins.

Tout le monde médita cette information, puis Bernal hasarda :

— Tout cela semble suggérer que l'assassin a attiré les deux jeunes filles à l'endroit où il avait confectionné les mannequins et que, après les avoir tuées, il a déshabillé les corps et leur a mis de vieux vêtements. Mais vous avez dit que vous aviez trouvé quatre substances dans tous les vêtements, Varga.

— Exact, chef, et la quatrième est la plus surprenante. Il y a un produit végétal, apparemment du pollen, provenant d'une plante que nous n'avons pas encore réussi à identifier, mais nous en avons envoyé un échantillon à l'Institut de Botanique pour voir s'il pouvait nous renseigner. Cette substance se trouvait sur l'écharpe de Paloma Ledesma, contrairement aux trois autres.

— Tiens, tiens, de plus en plus curieux, commenta Bernal en se tournant vers les jeunes inspecteurs, qui échangeaient des regards intrigués. Quelqu'un a-t-il une explication à proposer ?

Lista, qui faisait souvent preuve de qualités d'intuition, ou plutôt de déduction, fut le premier à répondre.

— Il y a peut-être chez l'assassin un vestibule ou un salon où se trouvent ces fleurs, et c'est là qu'il commence par amener les filles. Ensuite, il les tue, puis il les transporte dans le garage ou l'atelier cimenté où il a fabriqué les mannequins. Par la suite, elles traversent encore l'endroit où se trouvent les fleurs, une fois vêtues des vieilles nippes.

Cette explication parut recevoir l'approbation générale.

— Sait-on exactement comment il tue ses victimes, chef ? demanda Miranda.

Bernal regarda Peláez, qui ouvrit son dossier de rapports.

— Il les étouffe, mais, dans le second cas, la dose de cocaïne injectée à la fille Cabrera était mortelle. Ce qui me tracasse, c'est la troisième personne qui a probablement été assassinée.

— Une troisième personne ? répéta Elena avec étonnement.

— Eh bien, je ne pense pas que la quantité de sang du groupe B négatif nécessaire pour remplir les quatre sachets que l'assassin a placé dans la bouche des mannequins et des cadavres ait pu être prélevée sur une personne vivante sans provoquer sa mort. Qu'est-ce que les hématologues vous ont dit, Varga ? demanda Peláez.

— Vous avez raison, monsieur, à moins que le sang n'ait été soutiré à des intervalles suffisamment espacés. C'est un groupe sanguin très rare, qui ne correspond à aucune des deux victimes découvertes jusqu'ici. Les tests ont été compliqués par le fait que l'assassin a additionné le sang des sachets de plastique de trichloréthylène, qu'il a utilisé en guise de solvant pour l'empêcher de coaguler. Ça rend l'estimation de l'âge du sang plus délicate. Ils ont essayé les nouveaux tests Gm employés pour les traces de sang séchées, ainsi que les plus récents tests pour l'haptoglobine, les enzymes et les protéines. Les analystes sont certains que ce sang provient d'un jeune adulte européen de race blanche. Ils ne peuvent pas en dire plus, mais ils disposent maintenant d'une « empreinte hématologique » qu'ils pourront comparer avec d'autres échantillons provenant du même corps, ou avec le corps lui-même, évidemment, si vous le trouvez.

— Ce garage, ou cet atelier, dans lequel il opère, dit Bernal d'une voix songeuse, doit être un endroit pas ordinaire. Il y fabrique des mannequins, il y transporte des cadavres, peut-être y conserve-t-il un corps. Ces activités doivent dégager des odeurs bizarres et faire du bruit. (Elena frissonna en se rappelant qu'elle s'était trouvée tout près du suspect.) Et personne n'aurait rien remarqué, ni une relation ni un voisin ? Quel genre d'endroit ça peut-il bien être ?

Navarro prit la parole pour la première fois.

— Une maison isolée, possédant une cave, et dans laquelle il vit seul. Mais ça ne doit pas courir les rues dans les parages de Cuatro Caminos.

— Exactement, dit Bernal. Il y a surtout des immeubles, ou, tout au moins, des maisons divisées en plusieurs appartements, avec un concierge au rez-de-chaussée. Je sais bien que certaines d'entre elles ont maintenant des portes à ouverture automatique, ce qui ne nous arrange guère. Comme vous pouvez le voir sur cette carte, dit-il en prenant une baguette et en indiquant les stations de métro où les mannequins et les corps avaient été découverts et qui étaient signalées par des petits drapeaux de couleur, la station Cuatro Caminos a dû être le point d'accès. Le suspect y a été repéré deux fois. Mais comment a-t-il amené les mannequins et les corps jusqu'à l'entrée de la station ?

— Dans une voiture ou une camionnette, suggéra Miranda.

— Mais ce n'est pas commode de se garer à proximité de l'escalier de la station, objecta Ángel, et encore moins d'y rester un certain temps sans attraper une contredanse, ou sans que la voiture soit emmenée en fourrière par le camion-grue de la police municipale.

— Et l'assassin semble avoir accompagné les mannequins et les corps pendant une partie ou la totalité du trajet, ajouta Bernal.

— Il faut qu'il soit extrêmement robuste pour avoir descendu les corps des jeunes filles par ces escaliers, dit Elena. Si c'est l'homme que j'ai vu, c'est possible : il était grand, large d'épaules et remarquablement leste et agile. Mais il aurait sûrement été obligé de poser le corps de temps en temps, et c'est étonnant que personne ne l'ait remarqué.

— Surtout quand on pense à l'heure à laquelle il a amené la fille Cabrera, souligna Bernal, au plus fort de l'affluence matinale.

— Il n'existe pas une autre issue par laquelle il aurait pu les introduire ? demanda Lista. Il y a un dépôt de wagons, à Cuatro Caminos, si je ne m'abuse ? Les employés ne disposent pas d'une entrée privée, dont il aurait pu faire usage à une certaine heure sans se faire repérer ?

— Voilà une idée très intéressante, commenta Bernal. Nous allons nous renseigner immédiatement auprès du directeur du Métro et fouiller la station de fond en comble à la recherche d'indices. (Il regarda sa petite équipe avec un sourire ironique.) Nous possédons bien peu d'éléments pour poursuivre notre enquête, comme vous vous en êtes rendu compte. Maintenant, je vous propose d'orienter nos recherches dans deux nouvelles directions, aussi ennuyeuses pour vous l'une que l'autre. (Il se tourna vers Miranda.) Toi, Carlos, je voudrais que tu emmènes Elena faire la tournée des fripiers, pour voir si l'un d'entre eux reconnaîtra les vêtements trouvés sur les mannequins et les filles assassinées, et se rappellera à qui il les a vendus. Il se peut que notre homme les ait achetés tous ensemble, en un seul lot. (Il s'adressa ensuite à Gallardo.) Ángel, tu continues à diriger la surveillance de Cuatro Caminos jusqu'à nouvel ordre, quoique avec les *grises* qui vont patrouiller sur le quai à partir de cet après-midi, je doute que notre suspect y montre son nez pour l'instant. Tu peux demander six policiers en civil supplémentaires au service central. J'aimerais que tu interroges les concierges et les commerçants du quartier pour savoir s'ils ont entendu parler d'un garage ou d'un atelier utilisable pour y construire des modèles réduits ou y faire de la sculpture, puisque nous savons qu'il se sert de plaques de polystyrène opaque sous forme vitreuse. Si seulement on connaissait l'espèce des fleurs d'où vient le pollen, on pourrait les rechercher, mais ouvre quand même l'œil sur tout ce qui ressemble à des plantes. Et puis, bien sûr, parle-leur du suspect sous ses deux apparences : on ne devrait pas tarder à recevoir son portrait-robot avec et sans barbe. Je ne pense pas que vous ayez découvert de nouvelles empreintes, Prieto ?

Les autres dressèrent l'oreille en entendant cette question.

— Non, chef, rien en dehors de la petite empreinte partielle sur l'écharpe de la fille Ledesma, et elle est si fragmentaire qu'elle ne peut servir qu'en poroscopie, si vous trouvez d'autres empreintes, ou l'homme lui-même. Il doit toujours porter des gants quand il manipule des objets compromettants.

— Eh bien, je vous remercie. L'un de vous a-t-il quelque chose à ajouter ?

Personne n'avait d'autre question à poser.

— Paco, tu assures la permanence. J'appellerai le directeur du Métro avant d'aller au dépôt de Cuatro Caminos interroger les employés. L'équipe de surveillance est toujours là-bas, n'est-ce pas ?

— Oui, *jefe*, répondit Ángel. Je leur ai dit d'attendre de nouvelles instructions.

CONCEPTIÓN

Le chef de station regarda avec horreur le corps ensanglanté de la grande fille blonde, qui gisait dans la troisième voiture de la rame flambant neuve arrêtée le long de son quai direction ouest. Il avait fait asseoir le marchand de billets de loterie dans son bureau pendant qu'il téléphonait au poste de contrôle d'Avenida de América de suspendre le service et de prendre les dispositions nécessaires pour que la rame soit bouclée et conduite au dépôt. Le conducteur et le chef de train l'avaient rejoint à la porte du wagon.

— Ainsi, le fou a fait une nouvelle victime, à ce qu'on dirait, conclut le conducteur, un homme morose qui semblait affligé de l'ulcère à l'estomac qui est un des risques du métier. Tu as vu monter cette fille ? demanda-t-il au chef de train, un homme beaucoup plus jeune, passionné par les bandes dessinées pour adultes, qu'il dévorait entre les stations et dont il portait actuellement un recueil plié sous le bras gauche.

— Non, mais n'oublie pas que j'étais à trois voitures de là. Je n'ai rien remarqué d'anormal sur les écrans de télé des stations.

Sur tous les quais de cette ligne, la plus récente et la plus perfectionnée du réseau, des caméras et des écrans de télévision en circuit fermé permettaient au chef de train, qui voyageait dans la voiture de tête, immédiatement derrière la cabine du conducteur, de découvrir l'ensemble du quai sans avoir à descendre ni à se démancher le cou, au moment où il faisait retentir le sifflet et refermait les portes après chaque arrêt.

— Et pas vilaine, ajouta le chef de station. Elle avait de belles jambes. Pourquoi avoir voulu la supprimer ?

— A mon idée, elle devait être un peu *puta,* dit le conducteur. Regardez-moi ce vernis, sur ses ongles de mains et de pieds. Une fille comme il faut ne sort pas comme ça. Et elle a les cheveux teints.

— Dis-donc, tu retardes, ricana le chef de train. De nos jours, elles ont toutes cette allure-là. Si ce dingue ne veut rectifier que les putains, il va avoir du mal à les distinguer des pucelles... enfin, de ce qu'il en reste.

Le téléphone sonna dans le bureau vitré, et le chef de station courut répondre. Au bout d'un instant, il revint avec l'ordre du centre de contrôle de conduire directement la rame au dépôt, où les inspecteurs du service de sécurité allaient arriver incessamment.

CUATRO CAMINOS

Bernal descendit de la vieille rame rouge et crème à Cuatro Caminos, en compagnie d'Ángel, et monta dans le hall donner ses instructions aux policiers en civil qui surveillaient toujours l'entrée de la station. Le directeur de la Compagnie du Métro lui avait appris qu'il existait une autre porte dans la Calle de

Fernández Villaverde, réservée aux employés et donnant dans le dépôt, et c'était celle-là qu'il désirait maintenant examiner. Bien que l'assassin eût apparemment transporté au moins l'un des mannequins par le hall des billets et l'escalier des voyageurs avant de le déposer dans un train, Bernal voulait savoir s'il aurait eu la possibilité d'introduire les corps des jeunes filles par une voie plus facile et de les placer dans les rames avant que celles-ci n'entrent en service.

Lorsqu'ils sortirent de terre dans la Calle de Bravo Murillo, il se tourna vers Ángel :

— Je vois ce que tu voulais dire au sujet du stationnement. L'assassin n'aurait pas pu abandonner son véhicule dans une rue aussi fréquentée pendant qu'il descendait déposer les corps dans le train. Mais allons jeter un coup d'œil dans la rue transversale, du côté de l'entrée du dépôt.

Là, ils trouvèrent un endroit parfait pour se garer, devant un immeuble d'habitation.

— Allons voir comment est surveillée l'entrée du personnel, dit Ángel.

Ils constatèrent que rien ne s'opposait à ce qu'ils l'utilisent, car il n'y avait pas de portier. Du gouffre obscur qui s'ouvrait à leurs pieds s'élevaient les tintements métalliques des ateliers de réparation et le sifflement des jets d'eau de la machine automatique qui lavait les wagons.

— Je parie que c'est par là qu'il est passé, *jefe*, dit Ángel. Regardez, il y a même un monte-charge, qui doit leur servir à descendre des pièces détachées ou des machines-outils.

— Prenons-le et voyons si quelqu'un nous arrête, suggéra Bernal.

En fait, ils étaient sortis du monte-charge au dernier niveau et avaient déjà parcouru une distance considérable entre les wagons immobilisés lorsqu'ils rencontrèrent enfin quelqu'un.

— Je suis le contremaître, annonça un homme à l'air soucieux dont le visage, les mains et le bleu de travail étaient maculés de cambouis. Vous cherchez quelque chose, messieurs ?

Bernal lui présenta sa plaque de la D.G.S., et le contremaître déclara qu'il attendait le commissaire, le bureau du directeur ayant téléphoné.

— Nous voulons seulement visiter les lieux, lui dit Bernal. Vous pourriez peut-être nous expliquer dans quel ordre les wagons arrivent ici et ce qu'on en fait.

— Eh bien, s'ils ont besoin de réparations, ils sont aiguillés vers l'atelier, là-bas. (Il désigna le coin le plus éloigné de la gigantesque salle souterraine.) S'ils doivent être nettoyés ou désinfectés, ils vont à l'un des emplacements du centre. Ceux qui sont garés le plus près de nous forment des rames complètes, que l'on utilise aux heures de pointe le matin et le soir, quand on augmente la fréquence du trafic. Deux équipes de femmes nettoient et brossent l'intérieur des voitures pendant la nuit et les premières heures de la matinée. Les conducteurs et les chefs de train prennent les rames en charge au poste de contrôle.

— Ces trains circulent-ils uniquement sur la ligne 2, qui va d'ici à Ventas, ou également sur la ligne 1, qui ne fait que traverser cette station ? demanda Bernal.

— Surtout sur la ligne 2, mais, en cas d'affluence,

il arrive qu'on les demande sur la ligne 1, et la rame part alors de cette station. Mais, normalement, les trains de la ligne 1 démarrent de Plaza de Castilla ou bien de Portazgo, le terminus sud.

— Je comprends, dit Bernal. On m'a expliqué que tous les trains circulant sur une ligne sont affectés d'un numéro d'ordre, de façon que les chefs de station puissent signaler au contrôle central de Sol la position de chacun d'eux. Pouvez-vous me dire ce qui arrive aux rames supplémentaires introduites sur la ligne 1 depuis ce dépôt ? On leur donne un numéro spécial ?

— Oui, monsieur. Le contrôleur du trafic de cette station appelle le poste central pour connaître le moment précis où il doit introduire un train supplémentaire, et on lui dit quel numéro il doit lui donner, 17 bis ou 18 bis, par exemple. Il remet alors au conducteur une plaque en carton à fixer sur son pare-brise, et le numéro de celle-ci indique aux chefs de station la position que le train occupe sur la ligne.

— Conservez-vous la liste des numéros permanents de chacune des six voitures qui composent une rame, et cette liste est-elle portée en regard du numéro d'ordre temporaire affecté au train au moment où il est mis en service ?

— Je note les numéros de série des voitures de chaque train qui quitte ce dépôt, et je les transmets sous forme abrégée au contrôleur du trafic, M19/R313, par exemple, le premier et le dernier wagon d'une rame déterminée. Il note sur son registre l'heure du départ et le numéro de convoi affecté au train.

— C'est parfait, dit Bernal. Nous demanderons à

consulter le registre pour certains trains à certaines dates. Combien y a-t-il d'employés dans ce dépôt, en temps normal ?

— Nous sommes plus de quarante, en deux équipes, pendant la plus grande partie de la journée. Davantage quand les nettoyeuses sont là.

— Il y a un portier, ou quelqu'un qui surveille l'entrée et la sortie du personnel ? demanda Ángel.

— Plus depuis qu'on a installé une horloge pointeuse. Maintenant, nous perforons ces cartes en arrivant et en partant. (Il leur montra une longue carte beige qu'il tira de la poche de son bleu.)

— Est-ce qu'il vous paraît possible que quelqu'un entre ici avec un paquet volumineux et l'introduise dans un train sans que personne ne le voie ? lui demanda Bernal.

— Vous voulez dire : un cadavre ? Oui, j'ai lu les journaux, répondit le contremaître avec un sourire crispé. J'y ai réfléchi et ça pourrait se produire, surtout après le départ des nettoyeuses, quand les portes des wagons restent ouvertes jusqu'à la mise en service. Avec le bruit qu'il y a ici et le mauvais éclairage, nous ne remarquerions probablement pas une personne qui se faufilerait en douce, et ce ne sont pas les cachettes qui manquent entre les piles de pièces détachées et sous les arcades qui entourent le dépôt.

— Eh bien, voilà une réponse franche. Merci. Je vais vous envoyer trois policiers en civil, un avec chaque équipe, pour monter discrètement la garde, au cas où le suspect essaierait encore d'utiliser cette voie. Vous nous avez beaucoup aidés.

Lorsqu'ils eurent rejoint la rue, Bernal avoua à Ángel :

— J'ai commis une lourde faute, dans cette enquête. Je me suis laissé détourner du processus habituel par le fait que cette guichetière avait aperçu le suspect traînant le mannequin. Ce qu'il faut maintenant, c'est vérifier la provenance de chacun des trains dans lesquels on a trouvé un corps ou un mannequin. Téléphone à Navarro et demande lui de te lire, sur les rapports que nous possédons, le numéro de série de chacune des voitures, ainsi que l'heure approximative. Le contremaître et le contrôleur du trafic de ce dépôt consulteront alors leurs registres et te diront d'où venaient ces trains, c'est-à-dire s'ils étaient partis de Plaza de Castilla pour la ligne 1 ou d'ici pour les lignes 1 et 2. Vois-tu autre chose que nous pourrions faire ?

— Chercher le véhicule que l'homme a dû utiliser, répondit Ángel. Il n'a sûrement pas transporté les cadavres à pied dans la rue.

— Tout à fait exact, acquiesça Bernal. Il nous faut d'autres agents pour relever les numéros de tous les véhicules en stationnement dans les parages et rechercher à qui ils appartiennent.

— Et les contractuels, *jefe ?* Vous voulez que j'aille au service de la circulation de la police municipale et que je me renseigne sur toutes les contraventions distribuées dans ce secteur ?

— Oui, mais commence par celles des jours où on a trouvé les mannequins et les corps. Ça réduira la liste. Tu pourras éliminer la plupart des automobilistes qui habitent dans le voisinage et laissent leur voiture passer la nuit dans la rue... quoique, évidemment, l'assassin pourrait être l'un d'eux. Ce qui m'intéresse surtout, ce sont les voitures venues d'ailleurs et garées ici dans chacune de ces occasions. Je te retrouve au bureau après le déjeuner. *Hasta luego.*

Tandis qu'Ángel s'engouffrait dans la bouche du métro, Bernal chercha des yeux un taxi dans Bravo Murillo, avec le net pressentiment d'être en train de fermer la porte de l'écurie après la fuite du cheval.

TRIBUNAL

En s'adossant à la banquette du taxi, Bernal se dit que le métro aurait été plus rapide, mais, à la réflexion, il estima qu'il avait suffisamment respiré son odeur chaude, métallique, et son air vicié pour la journée. Il n'était encore que 2 heures, il avait donc le temps de prendre l'apéritif à la Cafetería Pablos, où il demanda à son chauffeur de le déposer. Il faisait beaucoup plus chaud, le temps ayant changé brusquement comme cela se produit souvent à Madrid, où la température s'élève parfois de 15 ou 20 °C entre les premières heures de la matinée et le début de l'après-midi.

Il but un gin tonic et grignota une soucoupe de moules en saumure, tout en regardant, par les larges glaces de verre teinté, les enfants qui jouaient dans le square de l'Architecte-Ribera, de l'autre côté de la rue. La Calle de Barceló aurait été l'un des endroits les plus agréables du centre de la ville, songea-t-il, si seulement l'Ayuntamiento n'avait pas passé son temps à envoyer des terrassiers y creuser des trous.

Il alla au fond de la salle téléphoner à Eugenia pour la prévenir qu'il ne rentrerait pas déjeuner, puis commanda le *Plato Combinado Nº 5* du menu, qui se révéla être composé d'une escalope de veau, de deux œufs frits, de trois croquettes de jambon et d'une salade de tomates et de laitue. Il termina son repas par un café et un cognac, régla l'addition et se rendit à pied jusqu'à l'immeuble où se trouvait son appartement secret. Il y trouva Consuelo occupée à se préparer un potage instantané, qu'elle abandonna pour lui sauter au cou.

— J'ai lu les articles sur les crimes du métro, Luchi, dit-elle. J'ai décidé que je ne prendrais plus le métro jusqu'à nouvel ordre.

— C'est apparemment la réaction que l'assassin cherche à provoquer, mon chou, répondit Bernal avec lassitude. En fait, il n'a jamais tué personne dans le métro, pour autant que nous le sachions. Il se contente d'y déposer les cadavres.

— Combien de cadavres ? demanda-t-elle. Les journaux ont l'air d'insinuer qu'il y en aurait plus que vous ne l'aviez révélé.

— Deux cadavres et deux mannequins, jusqu'ici.

— Des mannequins ?

— Oui, des poupées grandeur nature, faites pour ressembler à de vrais morts. Nous avons aussi de bonnes raisons de penser qu'il y a une troisième victime, dont nous n'avons pas encore trouvé le corps. Tu es sûre que tu as envie d'entendre parler de tout ça en mangeant ton potage ?

— Je suppose que tu trouverais plus indiqué de me

raconter l'affaire au lit quand j'aurai fini, rétorqua-t-elle. Je préfère écouter les détails sanglants avec la soupe.

Après avoir pris connaissance de tous les faits connus de la police et des enquêtes en cours, elle réfléchit un instant en silence, puis demanda :

— As-tu songé à la façon dont il s'y prend pour attirer les jeunes filles à l'endroit où il les tue, quel que soit cet endroit ?

— Tout ce que je sais, c'est qu'elles doivent trouver ça tout naturel. Après tout, il attendait Mari Luz Cabrera comme s'ils avaient rendez-vous.

— Si c'était une affaire de stupéfiants ? Ce type pourrait-il être un revendeur de drogue ?

— J'ai demandé au commissaire Tomás de consulter les dossiers des Stups : les filles n'étaient pas fichées, et, d'après lui, il n'y a aucune connexion apparente. Je vais quand même envoyer Elena et Carlos Miranda examiner sa collection de photos, bien qu'ils n'aient vu le suspect que déguisé. La réceptionniste de Peláez pourrait aussi y jeter un coup d'œil : elle l'a vu sans barbe.

— Pas étonnant que cette Elena l'ait laissé filer, déclara avec satisfaction Consuelo, jalouse de la rivale qu'elle croyait voir dans la nouvelle inspectrice. Ce n'est qu'une débutante.

— Ce serait injuste de la blâmer, répliqua patiemment Bernal, elle n'a fait que désigner le suspect à Miranda, qui est le plus doué de nous tous pour les filatures.

— Si ce n'est pas une affaire de drogue, pourrait-il s'agir d'une histoire d'avortement ? suggéra Consuelo.

— D'après Peláez, il n'y avait pas de trace récente d'opération clandestine, et aucune des deux filles n'était enceinte. De toute façon, les Cabrera étaient suffisamment riches pour envoyer leur fille se faire avorter légalement en Angleterre.

— La politique, alors ? Ces deux filles travaillaient pour des partis de gauche. L'assassin est peut-être un fanatique de l'extrême-droite, qui choisit ses victimes au petit bonheur dans n'importe quelle organisation pro-marxiste. (Elle frissonna.) Tu feras bien de m'accompagner au meeting socialiste qui a lieu lundi prochain au stade de l'équipe du Rayo Vallecano, à El Portazgo. Je veux entendre le discours de Felipe González à la veille des élections, et il faudra que tu viennes me protéger.

— Je préférerais que tu n'assistes pas à ces réunions politiques, Consuelo. Le pays tout entier a perdu la tête, comme si la révolution était pour demain, mais tu sais bien que tout ça se calmera en moins de cinq minutes lorsque se produira la désillusion d'après les élections. C'était exactement la même chose en 1931.

— Et je parie que tu brandissais le drapeau rouge au premier rang des contestataires, Luchi. (Il se dit qu'elle se faisait une idée exagérément romanesque de sa jeunesse.) Allez, avoue que tu étais trotskiste.

— Je ne peux pas, parce que je n'avais que douze ans à l'époque. Toutefois, concéda-t-il, je reconnais que nous étions un peu comme les jeunes d'aujourd'hui, espérant changer la face du monde du jour au lendemain. Mais tu es trop avertie pour te laisser entraîner là-dedans.

— Je suppose que je devrais l'être, mais je ne

peux pas m'empêcher de m'y intéresser, ni d'avoir le sentiment que l'histoire est en train de se faire et que je ne veux pas manquer ça. Allez, emmène-moi lundi prochain au meeting de Vallecas. Personne ne nous remarquera, dans la cohue.

— D'accord, capitula Luis, si je suis libre, j'irai. Et maintenant, si on allait faire une petite sieste, avant que je retourne jouer au détective ?

— Oh, ce culot ! Il va falloir que l'Académie modifie la définition du mot « sieste » dans son dictionnaire, quand on apprendra ce que tu as en tête !

SOL

L'inspecteur Paco Navarro reçut l'appel téléphonique du service de sécurité du Métro à 2 h 10 et faillit perdre les pédales. Il recommanda aux inspecteurs du Métro de ne pas toucher au corps, de laisser la morte dans la rame, qui avait été conduite à la station Avenida de América. Après quoi il chercha à joindre le commissaire Bernal. La femme de celui-ci, Eugenia, l'informa — plutôt sèchement, estima Paco — que Luis venait de téléphoner pour prévenir qu'il ne rentrait pas déjeuner, mais elle ignorait d'où il avait appelé. À la station Cuatro Caminos, Ángel lui avait dit que le patron était parti en taxi à 1 h 45. Navarro avait remarqué, en d'autres occasions, que Bernal était parfois difficile à joindre en début d'après-midi, et ça l'avait intrigué. Le patron était sûrement confortablement installé dans un bar quelconque, en train de siffler des *cañas* avec de vieux copains.

En désespoir de cause, Paco téléphona à l'Instituto Anatómico Forense et demanda le Dr Peláez. Mais celui-ci aussi était parti déjeuner.

— Il est rentré chez lui ? demanda Navarro à la réceptionniste, qui, il s'en souvenait, était une beauté brune de Séville ; elle s'était donné beaucoup de mal pour se débarrasser de son accent andalou, mais il en subsistait assez pour que ses paroles aient toujours quelque chose d'un peu comique.

— Je ne pense pas, monsieur l'inspecteur, répondit-elle. D'habitude, il va au Mesón, au coin de Drumen et d'Atocha. Mais il devrait être de retour pour 3 heures, il a une autopsie à pratiquer.

Navarro lui expliqua qu'il n'avait pas encore réussi à contacter le commissaire Bernal et lui parla du corps qui attendait à la station Avenida de América.

— Je préviendrai le docteur dès son arrivée. Il retrouvera probablement le commissaire sur les lieux de l'incident.

Navarro se demanda si tous les cadavres, aussi macadres fussent-ils, étaient pour elle de simples « incidents », à force de les voir défiler jour après jour.

Il tapota fébrilement son bloc-notes avec son crayon, puis décida de laisser des messages à Varga, le technicien, et à Prieto, de l'Anthropométrie, bien qu'il semble peu probable qu'il y ait beaucoup d'empreintes à relever sur les lieux. Il hésita à prévenir le juge d'instruction de garde ce jour-là ; ce serait celui du Juzgado n° 17. Il soupira et téléphona à l'agent du portail d'aller lui chercher un *bocadillo* de jambon de pays et de fromage *manchego*, avec une canette de bière Mahou cinq étoiles. L'après-midi allait être long.

AVENIDA DE AMÉRICA

A 4 heures moins 10, dans le dépôt de wagons de la station Avenida de América, le photographe de la police était en train de prendre des clichés, tandis que l'inspecteur Quintana, du *comisaría* du district de Chamartín, se tenait non loin, en compagnie de deux policiers en uniforme gris.

Varga arriva et montra ses papiers à Quintana, qu'il ne connaissait pas.

— Le commissaire Bernal ne va pas tarder, monsieur l'inspecteur. Je ne déplacerai pas le corps avant l'arrivée du Dr Peláez, mais je vais commencer à examiner l'intérieur de la voiture dès que le photographe aura terminé.

— Très bien, dit Quintana. J'ai téléphoné immédiatement à la D.G.S., lorsque le crime a été signalé à notre bureau de la Calle de Cartagena. Le service de sécurité du Métro a naturellement alerté le poste de police le plus proche, en même temps que le service du commissaire. Il semble évident que nous nous trouvons devant l'un de ces crimes de fou sur lesquels Bernal enquête déjà. Je n'ai laissé pénétrer personne dans le wagon depuis mon arrivée, en dehors du photographe.

— Qui a découvert le corps ? demanda Varga.

— Un marchand de billets de loterie, que je garde à la disposition du commissaire Bernal pour interrogatoire. Il a déjà fait une déposition.

Varga commença à installer un éclairage complémentaire pour procéder à l'examen des lieux, pendant que le photographe achevait de prendre ses clichés au flash.

— Je reste ici jusqu'à l'arrivée du docteur, dit celui-ci à Varga, parce qu'il voudra d'autres photos quand il aura retourné le corps.

— Je ne pense pas que la position du corps aura une grande importance, dit l'inspecteur Quintana, car, d'après le témoin, la fille n'est tombée du siège sur lequel elle était assise qu'au moment où la rame arrivait à la station Concepción, et il y a plus de deux heures de ça.

— Eh bien, si le sang est encore liquide, l'hypostasie post-mortem risque de s'être modifiée pendant ce temps-là, remarqua Varga. Le Dr Peláez ne va pas être content.

Ce dernier arrivait justement, chargé de sa grosse trousse noire, et il salua gaiement l'assistance.

— Bernal n'est pas encore là ? demanda-t-il en regardant autour de lui. Je l'avais prévenu qu'il y aurait d'autres victimes s'il ne mettait pas rapidement la main sur le psychopathe. (Les verres épais de ses lunettes amplifièrent exagérément la lueur qui s'alluma dans ses yeux globuleux lorsqu'il aperçut le corps de la morte.) Elle est tombée du siège, hein ? Depuis combien de temps, Quintana ?

— Ça s'est produit vers 1 h 35 à la station Concepción. Ensuite, on a amené la rame ici. Nous n'avons pas déplacé la victime, mais elle a été photographiée *in situ,* et Varga commence tout juste l'examen des lieux.

— Ça m'étonnerait que vous trouviez grand-chose, Varga, dit Peláez. Il y a trop de gens qui entrent et qui sortent de ces wagons toute la journée. (Il se pencha sur le corps.) Une grande fille solidement charpentée, hein ? (Il tâta le poignet gauche du cadavre.) Le refroidissement est déjà bien avancé. (Après avoir soulevé tour à tour les paupières des deux yeux, il ajouta :) Les pupilles en état de relaxation post-mortem.

L'inspecteur Quintana, qui observait la scène depuis la porte du wagon, se rendit brusquement compte que les paroles de Peláez n'étaient destinées ni à lui ni à Varga, mais à un minuscule microphone suspendu par un cordon au cou du docteur et relié à sa poche par un fil. Bonne idée, songea-t-il, ça lui évite d'amener une secrétaire.

Peláez tourna le corps sur le flanc.

— Flot de sang habituel sortant de la bouche, comme dans les deux cas précédents.

Il appela le photographe, lui fit prendre quelques clichés, puis, avec une paire de brucelles, retira d'entre les dents de la morte un sachet de plastique transparent d'où suintait du sang. Après quoi, il souleva la jupe et chercha l'origine des taches sanglantes qui maculaient les jambes.

— Hum, une blessure quelconque dans les parties intimes. Pas beaucoup de sang, toutefois. Il se met à les violer, maintenant ?

Il retourna le corps sur le ventre, lui introduisit un thermomètre dans le rectum, et accrocha un second thermomètre au dossier d'un siège pour connaître la température à l'intérieur du wagon. En attendant, il alla près de la portière bavarder avec Varga, qui, à quatre pattes, examinait le plancher avec une loupe.

— Où est passé Bernal ?

— Navarro cherche à le joindre sans succès depuis une heure. Il déjeune peut-être avec quelqu'un. D'habitude, il téléphone vers 4 heures.

Peláez jeta un coup d'œil à sa montre, puis retourna auprès du corps et commença à prélever des échantillons des taches de sang de la bouche et des jambes, étiquetant soigneusement les petits tubes. Il remplit également une grande fiche blanche, qu'il attacha au pied droit de la victime.

— Pas trace de porte-monnaie ou de sac à main, Varga. Et pas de poche dans la veste ni dans le corsage. J'ai l'impression que ça ne va pas être commode de l'identifier.

— Elle n'est pas habillée comme les autres, remarqua Varga. La veste est assez défraîchie, mais le corsage et la jupe de cuir n'ont pas l'air de sortir du décrochez-moi-ça. Et, cette fois, il n'y a ni imperméable ni chapeau.

— Ça, c'est à cause du temps, dit Peláez. Avec la chaleur qu'il fait aujourd'hui, elle aurait trop attiré l'attention s'il l'avait emmitouflée. Elle est très maquillée, hein ? (Il observa le visage, dont les narines étaient maintenant pincées.) Et tout ce vernis aux mains et aux pieds. Une fille de joie, à votre avis ?

— Possible, admit Varga. Les cheveux sont visiblement teints. Elle devait être assez sensationnelle, avec ce visage effronté.

Peláez relevait maintenant la température du corps et la comparait à celle de l'air de la voiture.

— Hum, près de cinq degrés de moins, et il fait assez chaud, ici : 21 °C. Du moment qu'il ne s'agit pas d'une strangulation, ni d'un des rares cas de fièvre ou d'empoisonnement où la température s'élève pendant quelque temps après le décès, nous pouvons admettre qu'elle est morte depuis six à huit heures. (Il tâta les muscles du cou et des épaules, et passa ses doigts sur les bras.) La rigidité a débuté, mais elle n'a pas encore atteint les avant-bras. (Il se tourna vers l'inspecteur Quintana.) Quand la température est douce et que le cadavre est vêtu, elle commence généralement à apparaître au bout de six heures, et il lui faut ensuite de dix à douze heures pour être totale. (Il releva les manches de la veste et examina l'intérieur des bras.) Une seule trace de piqûre sur le bras gauche. Apparemment récente. (Il souleva encore la jupe et regarda les cuisses.) Non, pas de trace ici non plus. Ce n'était pas une droguée, en tout cas elle ne se piquait pas. (Il observa la teinte plus foncé de la partie inférieure des jambes.) Hypostasie post-mortem. Elle est restée en position assise pendant un certain temps après avoir été tuée. Je ne peux pas faire grand-chose de plus ici, Varga. Plus tôt je pourrai l'ouvrir au labo, mieux ça vaudra. Nous la ferons enlever aussitôt que le substitut sera là. Toujours pas de Bernal, hein ?

Peu après, le juge d'instruction du Juzgado de Guardia arriva et conféra avec l'inspecteur Quintana. Il s'établit un silence embarrassé pendant qu'ils attendaient l'arrivée du commissaire, et l'inspecteur offrit à la ronde un paquet de cigarettes Rex. Le contremaître du dépôt s'approcha.

— On vient de me téléphoner, señores. Le directeur du Métro et le commissaire Bernal sont en route.

Varga continua à ramasser des échantillons de poussière et autres débris autour du cadavre. Les employés du dépôt observaient le groupe des officiels avec curiosité, de loin, tout en faisant semblant de s'acquitter de leurs tâches. Une brusque reprise d'activité de leur part annonça l'arrivée du directeur du Métro. Bernal se dirigea vers Quintana et lui serra la main.

— Navré de vous avoir fait attendre. L'heure du déjeuner est le plus mauvais moment de la journée pour joindre les gens. Vous avez examiné le corps ?

— A distance seulement. J'ai laissé les investigations détaillées à Varga et au Dr Peláez. Je ne voulais pas risquer de piétiner les indices et de brouiller les traces. C'est manifestement un des crimes du métro.

Bernal avait de l'estime pour Quintana, qu'il connaissait depuis longtemps. Celui-ci appartenait à la nouvelle génération d'enquêteurs formés par la D.G.S. dans les années 50, et il faisait du bon travail depuis qu'on l'avait affecté au district de Chamartín.

— Merci, Quintana, je vous suis reconnaissant de nous avoir transmis l'affaire immédiatement.

Le directeur devint tout pâle en voyant le corps de la morte par la vitre du wagon.

— Peut-on cacher ça à la presse, monsieur le commissaire ? Nous n'avons déjà subi que trop de publicité, et maintenant, avec ces agents sur tous les quais...

Bernal lui coupa la parole avec ménagement.

— Nous n'y pouvons rien, parce que l'assassin prévient apparemment les journalistes lui-même. Je suis surpris qu'ils ne soient pas déjà là.

Il monta avec le juge d'instruction dans le wagon, où ils s'entretinrent avec Peláez.

— Est-il certain qu'elle a été assassinée ailleurs et transportée dans cette voiture ? questionna le juge.

— C'est à peu près sûr, parce que le sachet de plastique plein de sang a été introduit dans sa bouche alors qu'elle était morte, ou déjà inconsciente, et qu'on ne voit pas comment ça aurait pu se faire en public. A en juger par la décoloration des tissus, elle a été considérablement remuée après sa mort. Elle est restée un certain temps assise, ce qui a accumulé le sang dans le dos des cuisses et dans les jambes. Et puis, évidemment, un témoin a vu le corps tomber de la banquette — ou, du moins, il l'a vu tout de suite après la chute — au moment ou le train entrait dans la station Concepción, à 1 h 35. J'aimerais pratiquer l'autopsie immédiatement.

— Bien sûr, je vais vous signer l'autorisation. Vous m'enverrez un rapport préliminaire, Bernal ? Ensuite, nous pourrons transférer l'affaire au Juzgado qui s'est occupé de la première morte du métro. Quand vous aurez acquis la certitude que cette jeune personne est bien une victime de la même série de crimes, évidemment.

Après le départ du juge, Bernal alla trouver le directeur du Métro.

— J'aurai besoin d'interroger le conducteur et le chef de train de cette rame, ainsi que tous les chefs de station et vendeurs de billets de la ligne. J'aurai aussi besoin du tableau de rotation de la rame. Apparemment, nous allons avoir beaucoup de mal à localiser la station d'accès.

— Vous estimez possible que l'assassin ait introduit le corps par les escaliers d'une des stations sans que les employés ni aucun des voyageurs ne l'aient remarqué ?

— Ça paraît peu probable, à première vue. Dans les deux autres cas, nous pensons maintenant que l'assassin a déposé les corps au dépôt de voitures de Cuatro Caminos. Mais cette ligne-ci n'a aucun point de correspondance avec les lignes 1 et 2. Elle est complètement indépendante, n'est-ce pas ?

— Oui, c'est notre ligne la plus récente et la plus perfectionnée. Entièrement automatisée.

— Alors, il se pourrait que l'assassin ait fait passer le corps de la fille par le dépôt de voitures où nous nous trouvons ou par celui de Las Musas, l'autre terminus de la ligne. Voilà pourquoi nous avons besoin de savoir pendant combien de temps cette rame a été en service aujourd'hui.

— On va vous dire ça tout de suite, fit le directeur. Je fais appeler le contrôleur du trafic.

Avant de se faire conduire à Avenida de América, Bernal avait pris le temps d'étudier le grand plan du métro, dans son bureau, lorsque Navarro lui avait appris la mauvaise nouvelle. Tous deux avaient été consternés de constater que le nouveau crime avait été découvert sur une ligne entièrement différente, et Bernal sentait que l'assassin avait constamment une longueur d'avance sur eux. Ils n'avaient pas plus tôt établi comment il s'y était pris pour introduire les corps sur la ligne 1 et 2, et organisé une surveillance spéciale à Cuatro Caminos, que le psychopathe bifurquait sur la ligne 7.

Le contrôleur du trafic arriva avec son registre.

— Cette rame, monsieur, qui portait le numéro 23 sur le plan de rotation de la journée, a circulé, pendant la matinée, depuis le début du service jusqu'à 11 h 30. Elle a ensuite été conduite à ce dépôt et n'a été remise en circulation qu'à 1 h 05, lorsqu'une nouvelle équipe l'a prise en main. On m'avait signalé que le voyant de signalisation des freins était en panne, mais il n'y avait qu'une ampoule à changer, et j'ai remis la rame en service aussitôt après.

— Combien de temps dure le parcours entre ici et Las Musas ? demanda Bernal.

— Officiellement, 16 minutes 10 secondes, mais il arrive qu'il soit plus long, quand il y a du retard dans la signalisation.

— Expliquons-nous clairement, dit Bernal. Si cette rame a quitté ce dépôt à 1 h 05 pour la deuxième partie de son service, combien de temps est-elle restée à Las Musas avant d'entreprendre son voyage de retour ?

— Probablement pas plus de deux ou trois minutes. Je me le ferai confirmer par le contrôleur du trafic de là-bas.

— Donc, lorsque le corps a été découvert à Concepción à 1 h 35, c'était le premier voyage de retour de la rame depuis sa remise en service ?

— Oh oui, je pensais que vous l'aviez compris, monsieur. La station Concepción est située à peu près aux deux tiers du parcours entre Las Musas et América. Par conséquent, si la rame 23 a quitté Las

Musas à 1 h 23, à quelque chose près, elle devait atteindre Concepción onze ou douze minutes après.

— Eh bien, voilà un renseignement utile. Pouvez-vous me montrer où le train était garé en fin de matinée ? Est-ce qu'on avait laissé les portes ouvertes ?

— Il était sur cette voie de garage, là-bas. Oui, l'électricien a dû ouvrir les portes quand il est venu vérifier le tableau de bord. Je pourrai vous l'envoyez si vous le désirez, monsieur le commissaire.

— Je vais faire venir quelqu'un de mon équipe pour m'aider à recueillir les dépositions. Il faudra que j'interroge tous ceux qui ont travaillé ici ce matin, jusqu'au départ de la rame à 1 h 05.

Bernal alla téléphoner à Navarro dans le bureau du contrôleur du trafic, et il lui demanda de faire venir Ángel de Cuatro Caminos, ou le premier inspecteur qui lui tomberait sous la main. Le directeur du Métropolitain offrit de faire mettre une pièce à la disposition des enquêteurs, et se retira aussitôt que le cadavre eût été enlevé. Varga termina l'examen du siège devant lequel on avait trouvé le corps.

En partant, Peláez prit Bernal à part :

— Rien ne permet de supposer que cette fille était une droguée, mais elle a une marque de piqûre au bras gauche. J'enverrai l'urine, le contenu de l'estomac et de l'intestin, un peu de sang et cinq cents grammes du cerveau et du foie à l'Institut de Toxicologie, pour qu'on y recherche des traces de drogue ou de substance toxique. Il n'y a pas de signe de violence externe, en dehors de ce qui ressemble à un coup de couteau dans la vulve. J'ai d'abord cru qu'il s'agissait d'un viol.

— Cette blessure aurait-elle pu causer la mort ? demanda Bernal. Si oui, notre homme a changé ses habitudes.

— Effectivement, mais je ne pense pas que ce soit le cas. Il y avait très peu de sang pour une telle blessure. A mon avis, elle a dû être infligée après la mort.

Bernal posa la question rituelle.

— Et l'heure du décès ?

— Il faut d'abord que j'examine le contenu de l'estomac, quoique les gens prennent leur petit déjeuner à des heures si bizarres que c'est moins probant que le déjeuner. Disons entre 8 heures et 11 heures ce matin ? Ça vous va ? Ce n'est qu'une estimation basée sur la température du corps et son stade de rigidité. Pris isolément, ces deux éléments sont sujets à caution, comme vous le savez, mais réunis et ajoutés à l'état du contenu de l'estomac, ils sont un peu plus valables. Je vous téléphonerai de l'Institut dans la soirée. *Hasta luego,* conclut Peláez, et il s'éclipsa.

Après avoir examiné le dispositif, ou plutôt l'absence de dispositif de surveillance à l'entrée du dépôt, Bernal décida de retourner à son bureau et de faire arrêter l'enquête au porte à porte autour de Cuatro Caminos, afin de récupérer une partie de son équipe et de l'envoyer interroger les employés du métro à la station Avenida de América.

SOL

A la fin de l'après-midi, Navarro et Bernal contemplaient le grand plan de la ville avec des sentiments proches du désespoir.

— Etant donné la distance qui sépare Cuatro Caminos d'América, chef, dit Navarro, il nous faudrait au moins une douzaine d'équipes d'enquêteurs pour aller sonner à toutes les portes. Le secteur englobe une bonne partie de Castellana, ainsi que les Calles de Ríos Rosas et de Joaquín Costa, plus une partie de celles de Serrano et de Velásquez. Ce serait un travail colossal.

— On va laisser tomber l'enquête aux alentours de Cuatro Caminos, Paco. Il est évident que l'assassin dispose d'un véhicule, et que ça ne le gêne nullement de conduire les corps, en plein jour, à n'importe quel dépôt de voitures du métro. Ce que je veux, c'est une surveillance immédiate de tous les terminus, principalement des entrées de dépôt. Nous avons perdu notre temps dans le hall des billets de Cuatro Caminos, semble-t-il, et pourtant c'est là que la *taquillera* a désigné le suspect à Elena en déclarant que c'était l'homme qu'elle avait vu apporter l'un des mannequins. Rien de nouveau du côté des fripiers ?

— Elena a téléphoné qu'elle avait fait chou blanc jusqu'ici, *jefe*. Elle dit qu'elle devra attendre après-demain pour interroger certains d'entre eux, parce qu'ils ne se manifestent que le dimanche matin au Rastro, et Dieu sait dans quel trou ils se terrent dans l'intervalle. Le directeur vient de téléphoner, après avoir appris la découverte du troisième cadavre par le rapport sur les incidents de la journée.

— Mais les journalistes n'ont pas appelé ?

— Non, chef, ils n'ont pas encore l'air au courant.

En quoi Navarro se trompait, car une édition spéciale du plus tapageur des journaux du soir commençait à tomber des rotatives et serait en vente dans tous les kiosques du centre à 7 h 15.

ATOCHA

Dans la salle de dissection réfrigérée de la Calle de Santa Isabel, tapissée de céramique blanche, le Dr Peláez procédait à l'autopsie de la jeune inconnue trouvée à la station Concepción. Tout en travaillant, il dictait son rapport à sa jolie secrétaire, assise sur un haut tabouret, près de la porte, avec deux tricots sur les épaules. Il avait déjà retiré les organes qui seraient réclamés par le toxicologue et était maintenant en train d'examiner à la loupe la blessure des parties génitales. Il demanda au vieil employé de la morgue de lui apporter un scalpel plus petit, et, avec une adresse due a une très longue expérience, ouvrit la région de la matrice.

Soudain, il arrêta sa dictée au milieu d'une phrase, poussa un juron qui surprit grandement sa secrétaire et appela son assistant pour qu'il lui retire ses gants de caoutchouc.

— María, il faut que je téléphone à Bernal d'urgence, avant qu'il ne quitte son bureau. Profitez-en pour aller boire un café.

SOL

A 8 heures du soir, Ángel était rentré au bureau, dans l'immeuble de la D.G.S., en brandissant un exemplaire de l'édition spéciale du journal du soir.

— Je suppose que vous avez vu ça, *jefe.*

L'énorme manchette proclamait : UNE TROISIEME FEMME ASSASSINEE DANS LE METRO ! Bernal parcourut le petit texte d'accompagnement avec une contrariété croissante.

— Des sources dignes de foi, tu parles ! Un des employés du métro qui leur a téléphoné et a touché cinq mille pesetas pour le tuyau. Ils n'ont aucun détail, pas même un signalement de la fille. Et ils croient qu'elle a été découverte à Avenida de América ; ils ignorent que ça s'est passé à Concepción. Ce qui prouve que ça vient d'un employé, vous ne croyez pas ?

— Et si c'était l'assassin qui les avait appelés ? suggéra Navarro d'une voix hésitante.

— A moins de se trouver dans la même rame, comment aurait-il pu savoir auquel des deux terminus on emmènerait le corps après l'avoir découvert ? objecta Bernal. J'ai spécialement insisté auprès du directeur pour qu'il demande aux journaux de faire enregistrer tous les appels téléphoniques anonymes. Ça nous donne une chance d'obtenir un échantillon de la voix de l'assassin. Je vais appeler son bureau pour qu'on interroge l'équipe de nuit de ce torchon, mais je crains qu'à cette heure-ci, il n'y ait plus personne.

Plus tard, après avoir donné des ordres pour qu'une partie de l'équipe aille le lendemain matin interroger les employés, au dépôt d'Avenida de América, Bernal s'apprêtait à partir avec Ángel lorsque Peláez téléphona.

— C'est vous, Bernal? demanda le médecin légiste quelque peu essoufflé. Je viens de faire une découverte extraordinaire au sujet de la dernière victime du métro.

— Allez-y, Peláez, je vous écoute.

— Vous avez remarqué qu'il y avait une blessure dans la région génitale, comme si un objet acéré avait été enfoncé de force dans la vulve, probablement après la mort ? Eh bien, je viens de disséquer cette région pour examiner les lésions de plus près, dans l'espoir d'identifier l'arme utilisée. Je dois vous informer que nous n'avons pas affaire au corps d'une femme.

— Ce n'est pas une femme ? s'exclama Bernal.

— Pas une vraie femme. Le vagin a été reconstitué chirurgicalement. Il n'y a ni matrice ni ovaires. C'est la première fois que j'ai l'occasion d'observer ce genre de travail, mais j'avais déjà vu des photographies d'opération de cette nature dans des revues professionnelles. Cela a dû être fait au Maroc, c'est habituellement là qu'ils vont se faire opérer, paraît-il. Du beau travail, d'ailleurs. J'avoue que je m'y suis laissé prendre.

— Vous voulez dire que cette fille est en réalité un homme castré ? demanda Bernal avec incrédulité.

Paco et Ángel dressèrent l'oreille.

— Mieux que ça. Un transsexuel opéré. Je n'ai pas vu de cicatrices d'implants de silicones dans les seins, mais j'y retourne et je vais les chercher. Les caractères sexuels secondaires peuvent avoir été modifiés par un traitement hormonal continu. Pas trace de barbe. Les caractéristiques sexuelles externes reconstituées auraient abusé n'importe quel médecin, ou presque, quand la victime était encore en vie, quoique sa robuste ossature, particulièrement la taille de ses pieds et de ses mains, et sa pomme d'Adam saillante aient pu éveiller certains soupçons. Je vous envoie un rapport complet dans la matinée.

— Vous m'avez causé un drôle de choc, Peláez. Peut-être que l'assassin aussi a eu un choc. Ça pourrait expliquer la vilaine blessure dans les parties génitales.

— C'est possible, puisque nous n'avons trouvé aucun signe apparent de violences sexuelles chez les deux premières victimes, qui étaient authentiquement féminines. J'envoie les vêtements au labo de Varga dans des sacs de platique scellés. Je prendrai aussi une photo du visage démaquillé, en dissimulant les cheveux. Ça vous donnera une meilleure idée de l'aspect qu'avait la victime quand elle était un homme.

— Merci de m'avoir prévenu aussi vite, Peláez.

Bernal s'assit et sortit son paquet de Kaiser, qu'il offrit à Navarro et à Gallardo.

— Voilà un nouveau problème pour nous. La fille trouvée à Concepción était un homme émasculé, habillé en femme. Un transsexuel. Peláez dit qu'il aurait pu subir en tant que femme presque n'importe quel examen médical. Les photos sont déjà arrivées, Paco ?

— Oui, *jefe*, mais elles sont encore un peu humides.

— Jetons un nouveau coup d'œil sur la victime. (Bernal choisit un des gros plans du visage.) Celle-là fera l'affaire. Elle ou il n'a pas l'air trop mort, là-dessus, en dehors des taches de sang sur le menton. Demande au service photo de nous en faire d'autres tirages dans la matinée, Paco. Et maintenant, Ángel, fais-nous un topo sur les travestis.

Bernal savait qu'Ángel Gallardo serait bien renseigné sur les cabarets et les bars de travestis, car il avait travaillé incognito dans les milieux en constante évolution du vice à Madrid.

— Eh bien, il faudra que je vérifie dans les archives de la brigade des Mœurs, mais il semble y avoir trois catégories d'établissements. Les trois ou quatre cabarets de luxe spécialisés dans les spectacles de travestis embauchent des artistes connus, souvent des vedettes internationales. Parmi les artistes de ce genre, très peu passent pour « avoir eu l'opération », comme ils disent. Ensuite, il y a les boîtes plus petites, plus discrètes, qui font souvent appel à des amateurs. Vous serez étonné d'apprendre que certains de leurs artistes, qui font presque toujours un numéro de play-back, en mimant des disques de chanteuses célèbres, sont souvent des employés de banque ou des agents d'assurances respectables pendant la journée, mais leur propre mère ne les reconnaîtrait pas avec les perruques, les robes et les maquillages dont ils s'affublent le soir. Il se peut qu'on embauche dans ces clubs quelques véritables transsexuels. Enfin, il y a les petits bars miteux, les caves où les travestis se retrouvent pour boire un verre très tard dans la nuit, quand ils se sont armés de tout leur courage pour se pomponner et se faufiler hors de chez eux sous le nez de leurs voisins. En fait, c'est un milieu très complexe, mais le grand public l'ignore, heureusement, à l'exception des gens qui fréquentent les cabarets chics.

Bernal poussa un gros soupir.

— Il va falloir un tas d'enquêteurs pour aller poser des questions dans tous les endroits dont tu viens de nous parler. Combien existe-t-il d'établissements de ce genre, à ton avis ?

— Les Mœurs pourront vous en fournir une liste à jour, mais, dans toute la ville, il doit y en avoir entre douze et quinze, en comptant les petits bistrots que les travestis fréquentent parfois, mais certains de ceux-ci ont été fermés.

— Tu pourrais commencer à en faire la tournée cette nuit, en montrant cette photo ? Il faut identifier la victime le plus vite possible. Tu veux qu'on t'accompagne ? (Bernal regarda Navarro avec inquiétude ; il détestait les boîtes de nuit et les discothèques, et il espérait ne pas avoir à se proposer.)

— Non, ce n'est pas la peine. Paco et vous, *jefe*, vous avez l'air trop officiel, si vous voyez ce que je veux dire.

— Ce que tu veux dire, c'est qu'on me prendrait pour le défunt Caudillo, venu fermer l'établissement ? (Bernal plaisantait souvent sur sa ressemblance avec le dictateur décédé, ressemblance qui s'était parfois révélée utile pour interroger les suspects les plus impressionnables.)

— Non, ce n'est pas tellement ça, chef. (Ángel hésita.) Vous deux, vous n'avez vraiment pas l'allure des clients qui fréquentent ce genre d'endroit.

— Tu trouves qu'on est trop vieux et qu'on paraît trop normaux, c'est ça ? demanda Navarro.

— Quelque chose dans ce goût-là. Elena, en revanche, ferait bien l'affaire. Ce serait même une excellente couverture. Les artistes qui font des imitations vont souvent faire un tour dans les clubs avec leurs admiratrices, après leur numéro.

— Si je l'envoyais dans ces lieux de perdition, son père ne me le pardonnerait jamais, dit Bernal. Je préfère qu'elle s'en tienne aux fripiers, pour l'instant.

RETIRO

Bernal termina son second gin tonic dans le bar de Félix Pérez et adressa un signe d'adieu au barman. Dehors, dans la nuit fraîche, il fut soudain bousculé par une bande de jeunes gens en chemise bleue qui hurlaient *Viva Franco !* le bras tendu dans le salut fasciste, en s'ouvrant sans ménagement un chemin parmi les passants. En se repliant dans l'entrée d'un magasin de télévision, au coin de la Calle de Lagasca, Bernal remarqua que certains de ces jeunes gens étaient armés de chaînes de bicyclette et de battes de base-ball. A quelque distance, au-delà de la Puerta de Alcalá, s'éleva le bruit d'une foule nombreuse chantant *l'Internationale,* et Bernal aperçut des drapeaux rouges. Encore une bagarre ! Le jour des élections approchant, il y avait maintenant des rixes presque chaque soir dans les quartiers du centre. Les socialistes et les communistes arrivaient de Vallecas et de Delicias et se regroupaient à Atocha, tandis que les fascistes se rassemblaient dans le quartier de Salamanca, surtout dans la Calle de Goya, et se livraient à de soudaines razzias. Au moment où Bernal atteignait sa rue, quatre Jeeps de l'Antidisturbios d'évalèrent Alcalá toutes sirènes hurlantes, suivies d'un minibus gris aux glaces treillagées, bourré de gendarmes casqués armés de lance-grenades lacrymogènes et de fusils chargés, espérait-il, de balles en caoutchouc. Ils avaient relevé au-dessus de leur tête les visières de plastique anti-émeutes qui les faisaient ressembler à des cosmonautes, mais, sous les casques, il entrevit des visages de paysans très jeunes et plutôt effrayés, dont les lèvres tétaient nerveusement une dernière cigarette.

Sous le porche de son immeuble, Bernal trouva sa concierge observant la rue d'un air inquiet.

— Ah, monsieur le commissaire, quelle chance que vous soyez là ! Il y a une émeute ? Quel saint nous avons perdu en la personne du Caudillo ! Toute cette politique sera la ruine de l'Espagne.

— Ne vous inquiétez pas, señora, les gendarmes viennent d'arriver. Ils vont essayer d'empêcher les groupes adverses de se rencontrer.

Personnellement, il estimait au contraire que ceux-ci, au cours d'affrontements antérieurs, avaient envenimé les choses en excitant la populace. Lui-même avait failli être asphyxié par leur grenades la semaine précédente, sur la Gran Vía, et il avait dû se réfugier dans la cafetería Zahara.

Dans l'appartement, il découvrit Eugenia accroupie derrière ses plantes vertes, épiant les désordres de la rue à travers la balustrade de la terrasse.

— Oh, Luis ! gémit-elle, j'en étais sûre ! Ça va recommencer comme en 1936 !

ANTÓN MARTÍN

Le même soir, l'inspectrice Elena Fernández longeait d'un pas lourd la Calle de San Sebastian en se disant qu'elle était en train d'apprendre le fastidieux et décevant travail d'enquêteur. Elle avait déjà interrogé sept marchands de vieux vêtements, et l'odeur particulière de leurs marchandises lui collait aux narines. Elle était maintenant sur les traces de Señora Aurora, qui, lui avait-on assuré, passerait la nuit sous le porche de l'église Saint-Sébastien.

En tournant dans le haut de la Calle de Atocha, elle aperçut le porche massif de l'église, fermé par des grilles de fer forgé qui paraissaient solidement bouclées. Elle jeta un coup d'œil dubitatif entre les barreaux et, au premier abord, ne distingua rien dans la nuit tombante. Puis, ses yeux s'accoutumant à la pénombre, elle vit remuer deux mains blanches.

— Señora, appela-t-elle. *Es Usted Señora Aurora ?*

— Qui la demande ? rétorqua une voix croassante.

— Je voudrais vous parler au sujet de vieux vêtements.

— Eh ben, vous pouvez pas entrer par là. Faut faire le tour par la petite porte qu'est sur le côté.

Elena revint sur ses pas et constata qu'elle était passée devant un portillon sans le remarquer. Sous les hautes arcades du porche, elle écarquilla les yeux dans la pénombre et parvint tout juste à distinguer ce qui paraissait être un tas de hardes sur les marches. En s'approchant, elle aperçut une silhouette vêtue de noir, entourée de valises défoncées et de cartons d'emballage bourrés de vêtements. Les mains noueuses épluchaient une pomme.

— Señora Aurora ? interrogea-t-elle d'une voix hésitante.

— Qu'est-ce que vous me voulez, une fille bien nippée comme vous ? Vous n'avez sûrement pas besoin d'aucune de ces guenilles.

— Non, Señora, mais je suis à la recherche d'un monsieur qui pourrait vous avoir acheté beaucoup de vêtements, soit petit à petit, soit en une seule fois.

— A quoi il ressemble ?

— J'ai là un portrait de lui que j'aimerais vous montrer, mais il fait trop sombre pour que vous puissiez le voir, répondit Elena en regrettant de ne pas s'être munie d'une lampe de poche.

La vieille femme prit le portrait et s'approcha du trottoir en traînant les pieds, pour l'examiner à la lueur du réverbère.

— Jamais vu ce type-là, déclara-t-elle. Ça pourrait être n'importe qui, avec une barbe pareille.

— Peut-être celui-ci, alors ? demanda Elena en

présentant le second portrait-robot du suspect, sur lequel il avait le visage entièrement rasé.

— Une tête plutôt ordinaire, hein ? Et la photo n'est pas fameuse, dit Señora Aurora. Faut dire que mes yeux ne sont plus ce qu'ils étaient. Pourquoi vous cherchez ces deux hommes ? Vous êtes de la police ?

Elena se rappela que Bernal l'avait prévenue que, dans ce quartier, les gens ne se dénonçaient pas les uns les autres aux autorités.

— Ce ne sont pas de vraies photos, seulement une sorte de dessin. Je les recherche parce que ma mère leur a vendu un lot de vêtements usagés, dans lequel elle avait mis par erreur une robe de prix, qu'elle voudrait récupérer.

Elena se dit que son histoire était plutôt faiblarde, surtout si la vieille demandait pourquoi on s'était donné la peine de se procurer des portraits des prétendus fripiers, ou pourquoi ceux-ci étaient censés lui avoir acheté des vêtements, plutôt que de lui en vendre.

— Jamais vu aucun de ces gars-là. De toute façon, le commerce n'est plus ce qu'il était. La plupart des gens gagnent trop, à notre époque, pour porter des frusques d'occasion. Ils vont aux Galerías Preciados, et ils dépensent tous leurs sous en vêtements neufs, qu'ils ne portent que cinq minutes. C'est pas croyable, la qualité de la camelote qu'ils balancent, mais ça ne vaut plus le coup de l'acheter.

Elle reprit l'épluchage de sa pomme d'un air morose. Elena se demanda si elle devait lui donner quelque chose, puisqu'elle était si pauvre, et tira de son sac un billet de cent pesetas.

— Eh bien, merci, señora. Que Dieu vous bénisse.

— Que le Seigneur soit avec vous, señorita, répliqua la vieille en faisant disparaître le billet dans son corsage avec dextérité.

Elena décida qu'elle en avait assez fait pour la journée et s'engagea avec lassitude dans la Calle de Atocha pour aller prendre le microbus N° 6, qui la ramènerait chez elle, à El Viso. A l'autre bout de la rue, sur la place, elle aperçut un défilé de drapeaux rouges, et elle entendit scander *Es-pa-ña ! Ma-ña-na ! Se-rá re-pu-bli-ca-na !* Elle serra le col de son manteau autour de ses épaules.

JOSÉ ANTONÍO

A 9 h 30 du soir, Ángel Gallardo consultait la longue liste de ses petites amies du moment en se demandant à laquelle il allait téléphoner. Teresa, peut-être ? Ça l'amuserait d'aller dans ces boîtes de nuit. Ou Mercedes ? Elle avait davantage le physique de l'emploi, surtout si elle portait son ensemble de cuir bleu. Il l'appellerait d'abord.

Il s'arrangeait pour s'entourer en permanence d'un cercle d'adoratrices, toujours prêtes à lui rendre visite dans son petit studio de la Calle de Tres Cruces, en plein centre de Madrid, et à faire sa lessive et son repassage, tout en lui prodiguant d'autres sortes de réconfort. Elles le considéraient comme le cavalier le plus spirituel et le plus *enterado*, le plus intéressant, qu'elles aient jamais eu.

Il reposa son rasoir électrique Braun et décrocha le téléphone.

— C'est toi, Merché ? Ça te tente, une petite virée dans les bars de travestis ? Marrant, non ? (Un silence.) Tu ne peux pas ? Vraiment ?

Ángel était estomaqué, et il le fut encore bien davantage lorsque Mercedes lui apprit qu'elle devait assister ce soir-là à un meeting du parti U.C.D.

Après cinq autres appels infructueux, il commença à se dire que toutes les *madrileñas* avaient abandonné le sexe pour la politique. Finalement, en désespoir de cause, il téléphona à l'inspectrice Elena Fernández à son domicile, en dépit du veto opposé par Bernal à sa collaboration à cette partie de l'enquête.

— Elena ? Ángel à l'appareil. Pas une seule de mes petites amies n'a accepté de m'accompagner ce soir dans la tournée des bars que le *jefe* m'a demandé de faire. (Elena gloussa ironiquement.) C'est vrai, je vous jure. Elles se sont mises brusquement à la politique.

— Je les en félicite, dit sèchement Elena. J'espère qu'elles ont choisi le bon parti.

— Lequel est-ce, à votre avis ?

— Vous ne me prendrez pas au dépourvu comme ça, Ángel.

Elena pesa rapidement le pour et le contre. Elle avait un peu peur qu'il en profite pour lui faire la cour, et il avait reconnu que Bernal s'était formellement opposé à ce qu'elle y aille. D'autre part, c'était une chance unique de découvrir un aspect des dessous de la vie madrilène autre que le seul métro.

— Eh bien, c'est d'accord, Ángel. Où se retrouve-t-on ?

Ángel n'en crut pas ses oreilles. Une chance pareille, il n'en revenait pas.

— On pourrait commencer par dîner dans un bon restaurant, si vous voulez. Qu'est-ce que vous diriez de la Barraca, dans la Calle de la Reina ? C'est juste derrière la Gran Vía, en dessous du Telefónica.

— Entendu, je sais où c'est.

— Et n'oubliez pas de vous habiller de la façon la plus excentrique que vous pourrez.

Elena fit semblant de ne pas avoir entendu.

— Je prends un taxi et je vous retrouve là-bas à 9 h 45.

Deux heures plus tard, rassasiés par une énorme paella à la Valenciana et une bouteille de Marqués de Riscal Special Reserve, Ángel et Elena entreprirent la tournée des clubs situés au nord de la Gran Vía. Il estimait qu'elle était vêtue exactement comme il convenait : une robe noire collante, avec de longues franges rouges au corsage et au bas de la jupe, et des bottes trois quarts en cuir verni noir. Pour sa part, il avait finalement décidé de porter un blouson d'aviateur en cuir sur une chemise Christian Dior à col ouvert, et un pantalon noir moulant. D'après lui, ils avaient tous deux l'air suffisamment à la page ; presque assez pour danser une *sevillana* au beau milieu de la place Callao.

Le premier club qu'ils visitèrent était situé près de l'église Saint Ildefonso et s'appelait El Satiro. L'entrée, très discrète, conduisait à une cave d'une dimension inattendue, décorée dans un style Art Déco approximatif. Dans la pénombre des lampes à ultra-violets, ils discernèrent cinq ou six jeunes gens dansant au son d'une musique rock tonitruante sur une piste minuscule. A leurs vêtements élégants, à leur façon de se pavaner et à leur manière de se dédaigner les uns les autres, on voyait qu'ils se considéraient comme appartenant à la version la plus moderne de la jeunesse dorée. Devant le comptoir, deux serveurs en tenue de fantaisie, portant en équilibre des plateaux chargés de gin tonic, de San Francisco et de whisky-Coca-Cola, discutaient avec le plus âgé des deux barmen.

Ángel pilota Elena vers les hauts tabourets placés à l'autre extrémité du bar, où officiait un jeune barman maussade, qui faisait également fonction de disc-jockey. Lorsque Elena fut confortablement perchée sur un tabouret, d'où elle dominait le restant de l'assistance, Ángel salua le jeune barman comme s'il s'agissait d'un vieux copain perdu de vue depuis longtemps et commanda deux Johnnie Walker Black Label, en prenant mentalement note de la scandaleuse addition de sept cents pesetas pour l'ajouter à sa note de frais. Après avoir bavardé un moment de divers travestis qu'ils connaissaient apparemment tous les deux, Ángel montra au barman la photographie du cadavre non identifié.

— Cette fille se trouve actuellement dans la clinique où je travaille, et elle est frappée d'amnésie temporaire, expliqua-t-il. Alors on essaie de trouver quelqu'un qui la connaisse, vous comprenez ?

— Avec tout ce sang sur son menton et ses yeux fermés, elle n'est pas facile à identifier. Qu'est-ce qu'il lui est arrivé ?

— Oh, un accident de la circulation. Elle traversait au vert et le conducteur de l'autobus ne l'a pas vue. Vous savez comment ces gens-là conduisent en ville, répondit Ángel avec désinvolture. Les médecins et moi, on aimerait bien savoir qui c'est.

Le personnage d'infirmier ne déplaisait pas à Ángel, avec toutes les occasions qu'il offrait de lutiner les jeunes infirmières dans les placards à linge.

— Il se pourrait qu'elle soit venue une ou deux fois, dit le barman, mais elle n'avait pas cette touche-là. Je vais montrer la photo à Eduardo. Il travaille ici depuis plus longtemps que moi.

Eduardo abandonna sa discussion avec les serveurs et s'approcha d'Ángel et d'Elena d'un air méfiant.

— Vous dites qu'elle a eu un accident ?

— Oui, elle est à la clinique La Paz, où je suis infirmier, dit Ángel, se prenant à son rôle.

— Elle est peut-être venue ici comme cliente, reconnut Eduardo, mais elle n'a jamais participé aux spectacles en tant qu'actrice. Vous comptez y assister, aux attractions ?

— Oh, je pense, dit Ángel, étant donné le prix que vous facturez le whisky.

— Ça comprend le spectacle. Le second, qui commence à 2 heures du matin, est plus osé que le premier.

— Nous assisterons probablement aux deux, n'est-ce pas, Elena ?

— Ça dépendra de ce que les filles feront dans le premier, répondit-elle en introduisant une cigarette king-size dans un interminable fume-cigarette d'argent et d'ébène et en laissant à Eduardo le soin de la lui allumer. Elle lui adressa un sourire complice à travers la première bouffée de fumée, à laquelle les lampes à ultra-violets conférèrent une étrange phosphorescence, comme au plastron tuyauté du barman.

— Vous vous rappelez quel nom on lui donnait, quand elle venait ici ? demanda négligemment Ángel, pressé de ramener la conversation à la photographie du transsexuel assassiné.

— Il me semble avoir entendu les autres l'appeler Carla, ou Carol, ou quelque chose dans ce genre-là. Il y a environ un an, elle a demandé au patron de l'embaucher dans la revue. Il a trouvé qu'elle était trop maigre, mais je suppose qu'elle aurait pu se déguiser en Shirley Bassey. Ce soir, il est à notre autre club, près d'Ópera, mais il passera ici pour le second spectacle.

— Vous voulez dire que toutes les artistes imitent des chanteuses célèbres ? demanda Elena.

— Oui, en play-back. Et certaines d'entre elles sont encore meilleures que les vraies, croyez-moi. Elle défilent toutes ici, même celles qui sont mortes. Edith Piaf, Marilyn Monroe, choisissez celles que vous voulez, on les a toutes. Les travestis font presque toujours une fixation sur une vedette déterminée. Alors ils vont voir ses films, ou ils étudient ses photos, et ils écoutent ses disques inlassablement, jusqu'à ce qu'ils les connaissent absolument par cœur. C'est pas croyable, le réalisme auquel ils parviennent.

— Et cette Carol, ou Carla, qui incarnait-elle ?

— Eh bien, si c'est celle que je crois, personne en particulier. Ça doit être pour ça que le patron n'a pas voulu d'elle. Elle faisait partie de ces gens qui veulent rester eux-mêmes.

Elena et Ángel assistèrent aux premiers numéros du spectacle, qui débuta par une grande parade avec toute la troupe, composée de sept travestis vêtus en *trajes de cola* flamenco : jupe à volants et à sequins, grands peignes et mantilles noires. Mais ensuite, profitant de la demi-obscurité qui accompagnait le numéro d'une peu convaincante Edith Piaf, ils montèrent rapidement l'escalier et Ángel donna un pourboire au portier, qui les fit sortir sur la place silencieuse, devant l'église saint Ildefonso.

— Nous trouverons un taxi au coin de Fuencarral, dit Ángel en entourant les épaules d'Elena de son châle de dentelle rouge. J'espère que vous avez le courage de visiter quelques autres de ces boîtes.

— Ça m'amuse beaucoup, Ángel, sincèrement, surtout de voir comment ces travestis, en imitant les minauderies féminines, les exagèrent à un tel point qu'ils ne sont jamais convaincants. C'est vraiment une race à part, hein ?

— Ça doit être une question de chromosomes, répondit Ángel.

ÓPERA

Le second club, qui avait les mêmes patrons que le premier, se trouvait dans une ruelle donnant sur la Plaza de Isabel II, communément appelée « Ópera ». C'était un établissement plus ancien et plus miteux, baptisé « Unisex ».

— Ça ressemble davantage à l'idée que je m'en faisais, chuchota nerveusement Elena tandis qu'ils se frayaient un chemin à travers la salle de café bondée, entre deux rangées de *chulos* nonchalamment adossés aux murs, auxquels elle trouva des têtes à trancher la gorge de leur grand-mère pour dix balles.

Au-delà d'un rideau de perles, ils entrevirent la salle du cabaret, où deux longues rangées de tables éclairées par des bougies étaient disposées de part et d'autre d'une allée centrale ; le premier spectacle de la soirée tirait visiblement à sa fin. Le disque éraillé de Lola Montes était exagérément amplifié, et le grand travesti qui mimait la célèbre artiste prenait des poses tellement outrées qu'elles n'avaient plus aucun rapport ni avec la chanson ni avec son interprète.

Ángel conduisit Elena à deux sièges vacants proches du rideau de perles.

— Qu'est-ce que ce sera ? s'enquit un serveur dont le pantalon noir à pattes d'éléphant était aussi collant que celui du danseur Antonio.

— *Dos güisquis con hielo.* Du Black Label de préférence, répondit Ángel en se disant que tous les alcools étaient probablement frelatés, quel que fût le nom inscrit sur l'étiquette.

Des applaudissements tumultueux saluèrent la fin du numéro de la fausse Lola Montes, visiblement bien connue des habitués, car ceux-ci criaient « *Olé !* » et « Bis ! Bis » dans l'espoir de lui faire renouveler sa prestation.

— Ne vous inquiétez pas, señores, susurra le sirupeux compère dans son micro crachotant, vous reverrez La Pastora del Monte, elle reviendra plus tard vous chanter un tas d'autres chansons.

Le pseudonyme fit glousser Elena.

— Elle m'a paru un peu trop baraquée pour une « bergère des montagnes », vous ne trouvez pas ? murmura-t-elle.

— Je vous dirai à quoi il ressemble sans sa perruque quand je reviendrai, répondit Ángel. Je vais dans les coulisses voir le patron. Tâchez de ne pas vous faire enlever en mon absence.

— Il n'y a pas beaucoup de chances.

Elle sirotait tranquillement son whisky en écoutant le brouhaha qui couvrait à moitié la voix amplifiée de Donna Summers lorsqu'elle s'aperçut avec stupeur qu'une grosse femme échevelée, vêtue d'une robe informe, lui faisait de l'œil. La tête inclinée à un angle bizarre, celle-ci tendait d'un air endormi son verre vide aux serveurs qui passaient à sa portée, espérant qu'ils allaient le lui remplir, mais ils la négligeaient délibérément. Avachie sur un tabouret à coussin de velours, sous la reproduction d'une affiche d'Alphonse Mucha, la femme vieillissante continuait à faire des gestes léthargiques, comme si elle essayait de haranguer des auditeurs, et à adresser des signes de connivence à Elena qui, malgré toute son envie de détourner les yeux, était fascinée par ce spectacle.

— Allons, allons, ça suffit comme ça, vous avez assez bu, dit un serveur plus âgé à la femme, qui paraissait plus qu'éméchée. Il est temps de rentrer à la maison, *querida.*

Elle se mit à gesticuler, mais sans dire un mot, puis, soudain, se pencha en avant, et Elena vit avec une stupeur horrifiée un liquide se répandre autour du tabouret de peluche rouge sur lequel la femme était assise, jusqu'à ce que la masse imposante de l'incontinente fut entourée d'un petit lac d'urine.

— Et voilà ! Ça y est ! s'exclama le serveur. Allez, dehors.

Deux garçons empoignèrent la coupable et la traînèrent jusqu'à la sortie de secours, où on l'entendit protester.

— La drogue, c'est ça qui les rétame, expliqua le serveur à Elena passablement secouée par la scène. Ils la mélangent avec l'alcool, et ça les fout en l'air.

SOL

A 8 h 30, le lendemain matin, samedi 11 juin, Navarro bavardait avec Peláez dans le café situé en face du bureau de la D.G.S. Le médecin-légiste buvait un *sol y sombra,* ce qui, à Madrid, est un mélange d'anisette et de cognac.

— Le commissaire sera là d'ici un quart d'heure environ, docteur, dit Paco. Il m'a paru un peu essoufflé, quand je lui ai téléphoné pour lui annoncer que vous lui apportiez votre rapport sur le travesti.

— Non seulement mon rapport, mais ses empreintes digitales, ainsi qu'un moulage et des photographies de sa denture, pour vous aider à l'identifier.

Tout en causant, Navarro entendait des bribes des conversations des autres consommateurs avec le barman. Un homme d'affaires brandit un exemplaire de *Ya* et déclara que sa femme n'osait plus prendre le métro.

— Çe me coûte une fortune en taxis, cette histoire. Quand vont-ils se décider à arrêter ce dingue, hein ?

Navarro avait remarqué que Ya, *El Pais* et *ABC,* les quotidiens sérieux, avaient minimisé les meurtres du métro. De toute façon, leurs colonnes étaient remplies par les comptes-rendus des réunions politiques. Mais les trois crimes signalés jusqu'ici, en dépit de l'absence de renseignements circonstanciés, s'étaient emparés des esprits du public madrilène, auquel ils offraient une sorte de diversion à la politique. Paco n'avait encore observé aucun signe de véritable panique, mais il savait, par la réaction de son épouse, que les femmes, même si elles ne disaient rien, étaient terrorisées par le psychopathe, qu'elles s'imaginaient sous les traits monstrueux du plus terrifiant de leurs cauchemars.

RETIRO

Ce genre d'appréhension ne troublait apparemment par alcaloïde — cocaïne ou opiacé —, mais il tandis qu'elle donnait ses instructions à son mari Luis et à son fils Diego : le piano au cadre métallique et à la caisse de bois de rose décoloré devait être dressé à la verticale dans l'antichambre, pour qu'il puisse parcourir le corridor dans toute sa longueur jusqu'à la salle à manger.

— Attention au radiateur à côté de la porte de la salle de bains, Luis. Ne le laisse pas frotter sur la porte de la terrasse, Diego.

— Je ne crois pas qu'il passera par la porte du couloir, Geñita, objecta Bernal.

— Il passera, maintenant que tu as retiré la porte de ses gonds, affirma Eugenia. Ce sera tellement agréable qu'il soit en place quand notre petit-fils viendra nous voir. Tu sais que j'ai décidé Santiago à lui faire donner des leçons de musique.

— Alors, pourquoi ne pas leur faire cadeau du piano ? grogna Bernal. Ils ont davantage de place pour le loger.

— Oh, Santiago va lui offrir un de ces nouveaux pianos japonais pour son anniversaire, bien qu'ils coûtent ridiculement cher. Comme ça, il aura un piano dans chaque appartement. De toute façon, c'est un si joli meuble... Attention à l'abattant, Diego ! Quand je l'aurai ciré comme il faut, il retrouvera son éclat originel.

Ils avaient atteint l'extrémité du corridor, où la salle à manger s'ouvrait à angle droit sur la gauche.

— Il va se coincer dans le virage, Geñita.

— Ça passera pas, maman, protesta Diego, il faudrait démonter le chambranle.

— Eh bien, on le démontera, décréta-t-elle.

— Mais, pour ça, il faut un menuisier, objecta Bernal, et je suis déjà en retard pour le bureau.

— Essaye encore une fois en l'inclinant légèrement, ordonna-t-elle, mais l'encombrant instrument refusa de bouger.

— Ce sont les roulettes, déclara-t-elle. Il va falloir démonter les roulettes.

— Pas maintenant, en tout cas, gémit Luis.

— Bon, eh bien, ce piano ne peut pas rester là toute la journée. Vous allez le ramener dans l'entrée.

A 8 h 30, le père et le fils, épuisés, étaient affalés contre le comptoir du bar de Félix Pérez, buvant des *carajillos*, des cafés arrosés. Ils n'éprouvaient pas le besoin de parler, ils se contentaient d'échanger des regards accablés.

SOL

Bernal emprunta la ligne 2 pour se rendre au bureau, et il dut affronter la grande affluence matinale. Peláez et Navarro l'attendaient.

— Ángel a appelé ?

— Pas encore, *jefe*, mais il est un peu tôt pour lui.

— Alors, Peláez, vous avez déterminé la cause de la mort ?

— Je pense qu'il pourrait s'agir d'un empoisonnement par alcaloïde — cocaïne ou opiacé —, mais il faudra que le toxicologue examine les organes pour s'en assurer. Il n'y avait aucun trouble interne, et les seules blessures étaient le coup de couteau dans les parties génitales et deux marques de piqûre, l'une dans le bras gauche, l'autre sur le dos de la main gauche. Curieux, ça. Je me demande si on ne lui aurait pas fait une sorte de mise en condition avec du penthotal ? J'ai demandé à l'Institut de regarder s'ils en trouvaient. Les organes génitaux féminins reconstitués ont été frappés à plusieurs reprises avec un instrument d'une forme bizarre, quelque chose comme une cuiller, peut-être, mais avec des bords plus plats. Je ne vois pas ce que ça peut être au juste. En tout cas, je vous ai apporté les empreintes digitales et un moulage de la denture. Pas de fausses dents, mais plusieurs plombages. Et, ce qui pourrait vous aider, un plombage récent dans la deuxième prémolaire supérieure droite ; on a utilisé l'amalgame habituel bon marché, à base d'argent. Un travail bien fait. Ce n'est pas vieux, parce que le métal est encore brillant et légèrement malléable. Il y a huit autres obturations plus anciennes, dont deux en porcelaine sur le devant, et il y a eu deux extractions. Deux troisièmes molaires seulement sont sorties, la supérieure gauche et l'inférieure droite, les autres sont incluses.

— Est-ce que ces dents de sagesse incluses le faisaient souffrir ? demanda Bernal.

— Difficile à dire, il y avait peu de signes de

périodontite. Mais cela mérite d'être mentionné, si vous allez enquêter chez les dentistes. Vous avez là de bons moulages qu'ils pourraient identifier, d'autant plus qu'un dentiste a soigné le sujet récemment, certainement sous son aspect féminin.

— Je vais mettre Miranda et Lista là-dessus tout de suite. Paco, envoie les empreintes aux archives criminelles pour commencer, avec un double au Documento Nacional de Identidad. Il leur faudra évidemment plusieurs jours, sinon des semaines, pour retrouver l'index et le pouce droits dans le fichier national général, mais ce sera peut-être le seul moyen. Après tout, les dents ont pu être soignées ailleurs qu'à Madrid, et même si ce n'est pas le cas, il y a des centaines de dentistes à interroger. Et le groupe sanguin, Peláez ?

— J'ai envoyé des échantillons hier à l'hématologiste. Je lui ai demandé de vous communiquer le résultat ce matin, aussitôt que les tests préliminaires auront été effectués. Comme ça, vous saurez si le sang que contenaient les sachets trouvés dans la bouche des précédentes victimes était le même que pour celle-ci.

— Quelle conclusion tirez-vous de la blessure génitale sur le plan psychologique, Peláez? Vous croyez que le meurtrier s'est livré à des violences de caractère sexuel ?

— Pas quand le transsexuel était vivant, parce que la blessure a été infligée après la mort, et qu'il n'y avait pas de traces de sperme. A moins qu'il ne s'adonne maintenant à la nécrophilie, cela pourrait indiquer qu'il a été furieux en découvrant, ou en soupçonnant que la personne qu'il prenait pour une femme était en réalité un homme castré.

— Ce que je me demande, chef, dit Navarro, c'est comment les gens de cet acabit se débrouillent pour trouver du travail et gagner leur vie. Je ne vois pas qui pourrait employer un individu de ce genre.

— C'est une question intéressante, dit Peláez. J'ai cherché sur le corps des marques ou des déformations professionnelles. Vous savez tous les deux que les mains révèlent souvent le métier, mais celles de cette personne ne présentent aucune callosité et sont bien manucurées. Ça nous fournit une indication. Deuxièmement, les pieds : il ou elle ne marchait pas beaucoup, quelle que fût son occupation. Troisièmement, la colonne vertébrale n'est pas incurvée et les épaules ne sont pas voûtées, donc rien n'indique un travail de bureau. Bref, nous n'avons que des preuves négatives que la victime ne s'est livrée à aucune de ces activités d'une façon suivie.

— Et quel était son âge approximatif ? demanda Bernal.

— Vingt et quelques années, à mon avis.

— Avez-vous pu déterminer avec plus de précision l'heure de la mort ?

— L'estomac contenait les restes pratiquement digérés d'un petit déjeuner composé de café et de *churros* ou de *porras*... une pâte frite à l'huile d'olive, en tout cas. Mais, comme je l'ai déjà dit, c'est le repas qui nous aide le moins à préciser l'heure du décès. Je peux seulement suggérer que celui-ci s'est produit entre 9 h 30 et 11 heures du matin, et je me base sur la température du corps et sur le commencement de rigidité. Je regrette de ne pas pouvoir vous aider davantage, mais c'est un cas passionnant. J'en parlerai sûrement dans mes mémoires !

Peu après le départ de Peláez, Elena arriva, élégamment vêtue d'un léger tailleur de tweed, et salua Bernal et Navarro. Elle fit un compte rendu de ses interrogatoires des marchands de vieux vêtements, la veille, mais ne dit rien de son escapade nocturne avec Ángel, comme ils en étaient convenus.

— Vous aurez peut-être plus de chance demain au Rastro, lui dit Bernal pour la consoler.

Ángel fut en retard, comme à l'ordinaire, et se présenta avec sa désinvolture habituelle, mais avec des cernes révélateurs sous les yeux.

— Quelle nuit, non mais quelle nuit nous avons passée !

Il regarda Navarro en roulant les yeux d'un air suggestif, tout en évitant délibérément de croiser le regard d'Elena, plongée dans la lecture d'un rapport à son bureau.

— Ça suffit, dit Bernal avec impatience. Fais-nous grâce des détails scabreux. As-tu découvert quelque chose sur le travesti assassiné ?

— Seulement que deux personnes ont cru reconnaître la photo ; ce serait celle d'une certaine Carol. Je me suis arrangé pour rencontrer ce soir quelques-uns de ses anciens amis, grâce au directeur du club Unisex.

— Carol, dit Bernal d'une voix songeuse. Probablement un pseudonyme. Tu crois qu'il a un rapport avec son vrai nom ? Son prénom était peut-être Carlos ?

— C'est possible, admit Ángel, mais, d'après ce que j'ai vu, il est plus probable qu'il a été emprunté à une grande vedette du passé. Ces gens-là semblent avoir une prédilection pour les surnoms comme Gloria, Marylin, Joséphine, Lola, etc. Celui-ci a peut-être choisi le sien à cause de Carole Lombard.

— As-tu obtenu une indication quelconque sur l'endroit où ils se font opérer ?

— Très peu d'entre eux ont eu les moyens de se l'offrir, mais tous disent qu'ils seraient allés au Maroc.

— Tu as l'impression que ces types se droguent ? demanda Navarro.

— Ils ont surtout l'air de picoler, mais j'ai compris qu'ils fument de temps en temps du hash et qu'ils se filent quelques « poppers » quand ils réussissent à s'en procurer.

— Qu'est-ce que c'est, Ángel ? demanda Elena avec curiosité.

— Des capsules de nitrite d'amyle, qu'ils reniflent pour se survolter un peu.

— Mais pas de stupéfiants ? demanda Bernal.

— Ils n'ont rien mentionné de plus fort.

Lorsque Miranda et Lista furent arrivés, Bernal fit à son équipe un résumé des premières constatations du médecin légiste.

— Bien entendu, nous devons attendre les rapports détaillés du toxicologue et de l'hématologiste, que nous aurons lundi. En ce moment, Varga examine les vêtements de la victime. Vous comprenez que votre tâche la plus urgente est d'identifier le mort. Je propose que nous nous consacrions tous, ce matin, aux dentistes. Paco va en dresser la liste complète et la partager entre nous par secteurs. Nous avons des photos du moulage dentaire pris par

Peláez. La plupart des dentistes travaillent le samedi matin, mais seulement jusqu'à 1 heure, à quelque chose près. Si l'un de vous obtient une identification possible, il téléphone immédiatement à Paco. Ángel, tu verras ce soir les prétendus amis de cette « Carol », et tu m'appelleras chez moi demain pour me dire ce que ça aura donné. Juan, tu pourrais accompagner Elena au Rastro demain matin, pour terminer l'interrogatoire des fripiers. On se retrouve tous ici lundi matin à 9 heures. D'accord ?

Après avoir divisé la liste des dentistes en cinq zones, Navarro remit les quatre premiers secteurs aux inspecteurs, qui s'en allèrent aussitôt.

— Je me charge du dernier secteur, chef, si vous voulez bien garder le bureau. J'ai besoin de prendre l'air et il fait beau, ce matin.

— C'est chic de ta part, Paco. Je vais en profiter pour dicter un rapport préliminaire pour le juge d'instruction.

CHUECA

Lorsque la rame verte de la ligne 5 quitta la station José Antonio, Matilde Gómez regarda avec une certaine perplexité le long colis posé par terre au fond de la voiture. Jusque-là, elle avait supposé qu'il appartenait à l'un des voyageurs qui se trouvaient près de la porte arrière. Mais, maintenant, le wagon était à peu près vide, et le paquet avait manifestement été oublié. Elle regarda la dame assise en diagonale en face d'elle et sourit.

— On dirait que quelqu'un a oublié un paquet, dit Matilde en montrant le colis de papier brun soigneusement ficelé.

— J'espère que ce n'est pas une bombe de l'E.T.A., répondit la dame élégante en ouvrant et en refermant nerveusement un éventail noir bordé de dentelle. Avec tout ce qui se passe en ce moment, on a presque peur de sortir de chez soi.

— Et ces horribles crimes ! renchérit Matilde. La police n'a pas l'air de pouvoir y mettre fin. Nous devrions peut-être prévenir le chef de train, suggéra-t-elle au moment où la rame arrivait à la station Chueca. Regardez, il y a un agent sur le quai. On l'appelle ?

— Ça vaut peut-être mieux, approuva la dame.

Matilde fit signe au *guardia* en uniforme gris, qui jeta un coup d'œil dans la voiture et cria au chef de train :

— Arrêtez la rame ! Il y a quelque chose à vérifier là-dedans.

SERRANO

Ce même samedi matin, une scène similaire se déroula à la station Serrano, sur la ligne 4. Un agent entendit une femme l'appeler au moment où les portes du métro s'ouvraient.

— *Guardia ! Señor Guardia ! Venga aquí, por*

favor? (Une vieille dame désignait un paquet allongé, appuyé dans un coin de la voiture.) Ça dégage une drôle d'odeur, lui confia-t-elle à mi-voix.

Le *gris* fit arrêter le train et transporter le colis dans le bureau du chef de station.

SOL

Bernal avait dicté la moitié de son rapport au Juzgado de Guardia lorsque le chef du service de sécurité du Métro l'appela au téléphone.

— On a découvert un colis dans une rame à la station Chueca, monsieur le commissaire. Son contenu est macabre à souhait. Il semble s'agir d'un membre humain dans un état de putréfaction avancée.

— Essayez d'empêcher qu'on tripote trop l'emballage, dit calmement Bernal. Il pourrait y avoir des empreintes dessus. Quel est le responsable, sur place ?

— On a appelé l'inspecteur Lara, du commissariat de Chamberí.

— Je vais lui téléphoner et lui demander de faire envoyer le colis au laboratoire de Peláez. Il y a un témoin ?

— Une certaine Matilde Gómez, une domestique. Elle est en train de faire une déposition à l'inspecteur Lara.

— Parfait. Je vous tiendrai au courant.

Bernal regarda le vaste plan du métro qui ornait le

mur du bureau des inspecteurs. Chueca se trouvait sur la ligne 5, une ligne qui n'avait été terminée qu'en 1970. Si cette dernière trouvaille était à mettre au compte de l'assassin du métro, non seulement celui-ci s'était mis à découper ses victimes, mais ses déplacements devenaient totalement incohérents.

A l'heure du déjeuner, Bernal était proche du désespoir. Aussitôt après avoir été alerté par la sécurité du Métro, il avait appelé Peláez pour lui demander de rester à son laboratoire pour examiner le membre humain. Maintenant, cinq paquets semblables avaient été découverts dans cinq stations de métro situées sur cinq lignes différentes. Tous les paquets étaient en cours de transport à l'Instituto Anatómico Forense, et Bernal avait prévenu Prieto, de l'Anthropométrie, qu'il aurait un tas de papiers d'emballage à examiner dans l'après-midi. Aucun de ses enquêteurs n'avait téléphoné pour signaler avoir obtenu un renseignement des dentistes.

A 1 h 30, Navarro arriva et se laissa tomber dans son fauteuil.

— J'ai visité un quart de ma liste, *jefe*, et aucun des dentistes n'a reconnu la denture ni les plombages.

— J'ai des nouvelles bien pires, Paco. Cinq colis, contenant des fragments de corps humain dépecé, ont été découverts dans différentes rames du métro au cours de la matinée. (Bernal montra le plan.) J'ai planté des drapeaux bruns sur les stations où on les a trouvés. Comme tu le vois, c'est totalement irrationnel. Si c'est notre homme, il éparpille ces morceaux comme des confettis.

— Seigneur Dieu ! s'exclama Navarro. Vous

croyez qu'il a débité le cadavre de la victime dont il a tiré le sang du groupe B négatif ?

— Dans un sens, je l'espère, Paco. Si c'est le cas, il n'y aura au moins pas eu de cinquième victime. Peláez et l'hématologiste devraient pouvoir nous le dire.

Peu après, le médecin-legiste téléphona :

— Jusqu'ici, Bernal, j'ai une jambe gauche amputée au genou et à la cheville, mais pas de pied gauche, et un bras droit, de l'épaule au poignet.

— Trois autres colis sont en route, Peláez.

— Espérons que l'un d'eux contient le sacrum ou un os iliaque. Sinon, ça va être difficile de déterminer le sexe de la victime, sans parler de son âge. Les deux membres en notre possession sont dans un état de décomposition avancée, mais il n'y a pas d'invasion larvaire. Un détail curieux : il a des signes de formation d'adipocire, ce qui est très rare.

— Qu'est-ce que cela signifie, Peláez ? demanda Bernal.

— Eh bien, ce que ça signifie, c'est que la graisse du cadavre se transforme en une substance blanchâtre, ressemblant à de la cire. Ça se produit uniquement quand le corps séjourne dans un endroit très humide, très frais, et ça ne se manifeste pas avant six à huit semaines. Si l'assassin du métro est responsable, cela prouve que ces restes appartiennent à sa plus ancienne victime connue.

— Et le groupe sanguin ?

— J'envoie des échantillons à l'hématologiste, mais vous devez vous rendre compte que le sang est entièrement coagulé et dénaturé. Néanmoins, il devrait pouvoir déterminer le groupe A, B ou O et les facteurs MN, Gm (a) et Hp par les échantillons desséchés. A ce moment-là, on pourra comparer avec l'empreinte hématologique que nous avons établie avec le sang trouvé dans les sachets de plastique enfoncés dans la bouche des trois autres victimes.

— Je suis navré de vous donner tout ce travail pendant le week-end, Peláez.

— Heureux de vous rendre service. Vous avez un criminel très inventif à découvrir. A propos, j'ai oublié de vous dire qu'il semble avoir étudié l'anatomie. Le dépeçage a été effectué très adroitement, avec une scie chirurgicale.

— Vous ne croyez pas que c'est un de vos collègues qui a fini par perdre la boule ?

— Ha-ha ! fit Peláez. Ça ne m'étonnerait pas le moins du monde. Aucun de nous n'est normal, vous savez. Je vous rappellerai quand j'aurai vu les autres morceaux. J'espère qu'ils seront tous du même cadavre.

— Je l'espère aussi, Peláez. *Hasta luego.*

Bernal fit à Navarro un résumé du rapport préliminaire de Peláez sur les deux membres.

— Il vaut mieux que nous allions déjeuner à tour de rôle, pour qu'il y ait toujours quelqu'un au bureau. Veux-tu établir un tableau de roulement pour le reste du week-end ?

RETIRO

Lorsque Bernal s'assit, ce soir-là, devant un dîner composé de côtes de veau graisseuses et d'un reste d'omelette à peu près froid, la spécialité d'Eugenia pour les repas du soir, il savait que Peláez disposait de moins d'un tiers d'un cadavre humain, qui était peut-être celui d'une femme d'une vingtaine d'années, mais, jusqu'ici, on n'avait trouvé ni la tête, ni le torse, ni les mains, éléments essentiels pour l'identification.

Eugenia termina la longue action de grâce dont il était censé assurer les réponses et alluma la télévision.

— Apporte-moi un peu de ce vin de ta campagne, Geñita. Où est Diego ?

— Il est sorti il y a une heure avec des camarades de la faculté. J'aimerais bien qu'il ne reste pas dehors aussi tard tous les soirs. Tu ne devrais pas lui donner autant d'argent de poche.

— Il faut qu'il apprenne à connaître le monde, Geñita. Ce serait pire, en fin de compte, si nous l'empêchions de sortir.

— Il n'a pas besoin de découvrir que le monde est un lieu de perdition, marmonna-t-elle. On le lui répète depuis qu'il est enfant.

— Ce n'en est que plus triste, dit Luis en se versant un plein verre du vin rouge qu'Eugenia avait rapporté de son village. La jeunesse devrait garder ses illusions le plus longtemps possible.

En signe de réprobation, Eugenia augmenta brusquement le son de la télévision, et le *Telediario* commença par un long compte rendu sur les élections. Bernal dressa l'oreille en entendant mentionner le métro de Madrid.

— De mystérieux colis ont été découverts ce matin dans plusieurs rames du métro. Il semble qu'ils puissent avoir un rapport avec les victimes d'assassinats trouvées récemment dans les trains. Le commissaire Bernal et son équipe de la Brigade criminelle enquêtent.

— Ils ont cité ton nom, Luis ! s'exclama Eugenia. Quelle honte ! J'espère bien que ma famille de Ciudad Rodrigo n'était pas à l'écoute !

— La seule chose honteuse, c'est que je n'arrive pas à mettre la main sur le criminel qui commet ces ignobles assassinats, dit Bernal. Le métier de policier est une profession honorable.

— Mais tellement sordide, Luis. Pense seulement au genre de gens que tu dois interroger ! Des prostituées et tout ça. Tu sais que mon père aurait voulu que tu te lances dans l'agriculture.

Bernal soupira à cette évocation de l'histoire ancienne et s'attaqua farouchement à une côte de veau à demi calcinée.

LA LATINA

L'inspectrice Elena Fernández, en élégante tenue du dimanche matin (elle avait auparavant accompagné sa mère à la messe de 7 heures), attendait, devant l'entrée de la station de métro La Latina, sur la Plaza de la Cebada, son collègue Juan Lista. Elle avait un peu triché en prenant un taxi, au lieu d'emprunter la ligne 5 depuis Rubén Darío, mais se sentait ainsi plus dispose. A la vérité, bien qu'elle eût refusé de l'admettre, les récents événements l'avaient dégoûtée des trajets en métro, pour lesquels elle n'avait d'ailleurs jamais éprouvé d'attrait particulier.

A cette heure de la matinée, quelques minutes avant 9 heures, elle remarqua qu'un grand nombre de gens traversaient la Calle de Toledo pour se rendre au marché aux puces du Rastro. Il y avait également des commerçants retardataires, accompagnés de leur famille qui les aidait à transporter leurs marchandises jusqu'à leur emplacement attitré. Peu après, Juan Lista gravit les marches du métro et salua Elena.

— Vous êtes ravissante, ce matin. J'espère que votre belle toilette ne sera pas froissée par la cohue.

— J'ai dû accompagner ma mère à l'église avant de venir. Où pensez-vous que nous trouverons le plus de marchands de vieux vêtements ?

— Beaucoup se tiennent dans cette ruelle qui part du Ribera de Curtidores. Je crois qu'elle s'appelle Mira el Río Alta.

— Je n'étais pas revenue ici depuis que mon père m'y amenait quand j'étais enfant, dit Elena avec nostalgie. Je me rappelle que, dans ce temps-là, ça me paraissait un endroit féerique, plein de choses merveilleuses.

— Eh bien, on dit que tout ce qu'on peut désirer, on le trouve au Rastro... à condition d'y mettre le prix. Mais les touristes ont gâché les bonnes affaires que l'on y faisait autrefois dans les antiquités.

— Je ne savais pas que vous vous intéressiez aux antiquités, Juan.

— Je ne possède que quelques cuivres et une douzaine de vieilles montres de gousset et de châtelaines. J'avais commencé une collection, mais tout ça atteint maintenant des prix qui dépassent mes moyens.

En remontant la Calle de las Maldonadas, ils commencèrent à entendre les boniments des camelots, et leurs oreilles furent assourdies par le tintamarre lorsqu'ils atteignirent la Plaza de Cascorro, dominée par la statue d'Eloy Gonzalo, le soldat madrilène qui, en mettant le feu à un bidon de pétrole, chassa les insurgés cubains du village de Cascorro jusqu'à Camagüey, où les attendaient les troupes espagnoles.

Elena se rendit compte que la plupart des cris qu'elle entendait provenaient des tables dressées par les partis politiques, où l'on distribuait aux passants des tracts, des boîtes d'allumettes, des briquets de pacotille, des porte-clefs et même des sachets de bonbons, le tout marqué à l'emblème du parti. En arrivant au sommet de l'abrupte Ribera de Curtidores — la « rampe des Tanneurs de cuir » —, où les étals surchargés de marchandises scintillaient sous le chaud soleil, elle fut abasourdie par la densité des deux flots humains, l'un montant, l'autre descendant, qui s'écoulaient lentement entre les commerçants.

Lista s'efforça d'écarter la foule devant elle lorsqu'ils descendirent la pente sur quelques centaines de mètres. Elena s'arrêta un instant devant le très vieil homme qui sculptait des objets en os et remarqua l'écriteau enluminé annonçant qu'il avait ciselé des boutons d'ivoire pour « Sa Majesté la Reine Victoria-Eugenia ».

Lorsqu'ils eurent atteint la rue qu'ils cherchaient, la progression devint un peu plus facile. Ils observèrent avec intérêt les échoppes exposant des mors de chevaux, des sonnailles de vaches et d'autres accessoires rustiques, et ils saluèrent une vieille femme à l'œil vif, qui surveillait une énorme pile de pendeloques en cristal de toutes sortes, provenant, supposa Elena, de centaines de lustres et de candélabres du siècle dernier.

— *Lagrimas ! Lagrimas de todo tipo !* criait la vieille, et Elena se rappela que l'on appelait parfois ces objets des « larmes ».

— Je vous en pleure une sur mesure si vous ne trouvez pas la « larme » qui vous convient dans ce tas, lançait la femme aux badauds.

Au moment où Elena et Juan arrivaient chez le premier fripier, une grosse averse arrosa brusquement la foule, et ils se réfugièrent sur le seuil d'une boutique.

— Je vais vous payer un parapluie, Elena, dit Juan. Il paraît qu'on trouve de tout, ici.

A la fin d'une matinée éreintante, coupée de fréquentes averses, ils avaient interrogé onze marchands de vêtements et fripiers sans qu'aucun n'ait reconnu les portraits-robots.

Pendant ce temps, Bernal avait été convoqué à l'Instituto Anatómico Forense par le Dr Peláez, qui avait procédé à une reconstitution partielle du corps démembré.

— Comme vous le voyez, Bernal, il en manque encore la plus grande partie. Je pense que ces restes appartenaient à une femme, mais je ne pourrai pas vous le certifier tant que vous n'aurez pas retrouvé le bassin.

— Tous les morceaux proviennent du même corps ?

— Oui, j'en suis à peu près sûr. J'ai procédé à tous les tests habituels de mensurations osseuses, et l'hématologiste devrait pouvoir le confirmer quand il vérifiera les groupes sanguins.

— Aucun moyen d'identifier le cadavre, Peláez ?

— Si, je l'espère. L'un des trois derniers paquets contenait la main droite, mais la peau du bout des doigts a été enlevée, probablement dans l'espoir de rendre l'identification impossible. Néanmoins, je suis en train d'essayer de relever les empreintes cutanées en plongeant les doigts dans du formol, puis en les photographiant de biais sous un puissant éclairage. Les arcs, les boucles et les volutes se prolongent dans la chair, évidemment, ils ne se limitent pas à l'épiderme... une chose que l'assassin ignorait.

— Et la main droite est de loin la plus utile, parce que nous allons demander à la D.N.I. de comparer les empreintes du pouce et de l'index avec leur fichier, si nous ne trouvons rien dans celui de la Brigade criminelle.

— Dommage qu'on n'ait pas la tête, dit Peláez, vous auriez eu la denture.

— Oh, les empreintes suffiront, si vous parvenez à les relever.

En regardant Peláez travailler avec dextérité, Bernal se détourna des membres putrides étalés sur la dalle, car son estomac se révulsait comme chaque fois qu'il venait à la morgue. Peláez, qui connaissait les nausées de son collègue, lui dit, sans lever les yeux de sa tâche :

— Allez m'attendre dans mon bureau, Luis. Ma secrétaire vous apportera du café.

Bernal sortit avec reconnaissance. Allumant une Kaiser, il songea au psychopathe, dont il n'arrivait toujours pas à se faire une image mentale précise. On savait maintenant qu'il avait quelques notions d'anatomie. Les avait-il acquises en tant que médecin, ou dans la pratique d'une profession paramédicale exigeant l'étude de l'anatomie ? Pourquoi attirait-il des jeunes filles et les assassinait-il avec une telle cruauté ? Et, surtout, pourquoi les sachets de plastique dans les bouches et le dépôt des corps dans le métro ? Bernal sentit qu'il commettait l'erreur d'essayer de raisonner logiquement à propos d'une personne qui accomplissait des actes absolument illogiques, mais il se rappela avoir lu quelque part la formule « logique de la folie ». Dans le cadre de sa folie, le psychopathe se comportait-il d'une façon qui lui semblait logique ? En tout cas, il avait adopté, au départ, une méthode précise, maintenant abandonnée s'il était responsable du corps dépecé. Auparavant, il paraissait chercher à composer, presque à la façon d'un metteur en scène, une série d'images similaires, en fait, la même image, celle d'une jeune fille morte dans une rame de métro, avec du sang s'écoulant de sa bouche. Cette série avait débuté avec les poupées, puis s'était poursuivie avec les deux filles assassinées. Le transsexuel mort avait altéré l'image, provoquant peut-être la fureur du psychopathe, ce qui expliquait la blessure sauvage infligée aux parties génitales. Cet incident avait peut-être conduit au dépeçage. Mais qui était cette victime-ci ? La première, celle dont le meurtrier avait ensuite utilisé le sang pour le truc du sachet dans la bouche ?

Bernal décida de soumettre l'ensemble de sa théorie à Peláez, qui arrivait justement, l'air triomphant.

— Ça n'a pas été facile, mais je crois avoir d'assez bonnes photos des empreintes cutanées pour que Prieto puisse consulter immédiatement le fichier central de la Criminelle.

— Je vais l'appeler chez lui, dit Bernal. Il est plus que temps qu'il nous fournisse un renseignement utilisable, dans cette affaire.

Peláez écouta ensuite l'interprétation de Bernal concernant les activités du psychopathe.

— Oui, reconnut-il, ça se tient, mais vous êtes-vous demandé pourquoi il cherche à composer cette image à répétition ?

— C'est ce qui m'échappe, dit Bernal. S'il avait eu des rapports sexuels avec les victimes, même nécrophiles, ça pourrait s'expliquer. Mais, en dehors du transsexuel, il n'y en a pas trace. La première idée que nous avons eue, qu'il s'agissait d'une affaire de stupéfiants, les victimes étant des droguées qu'on avait liquidées parce qu'elles ne pouvaient pas payer le revendeur, ou parce qu'elles avaient menacé de le dénoncer, est visiblement fausse. C'est trop commun, trop normal pour expliquer un comportement aussi aberrant. Et je ne pense pas non plus que l'intention de provoquer une panique dans le public pendant la campagne électorale soit une explication valable. Il se peut que le meurtrier ait alerté les journaux, il se peut qu'il recherche la publicité, mais je sens que tout cela est un à-côté, une prime. Ce n'est pas la cause déterminante de ses actes.

— Avez-vous considéré la fréquence des crimes ? demanda Peláez. Ils ont tendance à s'accélérer et à devenir plus sauvages. C'est caractéristique d'un certain type de psychopathe criminel. Qu'est-ce qui a provoqué sa conduite ? Peut-être un événement similaire dans sa vie passée.

— Ça me donne une idée, dit Bernal. Il est visiblement obsédé par le métro. Faut-il rechercher les incidents de même nature qui se sont déjà produits dans le métro ?

— Je pense que ça vaudrait la peine, répondit Peláez, mais n'oubliez pas que la chose a pu avoir lieu dans n'importe quel chemin de fer souterrain, pas seulement dans le métro de Madrid. Néanmoins, ça mérite d'être tenté.

RETIRO

Ce soir-là, tandis que la pluie cinglait les fleurs en pot d'Eugenia sur la terrasse, Bernal se plongea dans la lecture des piles de rapports que le directeur du Métro lui avait fait porter à domicile. Ces rapports couvraient tous les incidents et accidents qui s'étaient produits dans le métro de Madrid depuis son inauguration, en 1919. Bernal décida de commencer par l'année en cours et de remonter dans le passé : un homme d'une quarantaine d'années n'avait pu assister à quelque incident que ce soit en 1919.

SOL

Le lundi 13 juin, Bernal acheta le *Diario* au kiosque à journaux de sa rue et le lut en prenant son second petit déjeuner chez Félix Pérez.

DIX BOMBES CONTRE LA PAIX ELECTORALE ! proclamait la manchette et, à l'intérieur du journal, un article relatait les explosions qui s'étaient produites dans les premières heures de la matinée au Pays basque, à Barcelone, à Valence, à Las Palmas et dans la capitale. Manifestement une tentative des jusqu'au-boutistes pour essayer d'enrayer la poussée démocratique par une politique extrémiste ou une autre, estima-t-il. Il se demanda quelle impression ça produirait de voter dans des élections libres. En 1936, il avait dix-sept ans, il était trop jeune pour voter, et il se dit que, pour la grande majorité des électeurs, ces élections allaient être une première expérience. A son avis, le pourcentage des suffrages exprimés serait élevé, ne serait-ce que parce que c'était une habitude invétérée datant des référendums de Franco, quand les autorités relevaient les noms des abstentionnistes. Peut-être Suárez allait-il subir une défaite et le pays allait-il voter socialiste. La formidable progression en cours au sein de son propre service, qui dépendait du ministère de l'Intérieur, donnait indéniablement l'impression d'une évolution vers la démocratisation.

Lorsqu'il sortit du bar, un taxi déposait un client dans la Calle de Alcalá, et il ne résista pas à la tentation de le prendre pour se rendre à son bureau, bien que la distance fut courte, afin d'éviter la cohue du métro. Ce faisant, il rata l'occasion d'assister au dernier forfait de l'assassin du métro.

SOL

Après avoir rassemblé son équipe et convoqué Prieto et Varga, Bernal passa en revue les résultats des enquêtes du week-end.

— Vous avez découvert des empreintes, Prieto ?

— J'ai examiné les vêtements du transsexuel, particulièrement la jupe, qui est faite d'un cuir très lisse sur lequel les doigts laissent une trace durable.

J'y ai relevé plusieurs empreintes brouillées et deux nettes, mais ces dernières appartiennent à la victime. Evidemment, plusieurs personnes avaient soulevé et transporté le corps, et elles avaient laissé leurs empreintes, qu'il a fallu que j'élimine. (Il ouvrit un autre dossier.) En ce qui concerne les papiers qui emballaient les membres humains disséqués, j'ai dû relever les empreintes des employés du métro et des agents de police qui ont ramassé les colis et les ont déballés. Je n'ai trouvé aucune autre marque suffisamment nette pour être retenue. Je pense qu'il faut admettre que l'assassin portait des gants chaque fois qu'il manipulait des objets susceptibles de l'incriminer. Je pourrais ajouter qu'il nous a fallu exactement trente heures de travail pour examiner toutes les pièces à conviction.

— Nous vous en sommes très reconnaissants, Prieto, dit Bernal, et nous regrettons que ça n'ait rien donné. Qu'avez-vous à nous dire sur l'examen technique, Varga ?

— Il n'y a pas trace, sur les vêtements du transsexuel, de la moisissure fongiforme que nous avons décelée sur ceux des deux autres victimes et des mannequins. En dehors de ça, chef, nous avons trouvé les poussières habituelles des maisons et des rues. Deux points méritent d'être signalés : dans la cambrure des souliers à hauts talons, il y a de la poudre de ciment de la même composition que celle que nous avons découverte dans les vêtements extérieurs des deux premières victimes, mais elle est d'un type assez courant et ne signifie rien par elle-même. Ce qui prouve que le transsexuel a séjourné, à un moment ou à un autre, dans la même maison que les autres victimes, ce sont les traces de pollen sur la veste. Ce matin, j'ai reçu un rapport de l'Institut de Botanique. Ils ont identifié le pollen comme provenant d'une fleur appelée « schizanthus ». (Varga consulta ses notes.) C'est une plante de la famille des solanacées, à feuilles joliment découpées, avec une profusion de fleurs de teintes pastel. Ils disent qu'on en fait souvent pousser en pot pour décorer les maisons et les serres. Ils ont envoyé des photos en couleurs.

— Epinglez-les sur le mur, voulez-vous ? demanda Bernal. Autant que tout le monde les voie, au cas ou quelqu'un tomberait dessus au cours de nos enquêtes, mais les chances sont évidemment minimes. Rien d'autre, Varga ?

— Pas grand-chose, chef. Le papier d'emballage et la ficelle des colis pourraient avoir été achetés n'importe où. Les nœuds sont du type standard.

Elena Fernández et Juan Lista signalèrent qu'ils avaient interrogé tous les fripiers qu'ils avaient pu trouver à Madrid, et qu'aucun d'eux ne se rappelait avoir vendu des vêtements correspondant à la description de ceux des mannequins et des deux premières victimes. Aucun non plus n'avait reconnu l'un ou l'autre des portraits-robots.

— Ce qu'il y a de bizarre, commenta Varga, c'est que ces vêtements paraissent très vieux, et même à la mode d'avant-guerre. Le genre de truc que personne n'achèterait aujourd'hui, même d'occasion.

Bernal leur dit qu'il avait passé la soirée de la veille à consulter les archives du Métro concernant les accidents et les blessures, pour voir s'il n'y trouverait pas un rapport psychologique avec l'assassin.

— Pour le moment, je ne suis remonté que jusqu'à 1964, mais j'ai relevé deux incidents qui pourraient être intéressants. Le premier concerne une femme qui s'est jetée sous une rame en 1973 à la station Goya, et le second relate une série d'estafilades, ayant surtout détérioré des vêtements, infligées à des passagères en 1967. J'ai conservé les deux rapports, nous relèverons les noms des personnes impliquées dans les deux cas. C'est fou, le nombre d'incidents qui peuvent se produire dans le métro, mais, la plupart du temps, il s'agit d'affaires mineures, des histoires de pertes ou de vols.

— La D.N.I. a-t-elle réussi à identifier les empreintes du transsexuel, chef ? demanda Ángel.

— Pas encore, répondit Bernal, mais il ne les ont que depuis deux jours, et le fichier national contient des millions d'empreintes. As-tu obtenu des renseignements dans les clubs, la nuit dernière ?

— Un témoin a positivement reconnu la photo de son ami « Carol ». Il prétend ne pas savoir son vrai nom. Je dois le retrouver ce matin et l'emmener à la morgue voir le corps. Mais, de toute façon, il ignore où Carol habitait. Il croit qu'il avait un appartement quelque part du côté de San Bernardo, mais il n'y est jamais allé. Il dit que Carol avait raconté qu'on lui avait fait cadeau d'un petit chat blanc pour Noël.

— Hum, fit Bernal. C'est grand, San Bernardo, et c'est plein de logements d'étudiants. Il faudrait beaucoup de monde pour enquêter au porte-à-porte. Il vaut peut-être mieux s'en tenir aux dentistes, maintenant qu'on a commencé. Les résultats risquent d'être plus rapides. Tu as envoyé les empreintes du transsexuel aux Stups, Paco ?

— Oui, chef, et il n'est pas fiché chez eux.

— Comme vous vous en rendez tous compte, reprit Bernal, cette affaire se révèle épouvantablement compliquée, vu la manière apparemment fortuite dont l'assassin choisit ses victimes et l'absence de mobile. Je suggère que vous alliez maintenant interroger les dentistes qui restent sur vos listes et que vous leur montriez le moulage du travesti. N'oubliez pas qu'on a probablement procédé récemment à un plombage, et que la victime avait peut-être des ennuis avec ses dents de sagesse incluses.

RETIRO

Ce fut seulement lorsque la rame de la ligne 2 se dirigeant vers l'est quitta la station Banco, où la plupart des passagers étaient descendus, que les deux gamins remarquèrent le gros paquet appuyé contre la porte condamnée, à l'extrémité du wagon.

— Hé, quelqu'un a oublié ça, chuchota Miguelín à Joselito. Y a que ces deux bonnes femmes, à l'autre bout. Regardons ce que c'est.

Surveillant du coin de l'œil les deux dames absorbées par leur conversation, ils se levèrent lentement et se dirigèrent vers la porte de communication.

— On dirait un jambon, murmura Joselito, il y a un plastique sous le papier d'emballage. C'est très lourd.

— On pourrait le faucher et le porter à la boutique de mon oncle à Ventas, susurra Miguelín.

— Et les flics, sur le quai ? Ils nous repéreraient.

— Ah, tu te dégonfles, ricana Miguelín. Chiche.

— Oh, ça va, ronchonna Joselito. Mais faudra qu'on le porte à deux. Je peux pas le soulever tout seul.

VENTAS

Lorsque la rame s'arrêta au terminus, les deux gamins en descendirent, titubant sous le poids du colis, et se dirigèrent vers la sortie.

— Qu'est-ce que vous transportez là-dedans ? demanda d'un ton soupçonneux le policier en uniforme gris.

— C'est un jambon, señor, répondit Miguelín avec assurance. C'est pour le magasin de mon oncle.

— Ça me paraît bien lourd pour des gosses comme vous. Pourquoi ne se l'est-il pas fait livrer ?

— Il en avait besoin tout de suite, et il nous a promis vingt douros à chacun si on allait le lui chercher par le métro.

— Eh bien, ça prouve qu'il a plus d'argent que de bon sens. Allez, tirez-vous et ne le laissez pas tomber.

— On fera attention. Adiós, señor, conclurent-ils en chœur, et ils s'éloignèrent d'un pas martial, pour montrer qu'ils étaient capables de porter le paquet, jusqu'à ce qu'ils arrivent au pied de l'escalier, hors de vue du policier.

— Eh bien, on l'a échappé belle, haleta Miguelín. De toute façon, il ne nous a pas demandé nos noms.

— T'es dingue, geignit Joselito. Il aurait pu nous coffrer tous les deux.

BATÁN

A la station Plaza de España, terminus de la ligne suburbaine, Amparo Espina s'installa sur la banquette du coin, dans la voiture vide, et attendit que la rame démarre. Elle serrait sur son cœur un bouquet de soucis et une boîte de chocolats, qu'elle portait à sa sœur à Aluche. Elle avait conscience d'accomplir au moins une manifestation matérielle de charité, puisque sa sœur venait de subir une hystérectomie, mais elle avait peur de son beau-frère et souhaitait ardemment qu'il fût sorti pour aller vendre ses voitures d'occasion. Penser au mal que s'était donné leur Mamá pour tenter d'empêcher sa sœur de fréquenter et d'épouser un homme si peu recommandable à tous points de vue ! Amparo était convaincue que ses efforts avaient tué la pauvre Mamá, parce que personne ne l'avait écoutée, surtout pas sa sœur, dont le seul but semblait être de fuir le domicile familial à tout prix avec le premier venu. Quel scandale ! Ça ne faisait pas quinze jours qu'il était sorti de la prison de Carabanchel quand sa sœur l'avait épousé. Pas étonnant qu'elle ait choisi de vivre à Aluche, songea amèrement Amparo, c'était juste à côté de la prison, ce serait commode la prochaine fois qu'il serait écroué.

Lorsque les portes se fermèrent et que le train démarra, Amparo remarqua la boîte posée sur le siège situé en diagonale en face du sien. Elle trouva curieux de n'avoir vu monter personne. La voiture était vide. Eh bien, c'était que le paquet avait été oublié au cours du voyage précédent.

Après être descendu dans le tunnel qui passait sous la rivière Manzanares, le métro remonta le plan incliné et déboucha en plein air avant d'atteindre la station El Lago. Par la vitre, Amparo regarda sans les voir les vestiges des tranchées de la guerre civile, entre les arbres de la Casa de Campo. Ses pensées étaient fixées sur la méchanceté de sa sœur et sur les conséquences que celle-ci avait eues pour leur sainte Mamá. Elle se félicitait de ne pas avoir fait la folie de se marier. Maintenant à cinquante-deux ans, elle avait la disposition de la maison familiale, qui lui était garantie par la loi jusqu'à la fin de ses jours, à condition qu'elle ne se marie pas, et son beau-frère pouvait pester et tempêter à cause de la part du patrimoine échue à sa femme : la loi, c'est la loi. Amparo avait dépensé dix mille pesetas en honoraires d'avoués pour l'établir, mais ce n'était pas cher payer pour savoir qu'elle ne risquait absolument rien.

A El Lago, quatre militaires en tenue négligée montèrent dans le métro, regardèrent Amparo et firent la grimace. Elle remarqua leur réaction et en éprouva de la satisfaction. A l'abri, enfin à l'abri des regards lubriques : c'était le privilège que l'âge lui avait conféré. A droite du train, on apercevait la grande roue et les montagnes russes du Parque de

Atracciones. Cela rappela à Amparo un souvenir horrible. Mamá, veuve depuis un an, y avait emmené ses deux filles, estimant qu'elles avaient besoin de voir autre chose que le décor mélancolique de la maison, avec toutes les photographies drapées de crêpe de leur père, maintenant au ciel. Amparo s'était laissée convaincre par sa sœur de monter sur un manège dont les wagons ondulaient sous une capote rayée de jaune qui les faisait ressembler à une énorme chenille, et ses longs cheveux s'étaient trouvés pris dans le mécanisme de la capote. Elle se souvenait seulement de tout le temps qu'elle avait hurlé avant que le manège ne s'arrête et que les employés ne la libèrent.

Le métro avait accéléré avant d'aborder la longue courbe qui menait à la station Batán, desservant le parc d'attractions. Une violente embardée de la rame fit tomber la boîte posée sur la banquette en face d'Amparo, et son couvercle s'ouvrit. Lorsque la tête coupée aux longs cheveux blonds roula sur le plancher de la voiture jusqu'à ses pieds, les hurlements d'Amparo firent écho à ceux du passé et attirèrent les soldats auprès d'elle.

ATOCHA

Cet après-midi là, à 4 heures, Bernal était de retour dans la salle de dissection de Peláez, contemplant les restes presque complets de ce qui avait probablement été la première victime de l'assassin du métro.

— L'épicier a eu un drôle de choc, Peláez, quand son neveu lui a apporté le torse en croyant que c'était un jambon.

— Je m'en doute, dit Peláez. Mais au prix où sont le jambon et les autres *fiambres*, ils ont dû commencer par se dire qu'ils avaient fait une bonne affaire, en trouvant ça dans le métro. Qu'est-ce que vous allez leur faire ?

— Je vais me contenter d'une bonne semonce aux deux gamins. Ils n'ont que dix ans et ils ont été très secoués. Quant à l'épicier, il a immédiatement alerté la police quand il s'est rendu compte qu'il s'agissait de restes humains.

— Et la tête ? demanda Peláez. Elle a été trouvée dans le Suburbano, si j'ai bien compris ?

— Oui, et la malheureuse vieille fille aux pieds de laquelle elle a atterri est maintenant à l'hôpital psychiatrique, bourrée de sédatifs. Curieusement, elle n'arrête pas de jacasser à propos d'une chenille. Les médecins n'y comprennent rien. D'après le lieutenant de la garde civile qui a eu affaire à elle à Batán, elle semble avoir complètement perdu la tête. L'incident a dû éveiller un souvenir de jeunesse, quelque chose qui s'est produit au même endroit.

— Eh bien, dit Peláez en examinant d'un œil critique le puzzle reconstitué par lui sur la dalle, nous avons maintenant un cadavre presque complet. Il ne manque plus que la main gauche et le pied droit. Je suis certain que tous ces morceaux vont ensemble. Il n'y a qu'un seul corps, et pas le moindre fragment d'un autre.

— Tant mieux, dit Bernal. Les journaux ne vous ont pas encore contacté ?

— Pas encore, répondit Peláez, mais j'ai donné des instructions pour qu'on ne leur fournisse aucun renseignement.

— Ils ont été avertis des découvertes de samedi, dit Bernal, mais, pour autant que nous le sachions, ils ignorent celles d'aujourd'hui.

— Vous ne pouvez pas leur en vouloir, Bernal, c'est une sacrée histoire. Vous avez lu le rapport de l'hématologiste ? Il m'en a envoyé un double.

— Oui, et si j'ai correctement interprété son charabia technique, le sang trouvé dans les bouches des mannequins et des trois cadavres intacts provenait de ce corps dépecé.

— C'est sa conclusion, confirma Peláez. L'assassin a dû saigner cette première victime comme un cochon égorgé et conserver le sang, en le mélangeant avec du trichloréthylène, pour un usage ultérieur. Mon boulot, maintenant, c'est de déterminer la cause de la mort de cette fille coupée en morceaux. Un sacré problème, à cause de la putréfaction et de la dissection, exécutée dans les règles de l'art. Par quelqu'un du métier, apparemment. (Peláez considéra le corps d'un air songeur.) Essayez de comprendre la mentalité de ce type. A ce moment-là, vous l'arrêterez.

— C'est ce que je m'efforce de faire. Vous n'avez pas d'objection à ce que je m'en aille ? J'ai le cœur un peu barbouillé. C'est l'odeur du formol ; elle me donne toujours la nausée.

— Toute cette affaire vous bouleverse. Je me demande pourquoi vous avez choisi ce métier.

— Il est trop tard pour en changer.

SOL

A 7 h 45 du soir, le même jour, les enquêteurs de l'équipe de Bernal gravirent avec lassitude, un par un, l'escalier du bureau.

— Aucun de vous n'a trouvé quoi que ce soit chez les dentistes ? demanda Bernal. Combien vous en reste-t-il à aller voir ?

— Nous avons fait à peu près la moitié de la liste principale, dit Navarro, mais il y en a d'autres en banlieue.

— Et ceux de San Bernardo, ou l'ami de « Carol » pensait que celui-ci habitait ?

— Nous les avons tous interrogés sans succès.

— De toute façon, je me demande comment ils pourraient répondre, dit Elena. La photo du visage est mauvaise, et, pour moi, toutes les bouches se ressemblent.

— N'oubliez pas le temps qu'ils passent à examiner chacune d'elles, dit Bernal. Ils risquent d'oublier le visage qui va avec, mais la plupart du temps, ils sont capables de retrouver la fiche du client dans leurs dossiers uniquement par la photo de la bouche. (Il les mit au courant de la découverte de la tête et du torse, et de la façon dont Peláez avait assemblé tous les morceaux.) Le corps est celui d'une femme de vingt-deux à vingt-quatre ans, aux cheveux blonds et aux yeux bleus. Il est dans un état de putréfaction avancée, apparemment après avoir séjourné dans un endroit frais et humide. Ça a provoqué un début de formation d'adipocire, ce qui permet de penser que la mort remonte à six ou huit semaines. Je suis au regret de vous dire que nous allons devoir enquêter demain sur un nouveau moulage de denture, pour essayer d'identifier cette fille. Peláez a décelé une extraction récente de la deuxième molaire inférieure gauche de la femme ; vous pourrez donc poser des questions à ce sujet.

Un gémissement général s'éleva lorsqu'ils comprirent qu'ils risquaient d'avoir à retourner chez tous les dentistes qu'ils avaient déjà interrogés.

— Vous feriez mieux d'aller tous vous reposer, maintenant, ajouta Bernal. Demain, c'est la journée de recueillement avant les élections générales de mercredi. Vous devriez donc trouver les dentistes au travail, mais le jour des élections, ce sera plus douteux.

Après leur départ, Bernal reçut un coup de téléphone.

— C'est moi, Luchi. Qu'est-ce qui t'est arrivé, cet après-midi ?

— J'ai essayé de te joindre à la banque avant ton départ, Consuelo, mais je t'ai manquée. L'assassin du métro s'est mis à découper ses victimes en morceaux.

— Mon Dieu, quelle horreur ! N'oublie pas que tu m'emmènes dans une demi-heure à Portazgo, au *mitin* socialiste.

— Oh Seigneur, ça m'était complètement sorti de la tête. Je suis obligé d'y aller ?

— Tu as promis, Luchi. Je te retrouve au coin de Carretas dans dix minutes.

PORTAZGO

La ligne 1 était tellement bondée que Bernal et Consuelo Lozano pouvaient à peine respirer. La plupart de leurs compagnons de voyage ne partageaient pas seulement leur wagon, mais aussi leurs opinions, car ils portaient des insignes en plastique représentant une main tenant une rose rouge, emblème du P.S.O.E., le Parti socialiste des ouvriers espagnols. Luis se sentait mal à l'aise dans son strict complet bleu marine, tandis que Consuelo était resplendissante en robe vermillon, avec un foulard de soie écarlate noué autour du cou, et des yeux brillants de ferveur politique.

— Tu ne trouves pas ça formidable, Luchi ? Tous ces gens qui expriment leurs véritables sentiments pour la première fois depuis trente-huit ans ?

Elle commençait à transpirer dans la bousculade, et il émanait d'elle des effluves d'un parfum couteux, peut-être du Givenchy, qui excitaient Bernal. Il marmonna une réponse qui ne l'engageait à rien au moment où le train entrait dans la station Portazgo et que des centaines de gens en descendaient pour se joindre aux milliers d'autres qui s'entassaient déjà dans le stade de football de Rayo Vallecano.

Dehors, la rue était une masse grouillante, parsemée de camelots offrant des rubans rouge et or, des affiches et des cassettes de *l'Internationale*, du *Himno de Riego* — l'hymne révolutionnaire du XIXe siècle — et d'*Els Segadors*, le chant de la gauche catalane. Consuelo fit franchir les tourniquets à Bernal et se fraya un chemin jusqu'au dernier rang des gradins.

— On est un peu loin, mais d'ici, on verra tout. Pourquoi ne grimpes-tu pas sur la balustrade ?

— J'aurais le vertige et je tomberais, protesta Luis. Tu sais bien que je ne suis pas fait pour les positions élevées.

A ce moment-là, on entendit le bruit d'un hélicoptère, et un rugissement s'éleva de la foule lorsque la nouvelle de l'arrivée de Felipe Gonzáles se répandit dans le stade. Un cortège de petites filles vêtues de rouge, brandissant les bannières du parti, s'avança vers le podium, à l'une des extrémités du terrain de football, tandis que les haut-parleurs commençaient à déverser les premières mesures de *l'Internationale*, que la foule entonna immédiatement.

— Comment savent-ils les paroles, Luchi ? Ce chant est interdit depuis des années.

— Une sorte de tradition orale, je suppose. Les plus vieux l'apprennent aux plus jeunes avant de mourir.

Il observa avec intérêt une famille installée à côté d'eux. Le fils, la fille et le gendre soulevaient les enfants dans leurs bras pour qu'ils puissent voir le stade, tandis que la grand-mère, pauvrement vêtue de noir, essuyait ses larmes — de joie, à n'en pas douter, mais aussi de souvenance. Par la pensée, la vieille femme semblait revenue quarante ans en arrière, au temps de la Deuxième République, et cette plongée dans le passé la bouleversait.

— *Felipe, capullo ! Queremos uno tuyo !* Felipe, bouton de rose ! Nous voulons un des tiens ! scandait la foule enthousiaste sur l'air des lampions, avant d'enchaîner avec les slogans les plus orduriers sur les politiciens de la droite : + + + + +, *cabrón, Bájate el pantalón !* Salopard ! Baisse ton froc !

La personnalisation, voilà le gros écueil de la politique, estima Bernal : ils créaient des héros, qui les décevaient rapidement, tout comme ils le faisaient avec les footballeurs et les chanteurs pop. La plupart du temps, ils ne pouvaient pas, ou ne voulaient pas savoir quelle pensée se cachait derrière l'apparence. Il devait reconnaître que le discours, ou du moins ce qu'il en percevait dans les grondements des haut-parleurs, coupé de fréquentes et ferventes interruptions, était intelligent et habile. Un orateur doué de charisme, se dit-il, un de plus. Le léger accent andalou donnait aux propos quelque chose d'un peu naïf qui les faisait paraître encore plus sincères. Lorsque l'euphorie générale atteignit son paroxysme, il commença brusquement à partager l'opinion de sa femme : tout allait recommencer comme avant.

— Allons-nous-en, Consuelo, avant que la foule ne bloque la sortie.

ALONSO MARTÍNEZ

Le mardi 14 juin, journée nationale de recueillement, les experts en dactylographie responsables du fichier des empreintes du Documento Nacional de

Identidad identifièrent le pouce et l'index droit de « Carol », le transsexuel assassiné. La photographie jointe au dossier ne ressemblait guère à Eusebio Flores Garcia sous l'apparence féminine qui était la sienne lorsqu'on l'avait découvert à la station de métro Conceptión, mais la fiche comportait une adresse à La Carihuela (Málaga) pour l'année 1976, ce qui était suffisant pour que Bernal s'assure le concours de la police de Málaga.

SOL

A midi, Bernal disposait d'une adresse madrilène de Flores, communiquée par la sœur du mort à l'inspecteur local de Benalmádena. La sœur avait d'ailleurs pris le T.A.L.G.O. express, en fin de matinée, pour venir identifier le corps.

Bernal et Varga prirent la voiture officielle du service pour se rendre Calle del Norte, après avoir téléphoné à l'inspecteur de garde du district d'Universidad de les retrouver à l'adresse indiquée. Bernal chargea Navarro de dire à ses enquêteurs, lorsqu'ils reviendraient à l'heure du déjeuner, de se consacrer désormais uniquement à l'identification de la denture du cadavre dépecé.

NOVICIADO

L'inspecteur Gravina, du commissariat d'Universidad, attendait Bernal et Varga sur le pas de la porte de l'immeuble de la Calle del Norte, une rue étroite, parallèle à l'avenue San Bernardo, derrière le greffe du ministère de la Justice.

— *Qué tal, Gravina ?* Comment ça va ? lui lança amicalement Bernal. Ça fait une paye qu'on n'a pas travaillé ensemble.

Gravina rougit de plaisir et rappela comment ils avaient collaboré dans l'affaire du chocolatier de San Bernardo, quelque vingt ans auparavant.

— Vous avez parlé au concierge, Gravina ?

— Pas encore, monsieur le commissaire. J'ai pensé qu'il valait mieux que vous vous chargiez de tout, puisque ça concerne les crimes du métro. Il vous attend dans sa loge. J'ai laissé les agents dans ma voiture, au cas où on aurait besoin d'eux, mais je ne voulais pas alerter tous les badauds du quartier.

— Vous avez bien fait. On va commencer par aller bavarder avec le concierge.

Ils pénétrèrent dans le vieil immeuble, où un large escalier de bois s'élevait dans la pénombre du vestibule.

— *Buenos días.* Nous appartenons à la Direccion General de Seguridad, dit poliment Bernal au concierge en lui montrant sa *placa* métallique ornée de l'aigle impérial. Avez-vous un locataire du nom de Flores ?

Le concierge se gratta la tête d'un air embarrassé.

— Oh, vous voulez parler de Carol, le travesti ? Oui, elle habite le logement du haut. Ça fait une sacrée grimpette, je vous préviens. Il y a deux jours que je ne l'ai pas vue. Elle doit être allée voir sa sœur à Málaga.

— Vous avez la clef de son appartement ?

— Non, monsieur, je ne l'ai pas. Le propriétaire en a sûrement une, mais il habite à El Pozuelo.

— Vous avez son numéro de téléphone ? demanda Bernal.

— Oui, il est sur cette liste.

— Eh bien, appelez-le. Si le propriétaire est chez lui, vous me le passerez.

Le concierge composa le numéro, mais le téléphone sonna longuement sans que l'on décroche.

— Il n'a pas l'air d'être là.

— Varga, vous avez apporté vos outils pour forcer la porte ?

— Oui, chef.

— Gravina, il serait peut-être bon que vous appeliez le substitut pour le prévenir et que vous lui demandiez s'il désire exercer son droit de présence.

Pendant que Gravina téléphonait au Juzgado de Guardia, Bernal reprit l'interrogatoire du concierge.

— Depuis combien de temps ce Carol habite-t-il ici ?

— Plus d'un an. C'est un locataire bien tranquille. Pas de partouzes ni rien de ce genre. Il lui est arrivé quelque chose ?

— Nous n'en sommes pas encore certains. Il a beaucoup d'amis qui viennent le voir ?

— Quelques-uns, mais il m'ont fait l'effet d'être

des travestis, comme lui. Il est absolument inoffensif, vous savez, mais il y a des locataires qui se sont plaints.

— Savez-vous où il travaille ? demanda Bernal.

— Il a eu un tas d'emplois, mais on dirait qu'il n'y reste jamais bien longtemps, une fois que les gens ont découvert qu'il n'est pas une vraie fille. Notez bien qu'à mon avis, il faut qu'ils soient cloches pour s'y tromper au départ, parce que sa voix le trahit, mais les employeurs n'ont pas l'air de s'en apercevoir avant de recevoir ses papiers de sécurité sociale.

— Où travaille-t-il, actuellement ?

— Chez un fleuriste de la Gran Vía, je crois. En tout cas, il m'a dit, il y a une quinzaine de jours, qu'on l'avait embauché. Avant cela, il était manucure dans un salon de coiffure.

— Il reçoit beaucoup de courrier ? demanda Bernal.

Le concierge montra du doigt les boîtes aux lettres vertes fixées au mur du vestibule.

— La sienne, c'est celle du bout. Je n'y ai jamais vu grand-chose. Des prospectus, surtout.

Gravina revint du téléphone.

— Le magistrat a dit qu'il s'en remettait à vous, monsieur le commissaire, mais, bien entendu, il vous demande de le prévenir si vous trouvez des restes humains. Il aimerait recevoir un rapport en temps voulu.

— Alors, c'est parfait. Varga va forcer la serrure.

Lorsqu'ils eurent gravi les six étages, Bernal et Gravina laissèrent Varga examiner la serrure, qu'il réussit à ouvrir en deux ou trois minutes à l'aide d'un rossignol. Il poussa la porte palière, qui donnait sur une petite entrée, et ils entendirent de faibles miaulements.

— Ça doit être le chaton blanc dont un de ses amis nous a parlé, dit Bernal. Attention qu'il ne se sauve pas.

En prenant soin de ne toucher à rien, Varga alluma la lumière dans l'entrée en manœuvrant l'interrupteur avec une pince et ouvrit lentement la porte intérieure.

Ils furent surpris de trouver une pièce baignée de soleil, qui pénétrait à flots par de larges baies dominant les toits des maisons qui s'étendaient jusqu'à la Plaza de España. Leurs narines furent assaillies par l'odeur douceâtre des fleurs fanées.

Sur un grand lit, couvert d'une courtepointe de soie rose, gisait un petit chaton persan, qui leva faiblement la tête en les apercevant.

— Il doit crever de faim, dit Bernal. Descendez-le chez le concierge, Varga, qu'il lui donne un peu de lait. Ensuite, téléphonez à Prieto de venir relever toutes les empreintes qu'il trouvera, au cas où l'assassin serait venu ici.

En attendant le retour du technicien, Bernal et Gravina examinèrent la pièce avec étonnement. Elle était décorée d'une façon assez extravagante, avec des draperies roses, et elle était dominée par une statue de la Vierge d'un mètre de haut, habillée de vêtements brodés et couronnée d'une auréole dorée, qui tenait dans ses bras un minuscule Enfant Jésus. Cette statue était flanquée de deux très grands vases de Talavera, contenant des glaïeuls fanés blancs et roses, disposés en éventail.

— Vous avez déjà vu un truc pareil, monsieur le commissaire ? murmura Gravina intimidé.

— Ça ressemble au compromis entre un bordel parisien et un oratoire, répondit Bernal à voix plus haute. J'ai l'impression que cette Vierge est une reproduction, en plus petit, de Nuesta Señora de la Victoria, qui se trouve dans une église de Málaga. Flores étant de Carihuela, il était normal qu'il l'adopte comme patronne.

Varga revint et annonça que Prieto et son assistant étaient en route.

— Ouvrez-nous cette penderie, qu'on voie ce qu'il y a dedans, demanda Bernal.

— Vous n'avez jamais vu un assortiment pareil, chef ! s'exclama Varga. Ces deux placards contiennent des vêtements de femme, et il y a quelques complets d'homme dans celui du coin. Et quinze paires de chaussures à talons hauts !

Bernal se tourna vers une coiffeuse à trois tiroirs, ornée d'un volant plissé en soie rose.

— Il utilisait une quantité incroyable de produits de beauté, hein ? Il va falloir un bout de temps à Prieto pour relever les empreintes sur tous ces pots et tous ces flacons. Je pense qu'il vaut mieux que je revienne cet après-midi, quand il aura terminé. Je tiens surtout à voir tous les papiers et toutes les lettres que vous trouverez.

SOL

Quand le courrier arriva, à midi, Navarro remarqua qu'il contenait un petit paquet enveloppé de papier brun. L'adresse, curieusement imprimée en majuscules gothiques, était libellée au nom du « Commissaire Bernal, Brigade criminelle, Gobernación, Puerta del Sol. »

Lorsque Bernal revint de la Calle del Norte, Paco attira son attention sur le paquet.

— Il n'y a pas de nom d'expéditeur, et le cachet de la poste est brouillé, chef.

— Il vaut mieux que tu portes ça au labo de Varga, Paco. Tripote-le le moins possible. J'ai le pressentiment que ce colis contient quelque chose de très déplaisant.

Le premier assistant de Varga commença par tester le paquet avec divers appareils.

— Il n'y a rien de métallique dedans, monsieur l'inspecteur.

— Pourrait-il contenir des explosifs ?

— Je vais d'abord le passer aux rayons X, et ensuite je l'ouvrirai par commande à distance. Ça me donnera l'occasion de vous faire une démonstration de notre nouveau joujou.

Navarro le suivit jusqu'à un scanner, dans lequel il introduisit le paquet.

— Voyez par vous-même, monsieur l'inspecteur.

Paco se trouva devant l'image irréelle, verdâtre, des ossements d'une main et d'un pied humains.

— C'est le reste du cadavre dépecé, dit-il gravement. L'assassin commence à se payer notre tête. Vous pouvez l'ouvrir, maintenant, mais ne brouillez pas les empreintes qui pourraient se trouver sur l'emballage. Qu'est-ce que vous pouvez me dire sur l'adresse imprimée ?

— C'est fait avec un jeu de caractères en caoutchouc. On en trouve chez tous les papetiers, mais les lettres présentent des irrégularités caractéristiques, comme celles des machines à écrire, ce qui nous permettra d'identifier la boîte si vous la trouvez. Je vais quand même ouvrir le paquet avec notre nouveau joujou, au cas où il serait piégé, mais ça paraît peu probable, il n'y a pas de fils électriques.

L'assistant emmena Navarro dans une pièce spécialement aménagée avec des murs de protection d'un mètre d'épaisseur, dans lesquels étaient enchassés un petit hublot de verre trempé et des leviers commandant les bras articulés placés à l'intérieur de la chambre d'explosion.

— Je vais vous montrer comment on ouvre ça par commande à distance. Ces bras peuvent faire à peu près tous les mouvements que vous et moi pourrions effectuer en manipulant le paquet.

Au bout de quelques minutes de manœuvres, le colis fut ouvert : il ne contenait qu'un carton à chaussures et les extrémités manquantes de la première victime de l'assassin du métro. Après avoir été appelé au laboratoire et avoir constaté que la main gauche que l'on venait de découvrir avait également la peau des doigts enlevée, Bernal donna des instructions pour que les restes soient envoyés au Dr Peláez et pour que l'on recherche les empreintes digitales sur le carton et le papier d'emballage.

De retour dans son bureau, il discuta avec Navarro de cette nouvelle péripétie de l'affaire.

— Pourquoi a-t-il modifié sa façon d'opérer et m'a-t-il envoyé les deux derniers morceaux du cadavre, au lieu de les déposer dans le métro comme les autres ?

— Un geste de défi, chef? suggéra Paco. Une sorte de provocation ?

— Oui, c'est possible. Il a du voir le journal télévisé d'hier soir et les dernières éditions des journaux. Montre le cachet de la poste au *Correos* et vois avec eux s'ils peuvent déterminer de quel bureau le colis a été expédié et à quelle heure. Il se pourrait qu'un employé reconnaisse l'un de nos portraits-robots.

NOVICIADO

En fin de journée, Varga et Bernal fouillèrent le logement du transsexuel avec le plus grand soin.

— Il n'y a pas beaucoup de lettres, *jefe*, dit Varga. La plupart sont de sa sœur de Málaga, qui semble lui avoir envoyé de l'argent de temps en temps. Les autres sont des quittances correspondant à diverses factures.

— Pas de note d'honoraires de son dentiste, Varga ?

— Non, chef. Mais regardez, il y a un petit agenda dans le tiroir de la coiffeuse.

— Voyons ce qu'il y a inscrit en dernier, dit Bernal. Hum : « 11 juin, 9 h du mat, dentiste. » Dommage qu'il n'ait pas écrit le nom de ce dentiste. C'est peut-être l'une des dernières personnes a l'avoir vu vivant. Vous n'avez pas trouvé de carnet d'adresses ?

— Non, chef.

— Il y a quelques adresses notées sur les dernières pages de l'agenda. (Bernal feuilleta le calepin, dont la plupart des feuilles étaient vierges.) Il ne voyait pas grand monde. A moins qu'il ne se soit pas donné la peine de noter ses rendez-vous. Certaines inscriptions semblent concerner des démarches pour trouver du travail, à en juger par les raisons sociales. (Bernal reposa l'agenda.) Il va vous falloir plusieurs jours pour examiner tous ces vêtements. J'enverrai Elena vous donner un coup de main pour les affaires féminines. Emballez donc tout ça et emportez-le au labo. Je crois que nous ne pouvons pas faire grand-chose de plus ici pour l'instant.

SOL

A 7 heures et demie, le même soir, Bernal regardait par la fenêtre de son bureau, au bout de la Calle de Caretas, des files de voitures qui traversaient Sol à toute vitesse, en klaxonnant en cadence, et remontaient vers la Plaza de Benavente. Des jeunes gens accrochés à leurs toits et à leurs capots agitaient le drapeau national rouge et or.

— Ça doit être des phalangistes, dit Navarro, qui font une tournée électorale de dernière heure.

Bernal remarqua quelques dames bien vêtues, au coin de Sol, qui saluaient en tendant le bras au passage des voitures.

— *Viva Franco ! Arriba España !* glapissaient-elles.

— *Arriba !* leur crièrent les jeunes gens. *Los rojos al paredon !* Les rouges au poteau !

— J'espère qu'ils ne rencontreront pas les socialistes et les communistes à Atocha, dit Navarro, sinon les collègues de l'Antidisturbios risquent d'avoir une soirée chargée.

— Allez, Paco, on s'en va. J'ai encore un tas de vieux rapports à lire sur les incidents dans le métro. Personne n'a téléphoné pour signaler qu'un dentiste avait identifié la denture de la fille dépecée ?

— Non, chef, personne.

— Cette affaire m'inquiète, Paco. L'assassin est intelligent et maître de lui. Son entourage n'a probablement rien remarqué d'anormal dans son comportement. Mais il a fallu qu'il dispose d'un atelier ou d'une cave qui n'éveille pas les soupçons pour y fabriquer les mannequins et découper sa première victime.

RETIRO

A 11 heures, ce soir-là, après avoir grignoté un ragoût de pois chiches garni de tranches de boudin — une autre recette campagnarde d'Eugenia —, Bernal avait lu les rapports de la Compagnie du Métro en remontant dans le temps jusqu'en 1940, et il en avait retenu trois pour enquête complémentaire. Sa lecture commença à le passionner lorsqu'il arriva à la période de la guerre civile. Il y avait moins de lignes en service, dans ce temps-là, et le nombre des usagers était visiblement beaucoup moins élevé qu'actuellement. Par curiosité, il consulta les *Memorias* annuelles que le directeur de la Compagnie lui avait fournies. Oui, 448 millions de passagers avaient été transportés en 1968, contre 181 millions en 1940. Il est vrai qu'à cette époque il n'existait que vingt et un kilomètres de voies, contre plus de cinquante aujourd'hui. Le métro avait même transporté des soldats sur une partie de leur trajet vers le front, pour défendre Madrid contre les insurgés de Franco.

Au bout d'une autre demi-heure passée à lire les rapports, l'attention de Bernal fut attirée par le récit d'un accident qui s'était produit le 16 mars 1939 sur le quai de la station Sol : une fillette de douze ans, appelée Lidia Cortés Díaz, avait été tuée par la baïonnette d'un soldat, sur laquelle elle était venue s'embrocher dans la bousculade habituelle du soir. Bernal se souvenait fort bien de la négligence avec laquelle on transportait les armes pendant la guerre civile. Le petit frère de la fillette, qui accompagnait celle-ci, avait piqué une crise de nerfs et juré de venger sa sœur. Ce qui frappa le plus Bernal, ce fut la photo de police jaunie jointe au rapport : elle montrait le corps de Lidia couché sur le quai, ses cheveux blonds défaits et du sang s'écoulant du coin de sa bouche. Ça rappelait singulièrement la posture dans laquelles les mannequins et les trois victimes assassinées avaient été découverts. La jeune morte ressemblait même vaguement aux deux premières victimes du métro. Etait-ce l'image qui obsédait l'assassin et que celui-ci cherchait à recomposer?

Bernal se demanda où se trouvait actuellement le frère de Lidia. S'il avait quelques années de moins qu'elle, disons entre cinq et huit ans à l'époque, il aurait entre quarante-trois et quarante-six ans... à peu près l'âge du suspect repéré à la station Cuatro Caminos. Pouvait-on imaginer quelqu'un ressassant un grief, aussi justifié qu'il puisse paraître, contre la Compagnie du Métro, ou contre la société tout entière, pendant près de quarante ans, jusqu'à ce que sa rancune atteigne un paroxysme où elle l'incite à commettre des crimes aussi horribles? Il faudrait qu'il en parle à Peláez, et peut-être à l'un des plus éminents psychiatres de la ville. Mais la tâche la plus urgente était de retrouver le frère de Lidia.

GENERAL MOIA

Le 15 juin, jour des élections, Bernal alla voter de bonne heure, avant de se rendre à la D.G.S. Il trouva le président du bureau de vote au désespoir, parce que des *militantes* d'extrême droite avaient pénétré dans la salle à l'ouverture des portes et s'étaient emparés des bulletins de vote de tous les partis à l'exception du leur, ce qui obligeait les électeurs à attendre que de nouveaux jeux de bulletins arrivent de l'Escuela Aguirre voisine. Heureusement, Bernal avait apporté les bulletins expédiés par la poste à toutes les familles. Pendant qu'il se trouvait là, le *guardia* de service à l'entrée fut appelé à un autre bureau de vote, où un vieil homme, furieux de constater que son nom avait été omis sur la liste électorale, avait brandi sa canne et brisé l'urne de verre, dans laquelle quelques électeurs matinaux avaient déjà déposé leurs bulletins, invalidant de ce fait tout ces votes. Il fut arrêté et emmené au Comisaría. A part quoi les élections semblaient se dérouler dans le calme, tout au moins dans le quartier de Salamanca.

SOL

Au bureau, Bernal confia à Navarro la tâche de retrouver la trace du jeune frère de Lidia Cortés Díaz, dont le prénom ne figurait pas dans le rapport de la Compagnie du Métro en date du 16 mars 1939. En revanche, on y donnait l'adresse de la jeune morte et, avec ce renseignement et les fichiers de la D.N.I., tenus sans interruption depuis avril 1939, ainsi qu'avec les vieilles archives subsistant de la Seconde République, on devrait pouvoir le retrouver en quelques jours.

A 9 heures du matin, ils reçurent un appel téléphonique de Juan Lista.

— Monsieur le commissaire ? Je crois que j'ai dégoté quelque chose. Enfin, j'ai comme un pressentiment.

Bernal faisait toujours confiance aux « pressentiments » de Lista, qui, dans le passé, s'était bien souvent révélés exacts.

— De quoi s'agit-il, Lista ?

— Voilà, chef. Hier soir, la dernière adresse de ma liste de dentistes était située dans l'Avenida de Concha Espina, juste au-dessus de la Plaza de Los Sagrados Carazones. Quand j'y suis arrivé, j'ai vu qu'il s'agissait d'une de ces vieilles maisons bourgeoises de la colline. Une jeune réceptionniste m'a demandé d'attendre, et elle a porté la photo du moulage dentaire au dentiste. Mais elle est revenue presque aussitôt en me disant que le docteur était parti après avoir reçu son dernier client de la journée. Elle m'a demandé de repasser aujourd'hui. J'ai eu l'impression très nette qu'elle mentait, ou qu'elle était effrayée. Je viens d'y retourner, et la porte du cabinet est bouclée, avec un écriteau « fermé » accroché dessus.

— Et qu'est-ce qui te fait penser qu'il y a quelque chose d'anormal là-dedans, en dehors du comportement de la réceptionniste, hier soir ? demanda Bernal. Après tout, c'est le jour des élections, et elle l'avait probablement oublié.

— Il n'y a pas que ça, chef. Il y a les plantes derrière un vitrage, près de l'entrée privée, sur le flanc de la maison. Elles ressemblent à celles des photos que nous a envoyées l'Institut de Botanique.

— J'arrive avec Varga. Donne-moi l'adresse exacte. Il vaut mieux que tu nous attendes devant la maison, dit Bernal. Comment s'appelle ce dentiste, à propos ?

— Roberto Cortés Díaz.

— Ça pourrait être notre homme, Lista. S'il sort de chez lui, retiens-le jusqu'à notre arrivée sous n'importe quel prétexte. S'il essaie de filer, fais usage de ton pistolet d'ordonnance.

Finalement, Bernal emmena Varga, le technicien, et deux policiers en civil, et ils foncèrent dans la Calle de Alcalá et dans la côte de Castellana ; la sirène hurlait et le gyrophare bleu clignotait. Lorsqu'ils arrivèrent au bas de Concha Espina, Bernal ordonna au chauffeur de couper la sirène et d'éteindre le phare tournant.

— Inutile de le prévenir trop longtemps à l'avance.

ALFONSO XIII

Lista les attendait devant la maison.

— Personne n'est entré ni sorti, chef. Comme vous le voyez, la porte du cabinet donne sur l'avenue, tandis que l'entrée privée est sur le côté, où il y a un garage en sous-sol. J'ai aperçu les schizanthus par le panneau vitré situé le long de l'entrée privée.

— Et personne n'a répondu quand tu as frappé à la porte, Lista ?

— Non, chef, alors j'ai descendu l'avenue jusqu'à la cabine téléphonique pour vous appeler. Puis-je vous demander pourquoi vous pensez que ce Cortés pourrait être l'assassin ?

— J'ai trouvé quelque chose dans les archives du Métro de l'année 1939, figure-toi. On va encore frapper à la porte de la maison et sonner à celle du cabinet. Paco a téléphoné à l'inspecteur du secteur pour le prévenir que nous étions en route. Il ne devrait pas tarder à arriver. (Ils eurent beau cogner et carillonner, aucune des deux portes ne s'ouvrit.) Varga, il va falloir que vous forciez la serrure. Si nous faisons une épouvantable erreur, c'est moi qui payerai les pots cassés. Vous deux, dit Bernal aux policiers en civil, vous vous postez chacun devant une issue, au cas où le suspect essaierait de filer.

Varga força très rapidement la serrure et, pistolet

au poing, ils pénétrèrent dans le vestibule vitré orné de pots de schizanthus. Varga ouvrit la porte intérieure et tendit l'oreille. On n'entendait qu'un léger tapotement, provenant d'une pièce donnant sur le corridor, et le tic-tac d'une grande horloge murale. Ils longèrent le corridor, en jetant un coup d'œil dans chacune des pièces devant lesquelles ils passaient, jusqu'à la porte fermée derrière laquelle on entendait le tapotement. Lista tourna le bec-de-cane et poussa à peine le vantail, tout doucement, tandis que Bernal se postait le long du chambranle, pistolet braqué. Lista jeta un coup d'œil par l'entrebâillement, adressa un signal à Bernal, et ils firent irruption dans la pièce.

Ils furent surpris de n'y trouver qu'une minuscule vieille dame, assise dans un rocking-chair, et qui se balançait lentement d'avant en arrière, ses mains noueuses crispées sur les accoudoirs de bois sculpté. Bernal envoya Lista et Varga examiner l'office et la cuisine, à l'arrière de la maison, et s'approcha de la vieille dame, qui tourna ses yeux éteints vers le store à demi baissé de la fenêtre.

— Je m'excuse de vous déranger, señora. Je cherche Señor Cortes.

Elle ne manifesta d'aucune manière qu'elle l'avait entendu ou vu, et Bernal comprit, à l'aspect relâché des muscles faciaux et de la bouche, qu'elle avait été victime d'une attaque ou était atteinte d'une forme quelconque de paralysie. Elle était très, très âgée, et portait une coiffe de dentelle blanche comme on n'en voyait plus depuis le début du siècle.

La pièce était encombrée par tout un bric-à-brac du XIXe siècle, et, à côté de la vieille dame, sur un guéridon couvert d'un napperon de chenille dorée, il y avait une rangée de portraits de famille dans des cadres d'argent terni ; devant, on avait posé un vase contenant un petit bouquet de violettes. Bernal se demanda laquelle de ces photographies représentait Lidia Cortés Díaz, mais il n'osa pas les examiner de trop près.

Lista et Varga revinrent en déclarant qu'il n'y avait personne d'autre au rez-de-chaussée.

— Je n'ai pas l'impression qu'elle ait conscience de notre présence, dit Bernal à mi-voix. C'est curieux qu'il n'y ait pas de domestique pour s'occuper d'elle. Allons fouiller les étages.

La maison était ancienne et comportait un grand nombre de pièces, dont la plupart semblaient inutilisées. Sur le premier palier, ils se trouvèrent devant plusieurs portes, mais il n'y avait personne dans les chambres ni dans la salle de bains, et aucun signe de désordre. Du palier, une longue galerie, dans laquelle était accrochée une série de portraits à l'huile du XIXe siècle, peut-être ceux des précédents chefs de la famille, conduisait à une autre aile de la maison. Lorsqu'ils atteignirent la grande porte à deux battants du fond, ils constatèrent que celle-ci était fermée à clef.

— Varga, vous vous sentez capable de l'ouvrir sans que nous soyons obligés de l'enfoncer ? chuchota Bernal au technicien.

— Je vais essayer, *jefe*, murmura Varga en sortant de sa poche un trousseau de clefs aux formes bizarres.

Au bout de quelques instants, il réussit à faire jouer la serrure, et Bernal fit signe à ses assistants de se mettre à couvert pendant qu'il entrebâillait la porte en dégainant son pistolet d'ordonnance. La pièce obscure était parfaitement silencieuse. Il chercha le commutateur à tâtons et fut ébloui par la violence de l'éclairage lorsque de gros projecteurs s'allumèrent. Repoussant le vantail petit à petit, il regarda à l'intérieur. Il n'y avait personne.

— Allons-y, dit-il, nous sommes seuls.

Tous trois furent surpris par le spectacle. Au fond de la pièce, les projecteurs illuminaient un drapeau national et deux portraits dans des cadres dorés : l'un était celui de José Antonio Primo de Rivera, fondateur de la Phalange espagnole, le parti fasciste des années 30, l'autre représentait le général Franco en uniforme de chef des armées, ceint de l'écharpe rouge de grand-croix de l'ordre de Saint-Ferdinand. Cette pièce était, en fait, un musée du fascisme espagnol, avec ses murs couverts de photos encadrées et d'affiches, au-dessus de vitrines qui contenaient des armes de l'époque.

— Eh ben ! s'exclama Varga. On se croirait au musée de l'Armée.

— Intéressante collection, dit sèchement Bernal. Ça nous ouvre des horizons sur les obsessions de l'assassin.

Ils ne découvrirent rien d'intéressant aux étages supérieurs et redescendirent dans le hall d'entrée. Là, Lista désigna une petite porte qu'ils n'avaient pas encore remarquée. Elle était fermée à clef, mais Varga vint rapidement à bout de la serrure. Ils se trouvèrent alors dans la partie professionnelle de la demeure. Sur un vestibule ultra-moderne, contenant le bureau de la réceptionniste, donnaient trois portes, marquées « salon d'attente », « cabinet dentaire » et « laboratoire ».

Bernal ouvrit la porte de la rue et demanda au second policier en civil, qui montait la garde au-dehors :

— L'inspecteur du quartier n'est pas encore arrivé ?

— Pas encore, monsieur le commissaire.

Cette partie de la maison se révéla également déserte. Bernal et Varga inspectèrent le laboratoire avec un soin tout particulier, mais n'y trouvèrent que des moulages dentaires et des prothèses à différents stades de réalisation.

— Jette un coup d'œil dans les classeurs, Lista, et tâche de trouver le nom et l'adresse de la réceptionniste, qu'on la fasse venir. L'oiseau s'est visiblement envolé. Je vais lancer un avis de recherche à toutes les forces de police au nom de Cortés Díaz. La D.N.I. devrait pouvoir nous fournir la photographie de sa plus récente carte d'identité. Je vais dire à Paco de faire surveiller tous les avions au départ de Barajas et les gares de chemin de fer. Il a fallu qu'il dispose d'un véhicule quelconque, Lista ; vois si tu trouves son numéro d'immatriculation, qu'on le passe à Paco. Cortés a dû être alerté par les questions que tu as posées hier soir à sa réceptionniste et se douter que nous reviendrions aujourd'hui.

Lista se tira à son honneur de l'examen rapide du contenu des classeurs. Il apporta triomphalement un dossier à Bernal.

— Tous les papiers sont en ordre. Voilà le nom et l'adresse de la réceptionniste, et ses papiers de sécurité sociale. Elle habite au diable, Plaza de Castilla, mais elle a le téléphone.

— Appelle-la et demande-lui de venir. Ne lui dis pas pourquoi.

Bernal examina encore les locaux professionnels, cherchant la resserre ou la cave dont, selon eux, l'assassin disposait, mais il ne la trouva pas. Il constata que le cabinet dentaire possédait un équipement très moderne : fauteuil de soins automatique, roulette à grande vitesse et appareil à rayons X dans un coin de la pièce. Varga et lui fouillèrent une fois de plus le laboratoire, mais il n'y avait ni porte dérobée, ni trappe dans le plancher. Pourtant, la maison paraissait assez ancienne pour comporter un sous-sol.

Bernal téléphona à Navarro.

— Envoie-moi Ángel et Carlos dès leur arrivée. Et Elena : il y a là une vieille dame abandonnée qu'il va falloir conduire dans un endroit où on pourra s'occuper d'elle.

Pour satisfaire immédiatement sa curiosité, Bernal consulta les fiches des clients, rangées par ordre alphabétique dans deux classeurs métalliques gris. Il poussa un soupir de satisfaction. L'affaire commençait à s'éclairer dans son esprit.

Le premier policier en civil l'appela par la porte de communication avec l'antichambre de l'habitation.

— Vous pourriez venir, monsieur le commissaire ? Il vient d'arriver une domestique.

Une petite femme d'une soixantaine d'années, portant un sac à provisions plein de légumes, attendait dans l'entrée, l'air inquiet.

— Qu'est-ce qui se passe ? La señora va bien ? demanda-t-elle.

— Oui, oui, la rassura Bernal. Vous pourrez vous occuper d'elle dans un instant. Nous appartenons à la Direccíon General de Seguridad. Avez-vous vu Señor Cortés ce matin ?

— J'ai préparé le petit déjeuner de Don Roberto comme tous les jours à 8 heures et demie. J'ai l'habitude d'acheter des croissants chauds près de la Plaza en revenant de la messe de 7 heures. Comme je vous le disais, j'ai servi le café dans la salle à manger, mais le señor n'y a pas touché. Après, je suis ressortie faire les courses pour le déjeuner. Il lui est arrivé quelque chose ?

— Nous voulons seulement lui parler de toute urgence. Comment vous appelez-vous ?

— Pilar Vila.

La femme avait les vêtements austères et l'expression servile communs à toute une catégorie de domestiques recrutées dans les villages, mais en voie de disparition rapide.

— Il y a longtemps que vous êtes au service de la famille ? lui demanda gentiment Bernal.

— Plus de quarante-six ans, depuis que la señora était une toute jeune femme. Nous étions cinq domestiques, au temps de l'ancien señor : une cuisinière, une fille de cuisine, une femme de chambre, un valet de chambre et moi. J'étais la caméristе personnelle de la señora, mais, maintenant, il faut que je fasse tout le service toute seule, dit-elle assez amèrement. Il y avait un grand train de maison, dans ce temps-là, mais tout a changé après la guerre.

— Combien d'enfants y avait-il ? lui demanda Bernal.

— Quatorze, et ils avaient tous eu des nounous pour s'occuper d'eux quand ils étaient petits, et des précepteurs. Ceux qui vivent encore sont tous mariés, sauf un, et ils ne viennent plus jamais ici, sauf pour l'anniversaire de la señora et le jour de Noël.

— Quel âge a la señora ?

— Elle a fêté ses quatre-vingts ans, et elle a eu trois attaques qui l'ont laissée très diminuée. Il faut absolument que j'aille m'occuper d'elle.

— Vous irez, vous irez, dit Bernal d'un ton apaisant. Il ne me reste que quelques questions à vous poser. Le reste attendra. Maintenant, parlez-moi des enfants de la señora. L'un d'eux est Don Roberto, le dentiste ?

— Oui, et c'est le seul qui habite encore ici. La pauvre petite Lidia a trouvé la mort dans un accident tragique, pendant les derniers jours de la guerre. Une si charmante enfant ! Elle emplissait la maison de ses rires. Elle est morte un mois avant son treizième anniversaire.

— Et comment est-elle morte ?

— Un accident stupide à la station de métro Sol. Elle a été bousculée par la foule au moment où arrivait une rame pleine de soldats armés, et une baïonnette qu'on portait avec négligence l'a transpercée. Elle s'est vidée de tout son sang. Don Roberto l'accompagnait, ce jour-là... ce n'était qu'un bambin, à l'époque. Ça l'a terriblement marqué ; il n'a plus jamais été le même, après. Et le choc a tué leur pauvre papa. Il est mort l'année suivante, de chagrin, à mon avis. Après, plus rien n'a été pareil, dans cette maison. Je peux aller m'occuper de Doña Laura, maintenant ?

— Oui, oui, bien sûr. Mais, dites-moi, est-ce que Don Roberto possède une voiture ?

— Oui, une grosse voiture française, avec une portière à l'arrière.

— Un break de chasse ?

— Oui, c'est ça. Il est sûrement parti avec ce matin, parce qu'elle n'est plus dans le garage.

— Et, en dehors du laboratoire dentaire, dispose-t-il d'un autre endroit, dans la maison, où il range des affaires ?

— Eh bien, il y a la cave, où il fait sa sculpture. C'est son passe-temps, vous savez. Mais il ne veut pas que je descende donner un coup de balai. Il la tient toujours fermée à clef.

— Où se trouve l'entrée ?

— Il y a une porte sous l'escalier, mais on ne la voit pas, parce qu'il y a du papier peint collé dessus. Je vous la montrerai, seulement je ne sais pas où il range la clef.

SOL

Sur le trottoir, au coin de la Calle de Montera et de la Puerta del Sol, Roberto Cortés Díaz observait l'immeuble de la Gobernación, de l'autre côté de la place. Il n'avait apparemment pas conscience de la foule qui se pressait autour de lui, ni des rugissements des haut-parleurs des camionnettes de l'administration, incitant les gens à aller voter.

Il avait tout de suite compris, la veille au soir, que le visiteur qui montrait à sa réceptionniste la photographie d'une denture était un policier, appartenant probablement à l'équipe de Bernal. Après avoir jeté un coup d'œil sur le document, il avait dit à la jeune fille de répondre qu'il était déjà parti. Il pensait que ça lui ferait gagner du temps, et il avait éprouvé un choc, à 9 heures du matin, au moment où il s'apprêtait à prendre son petit déjeuner, en voyant le même homme frapper à la porte du cabinet. Il savait que Pilar était partie faire les courses au marché. Il avait observé l'intrus qui essayait l'entrée de l'habitation, puis s'éloignait en descendant l'avenue. Roberto avait sauté sur l'occasion, sorti la voiture du garage et pris la direction opposée.

Bernal commençait peut-être à le soupçonner, mais quelles preuves avait-il contre lui ? Aucune. Il lui montrerait qu'il était capable de damer le pion même à un *superpolicía*. Roberto serra plus fortement le paquet allongé qu'il portait et entreprit de traverser la Puerta del Sol.

ALFONSO XIII

L'inspecteur Quintana, du district de Chamartín, accompagné de deux agents en tenue, était maintenant arrivé à la maison de Concha Espina, et Bernal lui exposait ses soupçons à l'encontre du dentiste, Roberto Cortés Díaz.

— Voulez-vous appeler le substitut, Quintana, et l'informer que nous procédons à une perquisition sans mandat, en raison de l'extrême urgence ?

Entre-temps, Lista avait déniché les papiers de la voiture de Cortés dans le tiroir d'un secrétaire, et il téléphonait le numéro d'immatriculation à Navarro, qui allait le transmettre au service de la circulation.

Varga constata que la porte de la cave était équipée d'une serrure à l'ancienne mode, en plus d'une serrure moderne à gorges. Cette dernière ne présentait aucune difficulté, mais la vieille serrure lui donna du fil à retordre. Lorsque la porte fut enfin ouverte, il appela le commissaire Bernal et chercha un interrupteur. Les premières marches étaient vaguement éclairées, mais au bas de l'escalier, l'obscurité était quasi totale.

— Je ne trouve pas la lumière, chef, dit Varga en allumant une lampe de poche.

Il promena le faisceau lumineux autour de la cave, et ils furent surpris de voir surgir des ténèbres des rangées de silhouettes féminines, les unes debout, les autres assises ou couchées, et se ressemblant toutes beaucoup.

— Voilà d'où venaient les mannequins, chef. Je vais voir si l'interrupteur est de l'autre côté.

Brusquement, la cave fut brillamment éclairée par deux tubes au néon qui s'allumèrent en clignotant, et ils constatèrent qu'ils se trouvaient dans un vaste atelier, meublé de deux établis couverts de plaques de polystyrène découpées.

— Il y a une bonne vingtaine de statues, chef, dit

Varga, et elles sont toutes pareilles. Dans quel but les a-t-il faites ?

— Je crois qu'elles sont censées ressembler à sa sœur, telle qu'il se la rappelait avant qu'elle ne soit tuée, fit Bernal à mi-voix. Où croyez-vous qu'il a dépecé le corps de la première victime ?

Varga examina attentivement le sol cimenté.

— Pas trace de gouttes de sang ici. Mais il y a une porte au fond. Je vais voir ce qu'il y a derrière. (Varga poussa l'étroit vantail, qui donnait sur une autre cave.) Il y a une salle de bains là-dedans, chef, et le sol est tapissé de feuilles de polythène.

Bernal alla le rejoindre, voulant se rendre compte par lui-même.

— La baignoire a été nettoyée, Varga, mais j'aperçois des petites taches brunes autour de la vidange. Pouvez-vous vérifier si c'est du sang ?

— Il me faut ma sacoche.

Pendant que Varga allait chercher son équipement, Bernal se mit en quête des instruments chirurgicaux que l'assassin avait dû utiliser. Dans un petit placard, il trouva un long étui noir, qu'il ouvrit avec les plus grandes précautions pour ne pas brouiller les empreintes éventuelles. A l'intérieur miroitait un assortiment d'outils de chirurgien, dont une scie.

Lorsque Varga fut de retour, Bernal lui montra la trousse.

— Il disposait du matériel nécessaire pour découper cette fille, et il doit avoir appris un peu d'anatomie pendant la première partie de ses études de dentisterie.

— J'examinerai la scie tout à l'heure, chef.

Varga prit une petite feuille de papier buvard blanc

et l'appliqua délicatement sur les taches brunes de la baignoire. Puis, avec une pipette de verre, il prit quelques gouttes d'une solution saturée de benzidine dans de l'acide acétique et les fit tomber sur le papier absorbant, qui vira au bleu aux endroits où il avait touché les taches suspectes.

— C'est positif, chef, mais, évidemment, des fruits frais ou du lait produiraient le même résultat. Je vais essayer le test de la leucomalachite.

Avec un couteau propre, il gratta l'une des taches de la baignoire et déposa la substance brune sur un papier filtre, puis, avec un petit tube de verre, fit couler dessus une goutte de réactif. Il déclencha son chronographe et, au bout de dix secondes, la tache vira au vert. Bernal, captivé, observait l'opération, tandis que Varga gardait un œil sur sa montre. Au bout d'une minute, la tache devint gris-bleu.

— C'est indiscutablement du sang, chef, mais on ne saura s'il est humain ou animal que quand l'hématologiste aura procédé en laboratoire aux tests microchimiques de Teichmann et Strzyzowski.

— Néanmoins, dit Bernal, nous avons déjà suffisamment de preuves circonstantielles pour poursuivre notre enquête. Vous vous rendez compte que Paloma Ledesma, María Luz Cabrera et Flores étaient tous des clients à lui ? Le voilà, le lien entre les victimes que nous cherchions vainement depuis le début de l'affaire. Regardez si vous trouvez leurs vêtements et la provenance des vieilles nippes.

— Certains de ces mannequins sont vêtus de vieux vêtements, fit remarquer Varga. Je les examinerai au labo pour voir si j'y trouve des traces de cette moisissure saprophyte. En tout cas, ça sent l'humidité, ici.

— Et où a-t-il caché le corps de la première victime avant de la couper en morceaux ? Ça a dû laisser des traces.

— Je ferai des recherches approfondies, chef, mais puis-je demander à mon assistant de venir ? Il y a trop de boulot pour moi seul.

— Bien sûr, approuva Bernal. Navarro doit envoyer Miranda et Gallardo dès qu'ils arriveront au bureau. Ils fouilleront les étages supérieurs. Il faudra aussi que .je fasse venir Peláez, ou un dentiste qualifié, pour comparer les fiches dentaires avec le moulage de la fille dépecée. Il y a bien des chances pour que celle-là aussi ait été une cliente.

SOL

A midi et demi, Elena Fernández avait terminé sa liste de dentistes sans obtenir d'identification, et elle s'arrêta pour boire un café dans le petit bar situé au coin de Sol et de Carretas, avant de monter au bureau faire son rapport. Elle était fatiguée, d'autant plus que son père l'avait fait lever à 7 h 30 pour aller voter avec le reste de la famille. Elle savait qu'il avait eu beaucoup de mal à faire son choix entre deux partis : celui des fascistes extrémistes, qui se considéraient comme les héritiers de Franco, et le centre-droit de l'Unión del Centro Democrático, qui était en fait son héritier. Elle sentait que la décision de son père de voter finalement pour ce dernier était en réalité dictée par ses intérêts professionnels d'entrepreneur, et elle s'amusait : il était sûr que toute sa famille voterait sans hésitation pour le parti choisi par lui.

Au moment où elle sortait reposée du café, elle resta brusquement clouée au sol en apercevant un grand type massif, au visage maigre, arrêté sur le trottoir devant la Gobernación. Il portait un long paquet enveloppé de papier brun et levait les yeux vers l'immeuble de la D.G.S.

Je suis certaine que c'est le suspect, se dit Elena. C'est l'homme que la vendeuse de billets m'a désigné à Cuatro Caminos. Elle se demanda ce qu'elle devait faire. Elle n'avait pas le temps de remonter au bureau prévenir Navarro. Si elle rentrait dans le bar pour téléphoner, le suspect risquait de s'en aller, et elle ne le retrouverait pas. Elle était sur le point de crier au *guardia* en faction au coin de la Gobernación d'arrêter l'inconnu lorsque celui-ci se mêla rapidement à la foule. Elena le suivit avec une extrême nervosité. Elle avait acquis quelques notions de filature au cours des séances d'entraînement de l'Ecole de police, mais c'était la première fois qu'elle devait suivre quelqu'un pour de vrai et toute seule.

Si elle se décidait à appeler un agent, ça prendrait du temps de lui montrer sa plaque officielle et de le convaincre d'agir ; le suspect risquait de profiter de la confusion pour s'éclipser. Non, elle allait le filer, et quand il s'arrêterait dans un endroit où il aurait l'air de vouloir rester un moment, elle téléphonerait au bureau. Le suspect descendit l'escalier de la station de métro Sol, et Elena en fit autant, non sans appréhension.

ALFONSO XIII

Dans la maison de l'Avenida de Concha Espina, Varga avait trouvé l'endroit où Cortés avait dû entreposer le cadavre.

— C'est une cave à charbon désaffectée, expliqua Varga. Et c'est suffisamment humide pour avoir provoqué la formation d'adipocire décrite par le Dr Peláez.

— Et les vêtements ? demanda Bernal.

— Il y a un coffre plein de vieilles frusques, datant des alentours de 1910, à en juger par leur style. Peut-être que la domestique, Pilar, pourra nous dire s'ils sont là depuis longtemps.

L'inspecteur Quintana vint avertir Bernal que la réceptionniste du dentiste venait d'arriver.

— Pourquoi ne resteriez-vous pas avec Lista et moi pendant que nous l'interrogeons ? dit Bernal. On va faire ça dans son bureau, elle s'y sentira plus à l'aise.

La réceptionniste, qui s'appelait Trinidad Juanes, avait une trentaine d'années et portait des lunettes qui cachaient la beauté naturelle de ses traits.

— Depuis combien de temps travaillez-vous chez Señor Cortés, señorita ? lui demanda Bernal.

— Ça fait deux ans tout juste, monsieur le commissaire, répondit-elle d'une voix douce.

— Avez-vous remarqué quelque chose d'anormal dans son comportement, ces derniers temps ?

— A dire vrai, oui. Il a beaucoup changé depuis deux mois. (Elle hésita.) En tout cas, depuis le départ de l'infirmière.

— Et pourquoi est-elle partie ?

— Je crois que c'est à cause de l'incident de la jeune Portugaise blonde qui était venue se faire arracher une dent.

— Quand cela s'est-il produit ?

— A la mi-avril. Cette jeune fille est arrivée ici un après-midi, souffrant beaucoup, et le docteur a accepté de la recevoir. Ce n'était pas une cliente du cabinet. Señor Cortés était bizarre ; il la regardait fixement en répétant quelque chose entre ses dents.

— Etait-ce un nom ? demanda Bernal.

— Oui, il aurait pu s'agir d'un nom. La jeune fille ne connaissait que quelques mots d'espagnol, et il m'a fallu un certain temps pour établir sa fiche. Et, pendant tout ce temps-là, il n'a pas cessé de la regarder en marmonnant. Il paraissait très troublé.

— Comme s'il pensait avoir affaire à quelqu'un d'autre ?

— C'est ça, monsieur le commissaire, vous avez mis le doigt dessus. Comme si c'était une personne qu'il croyait avoir connue autrefois.

— Vous pourriez me montrer sa fiche ?

— Oui, bien sûr. Elle s'appelait Sousa. Voyons voir... (Elle ouvrit le fichier à la lettre S et compulsa les fiches.) C'est drôle, elle a disparu. Pourtant, je suis sûr de l'avoir tapée à la machine le lendemain.

— Racontez-nous ce qui est arrivé cet après-midi-là.

— Il me semble que c'était un vendredi soir. Oui, j'en suis certaine, parce que j'avais rendez-vous à 8 h 30 avec mon fiancé pour dîner au restaurant. Señor Cortés et l'infirmière ont radiographié Mlle Sousa, et j'ai entendu le docteur dire qu'il allait falloir procéder à l'extraction d'une molaire. Je crois que c'était la seconde molaire inférieure gauche, et il a dit que la dent de sagesse barrait la racine. Il a décidé de procéder à une anesthésie locale, et il m'a demandé de m'occuper de la cliente pendant une dizaine de minutes, le temps que la piqûre agisse. La jeune fille était très effrayée, et j'ai essayé de la rassurer.

— Qu'est-ce qui s'est passé ensuite ?

— Eh bien, je n'y ai pas assisté, mais j'ai compris que Señor Cortés avait des difficultés avec l'extraction. La couronne s'est brisée, et il a dit qu'il allait falloir faire une anesthésie générale pour ouvrir la gencive. J'ai entendu l'infirmière discuter avec lui, mais il a administré une injection de penthotal. Pendant qu'ils attendaient qu'elle fasse effet, l'infirmière est sortie du cabinet et m'a chuchoté que le docteur se conduisait très bizarrement. Elle estimait qu'il aurait dû envoyer la jeune fille dans une clinique dentaire.

— Mais il a persisté dans sa décision d'extraire la racine ?

— Oui, et ça lui a donné beaucoup de mal. Je l'entendais jurer. La jeune Portugaise était la dernière cliente de la soirée, et je m'apprêtais à partir quand l'infirmière a poussé un cri et est sortie du cabinet en trombe, blanche comme un linge. « Elle a cessé de respirer, m'a-t-elle dit, et il n'y a plus de pouls. — Est-ce que je dois appeler une ambulance ? » lui ai-je demandé. Mais Señor Cortés est arrivé, et il a dit : « Je crois que tout danger est écarté, mademoiselle. Mais vous pouvez quand même aller chercher le Dr Sánchez au bout de la rue, à tout hasard. Inutile d'appeler une ambulance. » L'infirmière a enfilé son manteau et est partie en courant.

— Elle n'est pas retournée dans le cabinet ? demanda Bernal.

— Non, monsieur le commissaire, pas à ce moment-là, en tout cas. Ensuite, Señor Cortés m'a dit que je pouvais rentrer chez moi, que la patiente sortait d'anesthésie tout à fait normalement. Ça m'a étonnée, et j'ai proposé de rester, au cas où il aurait besoin de quelque chose. D'habitude, il me demandait de l'aider à promener les patients pour qu'ils reprennent leurs esprits.

— Donc vous êtes partie. Vous ne savez pas si le médecin est venu ?

— J'ai demandé le lendemain au Señor Cortés, et il m'a dit qu'il n'était arrivé qu'au bout de vingt minutes et que, entre-temps, Mlle Sousa était revenue à elle et qu'il l'avait emmenée chez lui pour lui faire boire une tasse de café. Il ne lui avait pas demandé d'honoraires, compte tenu des circonstances.

— L'infirmière est venue au cabinet, le lendemain ? demanda Bernal.

— Non, et je ne l'ai pas revue depuis. Il lui a envoyé sa paye par la poste, plus un mois de salaire à titre de préavis. Il a dit qu'elle avait tendance à perdre son sang-froid.

— A-t-il engagé une autre infirmière ?

— Il a passé une petite annonce, mais il dit que, jusqu'ici, aucune de celles qui se sont présentées ne convenait.

— Il travaille donc tout seul depuis deux mois ?

— Oui, et il fait tout lui-même. C'est très étrange, vraiment.

— Si vous nous donniez le nom et l'adresse de l'infirmière qui est partie, señorita, nous pourrions nous mettre en rapport avec elle.

— Bien sûr, dit-elle. Je vais vous les noter. (Bernal passa la carte à Lista, qui la prit et sortit de la pièce.) Pouvez-vous me dire de quoi il s'agit, monsieur le commissaire ? Il est arrivé quelque chose à Señor Cortés ?

— Il est arrivé quelque chose à l'une de ses clientes, señorita, et, pour le moment, nous ne parvenons pas à joindre Señor Cortés. Maintenant, j'aimerais que vous me cherchiez les noms suivants dans vos classeurs : Eusebio Flores García ; María Luz Cabrera Salazar ; Paloma Ledesma Pascual. (Elle sortit une par une les fiches correspondantes.) Je suppose que vous notez la date de toutes les visites ?

— Oh oui, ainsi que les soins donnés. Ensuite j'envoie une facture, si ce sont des clients qui payent sur relevé, ou bien ils règlent la visite immédiatement.

— Voulez-vous consulter les dates des dernières visites de ces trois personnes ?

— Elles sont toutes venues récemment, en mai ou en juin.

— Après le départ de l'infirmière ?

— Oui, c'est exact.

— Est-ce que vous vous rappelez la dernière visite de chacune d'elles ?

— Eh bien, je me souviens de Señorita Ledesma. Ça fait des années qu'elle vient ici, et elle se montre toujours très amicale. D'habitude nous bavardons un moment, mais, le jour de sa dernière visite, où elle venait se faire faire un simple détartrage, Señor Cortés m'a envoyée chercher des tampons d'ouate chez le pharmacien de la Plaza.

— Ce qui fait que vous ne l'avez pas vue partir ?

— Non, je ne l'ai pas vue.

— Et Señorita Cabrera ?

— Elle voulait qu'on lui pose un bridge de contention en or pour resserrer un intervalle entre les prémolaires inférieures gauches. Señor Cortés lui avait donné rendez-vous en ville ce soir-là pour l'emmener dans un laboratoire dentaire spécialisé, afin qu'on lui ajuste l'appareil. Il avait relevé auparavant toutes les mensurations nécessaires.

— Vous vous rappelez où il devait la retrouver ?

— Dans la Calle de Velázquez, je crois. L'heure m'a paru bien tardive pour un rendez-vous de ce genre, mais Señor Cortés a dit que le mécanicien-dentiste ne pouvait pas les recevoir à un autre moment. Elle devait revenir ici pour qu'il fixe le bridge.

— Et Flores ?

— Oh, vous parlez du travesti ? Je ne crois pas que le docteur s'en soit aperçu, mais j'ai rempli sa fiche d'après son *carnet de identidad*. Il n'avait besoin que d'un petit plombage.

— Vous l'avez vu partir ?

— Maintenant que j'y repense, non, je ne l'ai pas

vu. Je suis allée préparer du café, et il a fallu que je sorte en acheter chez l'épicier. Il avait payé avant la visite, parce que ce n'était pas un client habituel.

— Señor Cortés emploie toujours le penthotal pour les anesthésies générales et la cocaïne pour les insensibilisations locales ?

— Le penthotal, oui, mais ça fait des années qu'il ne se sert plus de cocaïne. (Bernal parut troublé.) Il utilise maintenant un succédané, le chlorhydrate de procaïne. J'en suis sûre, parce que c'est moi qui passe les commandes de fournitures.

— Vous êtes certaine qu'il n'emploie jamais de cocaïne ?

— Il se peut qu'il en ait encore dans l'armoire à pharmacie. C'est lui qui en a la clef.

— Nous irons voir ça tout à l'heure. Dites-moi, señorita, comment est-il, en tant que patron ?

— Plutôt froid et distant. Je n'ai jamais su exactement ce qu'il pensait. Evidemment, il y a la vieille dame et la domestique qui la soigne, il a des soucis. Mais c'est un solitaire. Il ne semble pas avoir d'amis. Il passe beaucoup de temps dans son atelier du sous-sol.

— Vous y êtes descendue ?

— Non, jamais. Je ne pense pas que personne y soit allé. Je crois qu'il y fait de la sculpture.

SOL

Dans le bureau de Bernal, Navarro organisait l'alerte générale pour retrouver Roberto Cortés Díaz. Il avait envoyé Carlos Miranda et Ángel Gallardo prêter main-forte au commissaire à Concha Espina. Il était surpris qu'Elena ne se soit pas encore manifestée, à 2 heures passées. Le téléphone sonna et il décrocha.

— Service du Commissaire Bernal, inspecteur Navarro à l'appareil. (Il écouta un instant.) Je vois. Félicitations au service de la circulation pour l'avoir localisé aussi rapidement. Dans le parking souterrain de la Plaza del Carmen, dites-vous ? Très bien. Merci.

Il appela aussitôt Bernal pour l'informer qu'on avait retrouvé la voiture de Cortés.

BILBAO

Elena Fernández commençait à avoir peur de se faire repérer par le suspect. Elle l'avait suivi dans une rame de la ligne 1 se dirigeant vers le nord, mais il en était descendu à Bilbao et avait pris la correspondance avec la ligne 4, où ils se trouvaient actuellement sur le quai direction est. Elle était absolument convaincue que cet homme était l'assassin du métro, et elle se demandait ce qu'il transportait dans son paquet allongé. Elle frissonna et eut la nausée en pensant à ce que ça pouvait être. Elle s'était assurée qu'il ne l'abandonnait pas quelque part, dans un coin du wagon ou sur un siège de la station.

Il n'y avait pas grand monde sur le quai, aussi resta-t-elle à bonne distance du suspect, en feignant de consulter le plan mural du réseau, tout en surveillant son gibier du coin de l'œil. Lorsque la rame arriva, celui-ci ne fit pas un geste pour y monter, et elle se demanda s'il remarquerait qu'elle aussi restait sur le quai après le départ du métro. Mais, apparemment, il ne s'intéressait nullement à elle. Il se contentait d'examiner toutes les voitures lorsqu'elles passaient devant lui, et il se décida à monter à la dernière minute. Elle réussit à sauter dans le wagon suivant juste au moment où les portes se refermaient.

ALFONSO XIII

A 2 heures et quart, Bernal interrogeait l'ancienne infirmière du dentiste, que l'on avait retrouvée chez un praticien de Ciudad Lineal. L'inspecteur Quintana était allé la chercher avec sa voiture.

Asunción Mora était pâle et paraissait inquiète en présence de Bernal.

— Pouvez-vous me dire pour quelle raison vous avez quitté votre emploi chez Señor Cortés ?

— A cause de son comportement invraisemblable,

monsieur le commissaire. La plupart du temps, c'était un homme tout à fait normal, calme, posé, même en cas de complication. Il y a des dentistes qui s'affolent, vous savez. Mais, il y a deux mois, il a procédé à une extraction d'urgence sur une jeune Portugaise, et j'ai trouvé sa conduite tout à fait étrange.

— Etrange en quoi, señorita ?

— D'abord, il lui a fait une anesthésie générale alors qu'elle avait déjà été insensibilisée à la procaïne, pour une extraction qu'il ne pouvait pas espérer mener à bien, à mon humble avis. La racine était barrée par une troisième molaire incluse et c'était du ressort de la clinique, ça me paraissait évident. Mais on aurait dit qu'il avait perdu la tête, qu'il n'admettait pas d'échouer. Je surveillais la respiration et le pouls de la patiente et, soudain, ils se sont arrêtés tous les deux. J'ai eu la conviction qu'elle était morte, et je me suis précipitée au téléphone pour appeler une ambulance. Mais il m'a expédiée chez le Dr Sánchez, qui habite en bas de la côte, en disant qu'il avait commencé à lui faire de l'oxygène et qu'elle revenait à elle. Le médecin était sorti, mais on l'attendait d'une minute à l'autre. Je suis revenue ici avec lui, mais, quand nous sommes arrivés, la patiente était partie.

— A-t-il expliqué ce qui s'était passé ?

— Il a dit qu'il l'avait emmenée chez lui et qu'il lui avait fait boire du café. Une fois remise, il l'avait renvoyée chez elle. Au début, ça m'a paru difficile à croire, mais je reconnais que je m'étais affolée quand le coeur de la jeune fille avait cessé de battre. Je ne pensais pas qu'il serait possible de la ranimer. De toute façon, j'étais terrifiée, et je lui ai demandé mon congé, qu'il m'a accordé sans discussion. Il m'a même envoyé un mois de salaire en plus.

— C'est la seule expérience désagréable que vous ayez eue pendant le temps que vous avez travaillé ici ?

— Oui, mais ça m'a suffi.

GOYA

Elena surveilla le suspect par la vitre de la porte de communication entre les voitures pendant que la rame de la ligne 4 roulait vers l'est. A un moment, elle eut l'impression qu'il avait commencé à déballer son paquet, mais son champ visuel était limité par la petite fille placée devant lui. Elle remarqua qu'il observait celle-ci avec une intensité anormale, et elle se mit à avoir peur pour la fillette. Elle tâta son petit revolver d'ordonnance, dans son sac à main, mais le suspect descendit à Goya. Elena en fit autant et le précéda sur le quai, certaine qu'il la remarquerait si elle le suivait. Elle s'arrêta pour regarder une affiche et vit qu'il s'était assis sur un banc et tripotait son paquet.

Prenant une brusque décision, Elena entra dans le bureau vitré du chef de station et montra à celui-ci sa plaque de police.

— M'autorisez-vous à utiliser votre ligne de téléphone avec l'extérieur ?

— Bien sûr, mademoiselle.

Elle composa le numéro de la D.G.S. et demanda le bureau de Bernal. On la fit attendre.

— Dans combien de temps la rame suivante doit-elle arriver ? demanda-t-elle au chef de station.

— Dans trois minutes, si elle est exacte.

— Quel numéro portera-t-elle ?

— Le numéro 28.

Navarro vint en ligne.

— Paco, c'est Elena. J'ai repéré le suspect sur la Puerta del Sol en rentrant au bureau. Il transporte un paquet allongé. Je l'ai suivi jusqu'ici, à la station de métro Goya, où il est assis sur un banc, sur le quai direction nord de la ligne 4. Nous avons déjà emprunté deux métros, car nous sommes passés par Bilbao. La rame qui va arriver ici porte le numéro 28, direction nord.

— Ne le lâchez pas, Elena, mais ne vous approchez de lui sous aucun prétexte. Il est très dangereux. C'est un dentiste nommé Roberto Cortés Díaz, et le patron est en ce moment en train de fouiller son domicile, à Concha Espina. Vous devriez trouver un agent en tenue dans la plupart des stations. Appelez-en un pour vous prêter main-forte si le suspect se livre à un acte de violence. Surtout, soyez prudente, et téléphonez quand vous pourrez.

— Le métro arrive, Paco. Je vous rappellerai.

SOL

Navarro prit immédiatement contact avec Bernal et lui fit part de l'initiative d'Elena.

— J'arrive immédiatement, Paco, pour diriger les recherches. Espérons qu'elle file le vrai coupable. Je vais envoyer du monde dans la rame numéro 28, puisqu'ils se dirigent vers nous.

GOYA

Elena regarda par les vitres du bureau lorsque le métro s'arrêta le long du quai. Mais le suspect ne bougea pas de son siège. Elle remarqua qu'il ne portait plus de paquet et qu'il avait déposé le papier d'emballage, soigneusement plié, sur le banc, à côté de lui. Après le départ du train, il se leva et se dirigea vers la sortie au-dessus de laquelle une pancarte annonçait : *Correspondencia Línea 2, Ventas — Cuatro Caminos.* Ainsi, il allait une fois de plus changer de ligne. Et elle n'avait plus le temps de rappeler Navarro.

Restant à distance prudente derrière le suspect, elle s'aperçut qu'il dissimulait un objet encombrant sous son imperméable.

ALFONSO XIII

Bernal, de plus en plus inquiet pour Elena, expédia Miranda et Lista en voiture à la station Alfonso XIII pour y retrouver la rame numéro 28, pendant que l'inspecteur Quintana appelait son commissariat, dans la Calle de Cartagena, et donnait des ordres pour que quelques-uns de ses agents descendent dans la station Cartagena, qui occupait une position intermédiaire sur le parcours. Au moins, Elena verrait les *grises* et pourrait au besoin les appeler à la rescousse.

En attendant, Bernal décida de retourner à Sol dans la voiture de service en compagnie d'Ángel Gallardo. Au moment où il partait, la vieille domestique vint le trouver. Elle paraissait inquiète.

— Je me suis aperçue qu'il manque quelque chose sur le mur de la galerie, monsieur le commissaire, là où Don Roberto expose sa collection de souvenirs de la guerre civile.

— De quoi s'agit-il, Pilar? Qu'est-ce qu'il a emporté ?

— Une baïonnette, répondit-elle timidement. Je viens de remarquer l'espace vide entre les autres armes.

— Tous les pistolets sont là ?

— Oui, je pense. Il ne manque que la baïonnette.

— Merci, Pilar, on va s'occuper de ça. Ne vous faites pas de souci.

Dans la voiture, Bernal contacta Navarro par radio.

— Elena a-t-elle signalé que le suspect portait un paquet allongé ?

— Oui, chef. Il l'avait encore à la station Goya, quand elle a téléphoné.

— Ce paquet contient probablement une baïonnette de la guerre civile. Oui, une baïonnette, alors les choses se présentent mal. Espérons qu'elle n'essayera pas de l'arrêter. Préviens-la dès qu'elle téléphonera. Terminé.

GOYA

Elena fila le suspect prudemment, en laissant d'autres voyageurs s'interposer entre eux dans les couloirs et les escaliers qui reliaient les lignes 4 et 2. Elle pressa un peu le pas pour voir vers laquelle des deux voies se dirigeait Cortés. Ah, celle allant vers l'ouest, direction Opera et Cuatro Caminos. Elle se rendit compte qu'il tournait en rond. S'efforçait-il de la semer, ou errait-il sans but de station en station ?

Elle continuait à se demander ce qu'il avait caché sous son trench-coat. Elle espérait que ce n'était pas quelque débris macabre. Mais si c'était le cas, pourquoi l'avoir déballé ? Elle commença à envisager qu'il pourrait s'agir d'une arme. Qu'est-ce que ça pouvait être ? C'était manifestement beaucoup trop court pour une carabine et trop long pour un pistolet, même équipé d'un silencieux. Un fusil à canon scié ? Ça ne paraissait pas assez volumineux.

Elle hésita à courir le risque de rappeler son

bureau. Le suspect était de nouveau assis sur un des bancs du quai, la tête baissée. Il n'avait pas donné l'impression de regarder derrière lui pour voir s'il était suivi. A ce moment-là, elle entendit le bruit d'une rame qui approchait, se dirigeant vers l'ouest. Lorsque la motrice passa à sa hauteur, elle regarda l'écriteau portant le numéro de la rame, dans la cabine du conducteur. Numéro 43. Peut-être aurait-elle la possibilité de téléphoner d'une autre station.

Mais le suspect n'essaya pas de monter dans une voiture. Le sifflet retentit et les portes se refermèrent. Elle décida de se mêler aux voyageurs qui étaient descendus et de passer devant l'assassin pour atteindre le bureau du chef de station.

SOL

Lorsqu'il arriva à son bureau, Bernal reçut les rapports des stations Cartagena et Alfonso XIII : pas trace d'Elena ni du suspect sur la ligne 4, et on ne les avait pas repérés non plus aux stations intermédiaires. Navarro et lui étudièrent le grand plan mural du réseau souterrain.

— On va rappeler Miranda et Lista. Il se peut que nous ayons besoin d'eux. Tu te rends compte, Paco, qu'à la station Goya, l'assassin peut avoir changé d'avis et emprunté la ligne 2 dans une direction ou dans l'autre, dit Bernal. Il s'est peut-être aperçu qu'il était filé. On va appeler le directeur du Métro et lui demander s'il peut nous brancher directement sur le poste de contrôle central de Sol. Nous pourrions même interrompre un instant le service, en cas de nécessité, le temps de fouiller les trains et les stations.

— Si seulement on pouvait prévenir Elena qu'il est armé d'une baïonnette, chef, dit Ángel qui s'était approché pour consulter le plan.

Navarro téléphonait d'un ton pressant à la Compagnie du Métro.

— Le directeur voudrait vous parler personnellement, chef.

GOYA

Elena allait entrer dans le bureau du chef de station pour téléphoner lorsqu'elle vit le suspect se lever lentement, avec l'air de quelqu'un qui vient de prendre une décision. Il jeta un regard circulaire sur le quai, et elle se hâta de se retourner pour lire les avis officiels affichés sur les vitres du bureau. Elle entendit une rame approcher. Numéro 44, direction ouest, calcula-t-elle.

Elle risqua un coup d'œil pour voir si le suspect avait l'intention d'y monter. Oui, il avait l'air de s'apprêter à le faire. Il avait toujours une main glissée sous le revers de son imperméable, probablement pour tenir l'objet qu'il dissimulait. Mais qu'est-ce que ça pouvait bien être, se demanda-t-elle. Ça paraissait lourd. Un poignard ? Non, c'était plus grand.

— J'ai les pleins pouvoirs pour interrompre le

service sur n'importe quelle ligne si ça se révèle nécessaire, annonça Bernal à ses deux collègues. Paco, tu auras sous peu une ligne directe avec le poste de contrôle de Sol.

— Vous ne croyez pas que ce serait encore plus dangereux pour Elena et pour les autres passagers, si on coupe le courant, chef ? Si notre homme se trouve coincé dans un tunnel dans le noir, il risque de devenir fou furieux et de faire du dégât avec cette baïonnette, objecta Paco.

— Tu as probablement raison, reconnut Bernal. Si seulement on était en contact direct avec Elena par talkie-walkie !

— Ça ne marche peut-être pas en sous-sol, dit Ángel. Elle essayera sûrement de nous téléphoner quand l'occasion s'en présentera. Elle doit penser que nous la croyons sur la ligne 4 en direction du nord.

BANCO

Une fois encore, Elena était montée dans la voiture qui suivait celle du suspect et surveillait celui-ci par les vitres des portes de communication. Il y avait davantage de monde, maintenant, et la tâche lui paraissait plus aisée. Elle profita aussi de l'occasion pour dénouer ses cheveux, qu'elle portait jusque-là relevés, et pour retirer sa légère veste de tweed et la remettre après l'avoir retournée. Celle-ci était heureusement reversible, avec la face intérieure vert pâle uni. Elena se souvenait que, à l'entraînement, on lui avait dit que de petites modifications de ce genre suffisaient souvent à transformer l'apparence de la personne qui filait un suspect.

Une fois de plus, elle remarqua que son gibier s'arrangeait pour se placer derrière une petite fille, qu'il fixait d'un regard étrange. Lorsque la rame oscilla en arrivant à la station Banco, elle crut qu'il allait attaquer la fillette, mais le balancement cessa, et il reprit son attitude précédente, appuyé contre la portière du wagon. Il était si près qu'elle aurait pu le toucher s'il n'y avait pas eu de vitres entre les voitures.

SOL

A la station Sol, le suspect descendit avec un flot de voyageurs, et Elena le suivit de près, craignant de le perdre dans la station la plus fréquentée du réseau. Mais il s'arrêta devant le premier banc venu et s'assit une fois de plus sur le quai. Passant devant lui sans tourner les yeux, elle mit le cap sur le téléphone du chef de station. Elle s'énerva pendant que celui-ci examinait ses papiers, après quoi il l'autorisa de mauvaise grâce à utiliser son téléphone.

— Paco, c'est Elena. Je suis juste au-dessous de vous, à la station Sol, sur le quai direction ouest de la ligne 2. Je viens de descendre de la rame 44, et le suspect est assis sur un banc.

— Quittez pas, je vous passe le patron.

— Elena ? Restez où vous êtes. Je vous envoie Ángel avec deux policiers en civil. L'homme que vous suivez est Roberto Cortés, un dentiste fou, et il est armé d'une baïonnette, un souvenir de guerre. Ne vous approchez pas de lui, compris ?

— D'accord, chef, mais qu'est-ce que je fais s'il s'en va avant qu'Ángel n'arrive ? La rame numéro 45 ne va pas tarder.

— Suivez-le discrètement s'il y monte. N'oubliez pas qu'il peut prendre la correspondance avec la ligne 1 ou la ligne 3, ou, bien entendu, repartir vers l'est sur la ligne 2. A mon avis, il va prendre la ligne 1. C'est sur celle-là que sa sœur a été tuée en 1939.

— En 1939 ? répéta Elena. Quel rapport avec notre affaire ?

— Tout vient de là. Ce type est un psychopathe. C'est ce souvenir qui le fait agir actuellement.

— Le métro arrive, dit précipitamment Elena.

— Allez voir ce qu'il fait. Je reste à l'écoute. Si vous ne revenez pas me parler d'ici une minute, j'en déduirai que vous êtes montée dans le métro avec lui et je demanderai au contrôle de couper le courant sur la ligne 2 jusqu'à l'arrivée d'Ángel.

Elena scruta le quai du regard avec anxiété. Non, l'assassin n'avait pas bougé. Il était assis, immobile, la tête baissée, les yeux fixés sur le sol. Le sifflet retentit et les portes se refermèrent. Il ne prenait pas ce métro-là. Elle revint en hâte au téléphone.

— Il est toujours là. Il n'a pas bougé de son banc.

— Très bien. Restez où vous êtes et surveillez-le jusqu'à ce qu'Ángel arrive avec les policiers.

Lorsqu'elle franchit la porte du bureau, Elena fut horrifiée de constater que l'assassin avait disparu.

Elle regarda des deux côtés du quai : par où était-il parti ? Elle lut la pancarte placée au-dessus de la sortie la plus proche de l'endroit où il s'était assis : *Correspondencia Línea 1, Portazgo-Plaza de Castilla.* Elle s'engagea rapidement dans le couloir et monta l'escalier d'accès au grand hall, où la foule piétinait un épais tapis de tracts électoraux. Toujours pas trace de l'assassin. Bon sang, il s'était déplacé rudement plus vite qu'il ne l'avait fait jusque-là. S'était-il aperçu qu'Elena le suivait ? A l'entrée de la ligne 1, elle hésita : quai nord ou quai sud ? L'escalier conduisant au quai nord étant le plus proche, elle le prit. De toute façon, elle verrait l'assassin sur le quai opposé, s'il avait pris l'autre escalier.

Elle descendit les marches quatre à quatre au moment où la rame sifflait et, soudain, aperçut Cortés qui y montait. Elle réussit à battre de vitesse le portillon automatique qui condamnait l'escalier au moment du départ et se faufila entre les portes qui se fermaient. Le métro était bondé, et elle se rendit compte qu'elle était tout près de l'assassin. Elle lui tourna le dos et se plaça face à la porte.

Ángel Gallardo fut épouvanté de ne pas trouver Elena sur le quai direction ouest de la ligne 2. Il se précipita dans le bureau et demanda au chef de station où était passée l'inspectrice Fernández.

— Je n'y comprends rien, répondit celui-ci. On se croirait dans un asile de fous, ici, cet après-midi. Elle a raccroché et est partie en courant au moment où la rame numéro 45 démarrait, et elle n'est pas revenue.

— Elle est montée dans le métro ?

— Je ne vois pas comment elle aurait pu. Les portes étaient fermées. Maintenant, le contrôle central vient de transmettre une alerte générale, signalant que le courant risquait d'être coupé d'un moment à l'autre.

— C'est pour nous, au cas où nous en aurions besoin, dit Ángel. Venez, dit-il aux policiers en civil. Allons sur la ligne 1, on va suivre l'intuition du patron.

En arrivant au quai direction nord, ils trouvèrent le portillon fermé. En collant son œil à la fente latérale, Ángel aperçut fugitivement le visage pâle d'Elena au moment où la rame démarrait.

JOSÉ ANTONIO

Pendant le court trajet séparant Sol de José Antonio, Elena sentit quelqu'un s'appuyer contre son dos. Oh mon Dieu, faites que ce ne soit pas le psychopathe, pria-t-elle en ouvrant prudemment son sac d'une seule main, tout en se cramponnant de l'autre à la barre d'appui placée à côté de la portière. A ce moment-là, elle sentit un objet pointu se poser entre ses omoplates.

SOL

Lorsque le portillon automatique s'ouvrit, Ángel se rua dans le bureau du chef de station de la ligne 1 en brandissant sa plaque de la D.G.S.

— Quel était le numéro de cette rame ?

— Le numéro 52, répondit le préposé surpris.

— Passez-moi le téléphone. (Ángel composa le numéro.) Monsieur le commissaire ? C'est Ángel. Elle l'a suivi dans la rame numéro 52 de la ligne 1, direction nord. On s'est fait coincer par le portillon automatique. Qu'est-ce qu'on fait ?

— Vous revenez ici et vous prenez une voiture de service. Allez à la station Tribunal. Je vais retenir un moment la rame à José Antonio, pour vous donner le temps d'y arriver. Prévenez-moi par radio aussitôt que vous serez dans la voiture.

JOSÉ ANTONIO

Lorsque le métro s'arrêta à José Antonio et que les portes s'ouvrirent, Elena essaya de sortir de la voiture en même temps que les voyageurs qui descendaient, mais elle sentit un bras robuste lui enserrer la taille, et l'homme lui chuchota à l'oreille : « Ne bougez pas », tout en lui appuyant la pointe de la baïonnette dans le dos jusqu'à ce qu'elle lui perce la peau.

Elle se demanda s'il valait mieux hurler pour le prendre au dépourvu ou sortir son pistolet, mais ce n'était pas facile de le braquer sur son agresseur dans la position où elle se trouvait. Elle remarqua que la rame restait arrêtée le long du quai, portes ouvertes, beaucoup plus longtemps qu'à l'accoutumée, mais aucun policier ne se manifesta et, de toute façon, elle serait transpercée de part en part avant qu'on ait pu lui venir en aide. Elle envisagea d'utiliser les prises de karaté qu'on lui avait apprises, mais il n'y avait pas assez de place pour ça, car beaucoup d'autres voyageurs étaient maintenant montés dans la voiture.

Quelques passagers commencèrent à s'étonner du retard, et elle sentit la baïonnette accentuer sa pression. Finalement, les portes se fermèrent et la rame démarra. Un ou deux voyageurs regardèrent Elena et le suspect avec curiosité. Ils pensèrent certainement qu'ils devaient être fiancés, pour se tenir ainsi enlacés en public. Elena se rappela que le trajet jusqu'à la station suivante, Tribunal, était long. Fallait-il tenter de le raisonner ? Il devait s'attendre à ce qu'elle proteste, à moins qu'il n'ait compris qu'elle était une inspectrice de police en train de le filer ? Seigneur, quel dilemme.

— Qu'est-ce que vous me voulez, à la fin ? murmura-t-elle en tournant légèrement la tête.

— Taisez-vous, si vous tenez à la vie.

Il accentua la pression de la baïonnette jusqu'à ce que sa pointe pénètre dans la chair d'Elena, qui serra les dents.

SOL

Bernal, cramponné au téléphone, criait ses ordres.

— Je veux que cette rame quitte José Antonio

immédiatement, c'est compris ? Ne coupez pas le courant pendant qu'elle est dans le tunnel, ce serait beaucoup trop dangereux. Arrêtez-la à Tribunal. Oui, oui. Serait-il possible de couper le courant juste au moment où le train s'arrête le long du quai, avant que les portes ne s'ouvrent ? Il faut essayer. Ça donnera à mes hommes le temps d'atteindre la station.

Transpirant à grosses gouttes, il se tourna vers Paco :

— Ángel a appelé par radio ?

— Oui, je viens d'établir le contact.

— Branche le gros haut-parleur, que j'entende ce qu'il dit. (Il saisit le microphone.) Ángel, tu me reçois ?

— Cinq sur cinq, chef. On est à mi-chemin, dans la côte de Hortaleza, mais il y a beaucoup de circulation.

— Va à la station Tribunal. Je vais retenir le métro là-bas, portes fermées et courant coupé, jusqu'à ce que tu y arrives. Fais au mieux, le plus vite possible.

— On va couper par Mejía Lequerica et remonter le Barceló.

— J'ai donné l'ordre au commissariat local de poster des agents en tenue à Terminal pour empêcher le public d'entrer dans la station.

TRIBUNAL

La rame numéro 52 tangua en accélérant vers la station Tribunal, mais les espoirs d'Elena furent réduits à néant lorsque le psychopathe resserra sa prise autour de sa taille. Il suffisait d'une secousse du train pour que la baïonnette lui cause une blessure sérieuse, et elle se demanda s'il valait mieux commencer à crier tout de suite, ou attendre Tribunal, où il y aurait un agent sur le quai. Elle sentit les freins se serrer, et la rame ralentit. Les lumières de la station apparurent. Elena resta parfaitement immobile et attendit l'ouveıture des portes en se proposant de placer une rapide clé de karaté au moment où les autres voyageurs se mettraient en mouvement.

Lorsque la rame s'arrêta, toutes les lumières de la voiture s'éteignirent et les portes restèrent closes. Les voyageurs qui s'apprêtaient à descendre poussèrent des exclamations de surprise.

— Qu'est-ce qui se passe ? demanda un petit homme devant Elena. C'est la première fois que je vois ça.

Elle lui adressa un sourire éperdu, et il lança un regard inquisiteur au balaise qui la tenait enlacée. Les haut-parleurs du quai crachotèrent, et le chef de station fit une annonce :

— Le courant électrique est provisoirement coupé. Nous vous prions de bien vouloir patienter et de garder votre calme.

— C'est un coup de Bernal, songea Elena. C'est

lui qui a organisé ça. Elle se sentit un peu réconfortée, en guettant la réaction du psychopathe. Un agent en uniforme gris longea la rame en jetant un regard désœuvré à l'intérieur des voitures. L'assassin se raidit et appuya plus fort sur la baïonnette. Elle se mordit la lèvre. Deux ou trois minutes s'écoulèrent. Les quelques voyageurs qui se trouvaient sur le quai adressaient des signes à ceux qui étaient coincés dans les voitures.

— Vous bilez pas, cria une joyeuse commère, ils vont réparer ça en moins de deux.

Soudain, Elena aperçut Ángel, qui approchait lentement sur le quai, suivi de deux policiers en civil qu'elle reconnut. Elle s'efforça de maîtriser sa sensation de soulagement, de crainte que l'assassin collé contre elle ne s'en rende compte. Ángel passa devant le wagon en y jetant un coup d'œil apparemment distrait. Il ne fit aucun signe de reconnaissance, mais s'arrêta un peu plus loin, sans aller jusqu'à l'autre extrémité du train. Elle espéra qu'il l'avait vue. Puis, du coin de l'œil, elle vit arriver un détachement de *grises*, et elle fit des vœux pour que l'assassin ne les remarque pas, sinon il risquait de s'affoler.

Sans avertissement, les lumières de la voiture se rallumèrent, les portes s'ouvrirent et Ángel et les policiers en civil se ruèrent sur Elena et le psychopathe, qu'ils plaquèrent tous les deux au sol. Les femmes qui se trouvaient dans la voiture hurlèrent. Elena se sentit tirée sur le flanc et roula sous une banquette. Cortés bondit sur ses pieds et brandit sa baïonnette, ce qui fit hurler les passagères de plus belle, puis il fonça vers la porte, se fraya un chemin parmi les agents en tenue et s'élança sur le quai. L'un des *grises* sortit son pistolet et tira sur lui à plusieurs reprises, déclenchant une panique générale, mais Ángel lui ordonna d'arrêter. Cortés disparut derrière la cabine du conducteur de la rame et dégringola les marches conduisant dans le tunnel.

Ángel aida Elena à descendre sur le quai et regarda la tache de sang qui maculait le dos de sa veste.

— Vous êtes blessée ?

— Superficiellement. Ça ne doit pas être bien grave, réussit-elle à répondre.

— On va vous faire panser.

— Pourquoi ne le poursuivez-vous pas ?

— Il n'ira pas loin. Nos hommes sont sur ses talons.

Bernal arriva à ce moment-là, s'épongea le front avec un mouchoir.

— Dieu merci, vous êtes sauve, Elena. Il vous a blessée ?

— Je crois que ce n'est qu'une égratignure, chef.

— On va vous conduire chez un médecin. Où est-il, Ángel ?

— Il s'est sauvé dans le tunnel.

— Tu as fait arrêter le trafic et couper le courant pendant qu'on le recherche ?

— Je n'ai pas encore eu le temps, chef.

— Il avait un pistolet, Elena ? demanda Bernal.

— Je ne pense pas. Seulement une baïonnette.

A cet instant précis, on entendit le bruit d'une rame qui arrivait du nord, puis un brusque hurlement de terreur.

— Mon Dieu, j'espère que ce n'était pas l'un de

nos hommes, dit Bernal avec anxiété. Je vais faire couper le courant.

Lorsqu'on fouilla les voies, tous les policiers ayant répondu à l'appel, les restes déchiquetés de Roberto Cortés Díaz furent retrouvés sous les roues de la rame numéro 56, qui se dirigeait vers le sud.

SOL

Plus tard, ce jour-là, lorsqu'Elena eut été pansée par un médecin et ramenée chez elle pour s'y remettre de ses émotions, Bernal dicta un compte rendu circonstancié de l'affaire à l'intention du juge d'instruction. Navarro l'aida à rassembler les rapports médicaux et techniques qu'ils avaient reçus, et ils en joignirent des copies au rapport principal.

— Paco, il faut prévenir la police portugaise et lui envoyer les empreintes digitales et le moulage dentaire de Mlle Sousa. C'est un nom très répandu au Portugal, et ils vont mettre du temps à l'identifier et à retrouver sa famille. Il faut aussi prévenir le frère aîné de Cortés. C'est à lui de s'occuper de la vieille dame et de prendre les dispositions nécessaires pour les funérailles.

— Entendu, chef. J'ai dit aux autres qu'ils pouvaient rentrer chez eux. Ils ont bossé dur, sur cette affaire.

— Je vais maintenant chez le directeur, auquel je vais demander de prendre des dispositions pour qu'Elena reçoive des félicitations officielles. Il voudra aussi que nous préparions un communiqué pour les journaux. Si tu as le temps, on pourrait ensuite aller boire un pot ensemble.

ANTÓN MARTÍN

A 8 heures du soir, Bernal et Navarro vidaient de grandes *jarras* de bière à la Cervecería Alemana, en regardant par la vitre les enfants qui jouaient bruyamment sur la Plaza de Santa Ana, dans la nuit tombante.

— Ce que je ne pige pas, chef, c'est ce qui a brusquement poussé Cortés à commettre ces crimes, au bout de tant d'années.

— A mon avis, il pourrait s'agir d'un concours de circonstances fortuit, dit Bernal. La jeune Portugaise a eu la malchance de lui rappeler sa sœur défunte. Enervé, il a commis une faute professionnelle, et elle est morte dans son cabinet. Alors il a couru le risque de cacher le corps dans sa cave, et il a prétendu qu'elle était partie. Par la suite, il a détruit la fiche médicale que sa secrétaire avait établie. Et il a dû se dire qu'on ne découvrirait jamais la vérité, la victime étant de nationalité étrangère. On peut supposer que, jusqu'à cet après-midi fatal, il s'était contenté de fantasmer en fabriquant ses mannequins en plastique.

— Et pourquoi a-t-il déposé deux de ces mannequins dans le métro, après la mort de la Portugaise ?

— Des galops d'essai, je suppose, pour voir si

c'était réalisable. Entre-temps, évidemment, le corps de la fille s'était décomposé, et il ne pouvait pas l'utiliser pour recréer son image obsessionnelle dans le métro. Il l'a donc dépecé, afin de s'en débarrasser morceau par morceau.

— Pourquoi a-t-il choisi les trois autres victimes, de préférence à n'importe lesquelles de ses clientes ? demanda Navarro.

— L'occasion, peut-être, mais elles étaient quand même blondes toutes les trois, et les filles Ledesma et Cabrera avaient une vague ressemblance avec sa sœur. A ce moment-là, il n'avait plus d'infirmière, mais, chaque fois, il a dû envoyer la réceptionniste faire une course sous un prétexte quelconque. Comme il possédait un vieux stock de cocaïne, il lui était facile d'en injecter une dose mortelle aux victimes. En dehors de cela, je suppose qu'il fallait qu'elles soient habillées comme sa sœur défunte et, d'une façon générale, arrangées de manière à cadrer avec son image mentale de la scène. Il n'a commis qu'une seule erreur, avec le travesti. (Bernal alluma une nouvelle Kaiser.) Buvons une autre chopine de cette bière, Paco, avec quelques *tampas* pour nous caler l'estomac.

RETIRO

En rentrant chez lui, ce soir-là, Bernal longea les files de présidents de bureaux électoraux, qui faisaient la queue à la porte de l'Escuela Aguirre, dans la Calle de Alcalá, pour rendre les bulletins inutilisés.

Il trouva Eugenia collée au poste de télévision.

— Je t'ai préparé une omelette et je t'ai fait réchauffer des côtes de porc, Luis. Tu crois que les rouges vont l'emporter ?

— Je ne sais pas pourquoi, mais j'en doute, Geñita. On a déjà parlé des élections ?

— Non, mais on a promis de diffuser bientôt les premiers résultats.

Bernal se versa un grand verre du vin rouge qu'elle avait rapporté de la campagne. Le bruyant indicatif du *Telediario* retentit. Le speaker donna les premières estimations des ordinateurs :

— Il semble que l'U.C.D. (le parti gouvernemental centre-droit) doive obtenir le plus grand nombre de suffrages, et par conséquent de sièges, tant à la chambre des députés qu'au sénat. Le P.S.C.E. (le parti socialiste) formera le deuxième groupe le plus important.

— Eh bien, tu vois, Geñita, dit Luis. Ce ne sera pas du tout comme en 1936.

— J'espère que tu dis vrai, Luis, mais le pauvre Señor Blas Piñar a récolté bien peu de suffrages.

Le speaker continua par les autres nouvelles de la journée.

— Le trafic a été suspendu pendant quelque temps, cet après-midi, sur la ligne 1 du métropolitain de Madrid, pendant que les policiers de la Brigade criminelle recherchaient l'assassin du métro. Celui-ci a été tué dans un tunnel, près de la station Tribunal, par une rame survenant alors qu'il tentait de s'échapper. Cette opération de police couronnée de succès était dirigée par le commissaire Bernal et son équipe.

— Oh, Luis, gémit Eugenia. Ils ont encore cité ton nom ! Qu'est-ce que ma famille de Ciudad Rodrigo va penser de nous ?

Impression Bussière à Saint-Amand (Cher),
le 3 mars 1983.
Dépôt légal : mars 1983.
Numéro d'imprimeur : 198.
ISBN 2-07-048910-8/Imprimé en France.

31488